KB052984

우리 각자 1인분의 시간

우리 각자 × 1인분의 시간

도시 홀로족의
문화 생활 에세이

박민진 지음

북스토리

CONTENTS

프롤로그

혼자 사는 가구가 상상을 초월할 정도로 늘어났다. 가끔 그들이 모두 잘살고 있을지 상상한다. 나처럼 라면 물을 올리며 세탁 종료 신호를 기다리진 않을는지. 침대에 기대 책을 읽고 도마 하나 놓기 어려운 부엌에서 끼니를 때우려나. 손수 마련한 책장에 오늘 산 소설을 꽂고, 노트북으로 미처 보지 못했던 영화를 찾아보겠지. 저만의 공간에서 고유한 아늑함을 만들어낼 그들이 남 같지 않다. 단출한 살림과 혹독한 월세를 감내하면서도 혼자이고픈 그들에 난 별스러운 애정을 느낀다.

종종 서점을 거닌다. 매대에 멈춰 서서 손이 가는 대로 책을 만져본다. 마음이 움직이면 책을 들고 나와 카페로 향한다. 책을 읽으며 밑줄을 치고 메모를 한다. 마치 영역표시를 하듯 이곳저곳 내 의도와 체취를 남긴다. 내가 오늘 오후를 이 책과 함께했다는 걸 잊고 싶지 않다. 난 독서를 하며 허영을 가진다. 과연 내가 이 책을 읽고 싶은 건지, 책을 읽은 사람이 되고 싶은 건지 헷갈린다. 뭐든 괘념치 않는다. 책은 홀로 노는 이의 가장 좋은 친구니까. 단출하고 명료하며, 사려 깊게 불변하다. 물론 가끔 지루하고 더디지만 그래도 읽다 보면 더 나은 일상이 보인다.

책을 읽다 피로해져 근처 영화관을 찾았다. 난 광화문 씨네큐브를 좋아한다. 동네마다 하나씩 있는 예술영화관을 순례한다. 아트하우스 모모, 필름포럼, 아트나인은 나 같은 혼자 온 관객을 위해 조용하고 차분한 표정으로 관객을 맞는다. 북적이는 멀티플렉스 상영관에서 팝콘과 버터구이 오징어 냄새나 맡으며 영화를 보긴 싫다.

영화를 보고 나와 근처 골목길을 걸었다. 오늘 공기가 맑아 내키는 대로 걸었다. 무구한 하늘이 예사롭지 않아 한참을 걸었다. 곱이곱이 난 길을 한참 걷다 카페에서 숨을 돌린다. 가방에 챙겨 온 책을 꺼내고 닳아빠진 아이폰을 충전했다.

온전한 개인이 되기 어려운 일상이다. 현대인의 삶이라는 게 늘 부대끼고 서로에 생채기를 낸다. 그럴 때면 난 북적이는 도시에 혐오감을 갖는다. 내게 서점과 영화관은 보기 드문 사유와 사색의 공간이다. 맑은 공기와 개울, 울창한 숲은 아니지만 이야기 하나에 온전히 몰입할 수 있다. 의심의 여지 없이 내 1인분을 온전히 보장받는 시간이다. 각자의 자리에서 우린 서로 눈도 잘 마주치지 않지만, 난 오롯한 그들에게 유대를 느낀다. 우리는 느슨한 연대로 묶여 있기에 결코 멀지 않다. 대도시의 저녁엔 무수한 '혼자'가 있다. 카페나 서점, 영화관과 미술관에서 홀로 거니는 그들을 의식한다. 그들은 내 오해와 달리 평온해 보인다. 혼자에 익숙해졌고 누구와 부대끼기보단 느슨한 거리를 선호하는 이들이다. 이른바 '고독력'을 취득한 혼자다. 이 도시에서 예술은 그들의 부담 없는 친구와 같다. 이 책은 도시를 홀로 걷는 이들을 사랑하는 마음으로 적었다. 책과 영화를 볼모로 잡아 혼자라는 애틋함을 글에 담았다. 부디 당신의 일상에 영감이 가득하길 염원한다.

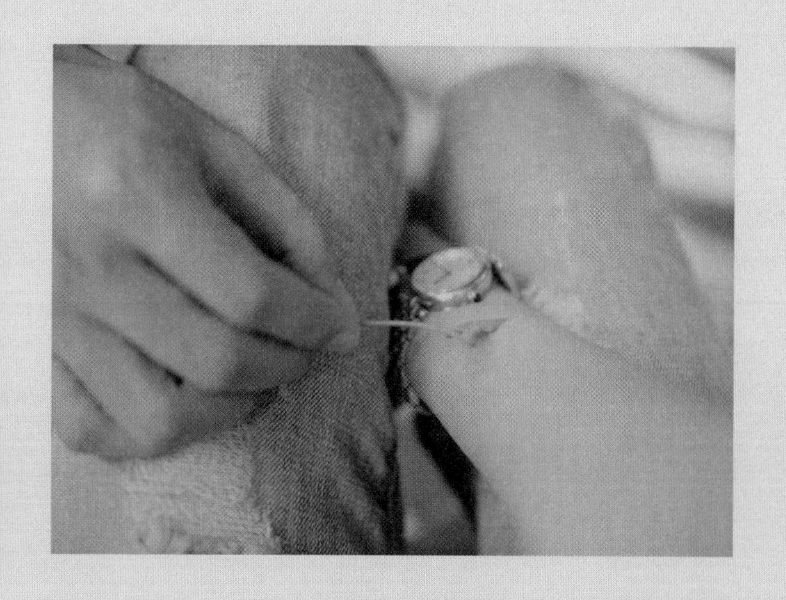

PART 1

×

그나마 혼자라서 다행이다

최소한의 먼지만 피우는 삶

×

최근 유독 자주 술자리를 가졌다. 이런 때도 있는 법이다. 늘 먹기만 하던 내 입이 분주하게 움직였다. 이야기에 살을 붙이고, 연신 고개를 끄덕이며 미소 짓는다. 일상의 대화에서 세속적 논리에 휘둘리지 않으려고 노력한다. 있는 그대로 듣고 섣부른 추측으로 대화를 오염시키지 않는다. 내 미천한 생각에 미뤄 속단하면 이야기는 뻔해진다. 보잘것없는 통념에 비춰 무언가를 생각하는 버릇은 대화의 적이다. 그럴 땐 상대가 어떤 말을 해도 고개가 삐딱해진다. 짐짓 고개를 주억거리며 언어의 순수한 기능을 받든다. 단어의 조탁이 미숙해도 상관없다. 현학적 어휘를 써도 말에 묻은 먼지를 고이 털어낸다. 어렵지만 이런 생각은 글쓰기에도 많은 도움을 준다. 평소의 즐겨 사용하는 말들을 새롭게 바라보기 시작하면 문득 생경한 어감을 손에 쥐기도 한다.

이번 주에 만난 친구는 다니던 회사를 그만두고 차선 변경을 시도한다. 옆자리에 앉아 있던 친구는 결혼으로 인생 2막을 열겠다며 입매를 가다듬고 웃는다. 누군가는 직장의 처우가 불만스럽다며 목덜미를 긁고, 난 그들 속에서 못지않은 어려움을 토로한다. 과연 내 뜻이 고이 전달되기는 했을까. 대화라는 것이, 말이라는 게 하면 할수록 진심이라는 걸 전달하기가 어렵다. 책을 읽으면서도 비슷한 생각을 한다. 전엔 쉽게 쓴 글이 무조건 좋은 글인 줄 알았다. 잘 읽히는 단문 위주의 문장에 끌렸다. 힘 있는 문장은 인생을 가지런하게 정돈하는 힘이 있다. 최근엔 말하지 않음으로써 더 많은 생각을 끌어내는 작가들이 좋다. 쉼표와 부사로 의미를 쌓아가는 문장에 탄복한다. 윌리엄 포크너의 소설이 내게 그런 경우다. 『음향과 분노』는 눈을 감고 허공을 헤집는 것처럼 무력하지만, 내 의식이 어디론가 향하고 있음을 믿게 한다. 이야기의 얼개가 듬성듬성해지면 읽기엔 성기지만, 책장을 덮은 후에 다가오는 것과 마주하게 된다.

얼마 전 본 영화 〈소공녀〉에서 주인공 미소는 사우디로 일하러 떠나는 남자 친구에게 묻는다. 왜 가? 남자 친구는 말한다. 남들 다 하는 걸 하려고. 이게 무슨 개뼈다귀 같은 말인가 싶지만, 우리는 여전히 성숙이라는 이름으로 꿈을 접는다. 현실적이라는 말로 위장한 채

감당할 수 없는 선택을 한다. 하루를 마무리하는 시간, 위스키 한 잔과 담배 한 갑이면 족한 미소는 녀석을 이해할 수 없다. 비록 가사도우미를 하며 하루 벌어 하루 사는 삶이지만, 북적이는 사람들 사이에서 허공으로 흩어지는 연기를 바라본다. 이름처럼(微小) 미소는 이 생활에 나름 만족하며 살고 있다. 취향이라는 안전지대는 때론 거창한 삶의 무게를 앞지른다. 미소를 떠난 남자 친구는 남들처럼 살길 희망했지만, 미소는 자기를 먹여 살리겠다는 그의 진심에 끝내 동조할 수 없었다. 그저 한 번 안아주고 떠나보냈다. 미소는 핸드폰도 없고 집엔 세간이 없어 휑하지만, 오로지 보고 싶은 것에만 집중하며 고개를 살짝 들고 다닌다. 춥지만 맑은 하늘, 못지않게 가난하지만 다정한 남자 친구를 사랑한다. 난방비가 없어 겨울엔 섹스조차 맘대로 못 하는 것은 심히 유감스럽지만 제법 폼나는 감색 코트와 긴 다리를 흐느적거리며 도시를 갈지자로 가로지른다. 머리가 하얗게 세는 희소병에 늘 약을 먹어야 하지만, 그것마저 자기 스타일로 소화하는 맵시가 돋보인다. 마치 〈백발마녀전〉의 임청하처럼 세상에 없는 독립적인 생물체로 느껴진다. 술집 편안한 소파에 기대 담배 연기를 뿜어내는 그녀의 얼굴은 하루의 노동을 마친 자의 신성한 갈증을 머금고 있다.

어느 날 정부에서 담뱃값을 올리는 정책을 시행하자 그녀의 위태로운 하루살이도 위협을 받는다. 아무리 계산기를 두드려봐도 집세를 내면서 위스키와 담배를 즐길 순 없다. 이럴 땐 보통 더 많은 돈을 벌거나 술과 담배를 줄이면 된다. 하지만 미소는 취향을 포기할 수 없는 교양인이다. 미소는 고민 끝에 단칸방에서 짐을 뺀다. 그녀는 비로소 온전한 소공녀가 된 셈이다. 이후 우여곡절 끝에 그녀가 도달한 곳은 영화에서 보시면 좋겠다. 당신이 예측할 수 있는 정도의 고난과 관객이 소망하는 수준의 행복을 거머쥐는 결말을 보게 될 테니까. 다만 계속 얘기하고 싶은 건 미소라는 캐릭터다. 집을 포기하고 택한 위스키와 담배의 삶은 분명 쿨하다. 하지만 날고 싶은 비둘기는 끝내 현실에 발붙인 시간을 마주해야만 한다. 밥을 먹어야 하고, 돈을 벌어야 하며 무거운 캐리어를 끌고 잠을 자야 하니까. 친구들이 자신을 혐오하는 시선을 견뎌야 하고, 누군가의 동정에 익숙해져야 한다. 이 작은 땅덩이에서 취향 하나 고수하며 살기가 이토록 어려운지. 내 학창 시절, 우리 집의 의미는 각별했다. 전세를 살며 내 집 마련이라는 꿈을 좇는 공무원 가족의 삶이란 다 비슷하다. 중산층이라는 허황한 구호는 삶의 의미를 마치 깔때기로 모은 것처럼 집이라는 공간으로 모은다. 그들의 열망은 고이 자식에게 전이되어 수도권 신도시의 32평 아파트에 머문다. 미소는 그 길에서 이탈한 독립변수다. 영화가 판타지로 보인다면 그 선택의 무모함에 있으리라. 내가 느낀 〈소공녀〉의 매력은 미소라는 캐릭터가 그 판타지를 구현 가능한 거리에 있게끔 붙잡는다는 점이다.

요즘 내 주변 지인들이 거액의 빚을 지고 은행에 책잡혀 결혼하는 상황을 지켜본다. 부모 세대의 지긋지긋한 열망은 여전히 자식들의 열패감으로 되풀이된다. 취업 전쟁과 빈부격차, 신자유주의라는 지긋지긋한 터울은 그들을 포기 세대로 규정한다. 뭘 포기함으로써 만들어지는 삶이란 뭘까. 그건 요즘 말하는 소확행, 워라벨, 욜로와 같은 트렌디한 단어에 그 비밀이 있을까. 요즘엔 최소한의 먼지만 피우다 죽고 싶다는 생각을 많이 한다. 대단한 야심 따윈 없으니 좋아하는 것만 하다가 조용히 세상에서 지워지고 싶다. 이제 취향의 시대가 도래했다. 황새를 쫓아가기엔 애초에 날지도 못한 암탉임을 자처하고 나선다. 미처 늦기 전에 씨암탉 정도라도 되려고 눈을 돌린다. 내가 좋아하는 것에 모든 주의를 기울이고, 벌이는 딱 퇴근 후에 책상에 앉아 무언가 할 수 있는 정도면 족하다. 목구멍이 포도청이라지만 최소한의 선택지는 거머쥐고 싶다.

미소가 포기한 월세방은 통념에서 이탈하려는 존엄의 발자국이다. 반면 그녀가 찾아 나선 과거의 친구들은 땅에 발붙이며 힘겹게 발을 내디딘다. 키보드를 멋지게 잘 치던 현정은 시부모와 남편 수발에 지쳐 살고, 밴드의 막내 대용은 이혼의 충격으로 히키코모리를 자처한다. 선배 록이는 결혼에 집착하는 노총각이 되었고, 멋지기로 소문났던 기타리스트 정미는 미소를 깔보며 자신의 안락한 삶을 자위한다. 얼굴에서 웃음기를 지운 이 현실적 인물들은 까치발을 들고 살아가는 미소를 마치 귀신처럼 바라본다. 하얀 머리를 하고 큰 여행용 가방을 끌며 세상을 배회하는 유령으로 치부한다.

이 영화의 감독 전고운 감독은 서른이 조금 넘은 나이다. 나와 유사한 경험의 영역에 놓여 있지 않을까 미루어 추측한다. 그녀는 심플하고 단순한 삶에 관한 이야기를 만들었지만, 끝내 유쾌한 미소를 지으며 영화의 결말을 눙치지 않았다. 그건 미소라는 멋진 캐릭터를 만들었지만, 그녀가 이 사회에 무해한 온전히 쿨한 사람임을 확신할 수 없었기 때문이다. 남의 집에 방문한다고 달걀 한 판을 사 들고 가서 열심히 동거인의 일을 돕는 미소. 오로지 잠만 자면 되기에 돈도 받지 않는 미소. 하지만 어렵사리 침대에 누워도 불편한 마음은 왜일까. 그건 한 인간이 그 인간이라는 말처럼 사람 사이에서 부대낄 수밖에 없음을 보여주는 증거다. 미소는 필연적인 갈등을 겁내지 않지만, 애초에 그녀가 세웠던 하루의 소소한 행복이란 그 부대낌을 배제한 것이었기에 편치 않다. 그런 의미에서 고독력과 혼자 있는 시간을 강조하는 시대에서 〈소공녀〉는 온전히 홀로 될 수 있는 것이 얼마나 어려운 일인지 보여주는 영화이다. 개인의 취향이라는 것이 어느 정도의 노고가 있어야 하는지 끊임없이 생각하는 시대의 자화상이다. 어떤 방식을 택하건 그건 온전히 제 몫의 삶이다.

정확하게
슬픔을 적는 사람

×

외투를 여미는 손이 분주한 오늘, 3호선 지하철을 타고 을지로에 닿았다. 겨울을 입에 머금은 채 얼어 있는 청계천을 걸었다. 종종걸음 치다 한 카페에 들어가 커피를 시킨다. 약속 시각이 한참 지났는데 친구는 연락이 없다. 어쩌면 오지 않을지도 모르겠다는 생각이 들어 책을 꺼내 든다. 『슬픔을 공부하는 슬픔』, 표지가 익숙하다 했더니 아는 화가의 작품이네. 팀 아이텔, 최근 여러 책에서 심심찮게 그의 그림을 보았다. 표정 없는 인간을 그리는 작가. 가려진 표정이 궁금해 유심히 보는 뒷모습. 얼굴을 보여주지 않는 남자는 바닥에 앉아 뭔가를 응시한다. 흰 셔츠를 입은 그는 앙상해 보인다. 어차피 불가능하다는 것, 당신의 근심에 난 타자일 뿐이라는 거리감이다. 그림에도 불구하고 유심히 바라보는 거다. 그런 작가의 마음이 느껴져 책을 구석구석 만져보았다. 가방이 무거워져도 종이책을 포기할 수 없는 건 텍스트를 넘어선 물성 때문이다. 오지 않아도 괜찮아. 그가 오지 않으면 읽을 수 없을 때까지 이 책을 읽을 수 있을 것이다.

정확한 인식을 찾아서

그런 생각을 하던 중에 친구가 도착했다. 왜 늦었니. 어제 데이트를 해서 쩜쩜쩜. 난 괘념하지 말라고 했다. 물론 오래 기다렸지만 이런 자투리 시간이 책 읽기 좋은 시간인걸. 추운 날씨와 허기진 배가 더 고픈 독서를 부른다. 그래 이제 근처 식당에 가자. 어서 주문하자. 파스타 둘, 이 식당 좀 비싸네. 오랜만에 만나서 무슨 얘기를 하나. 요즘 어떻게 지내냐, 연말인데 바쁘진 않은가. 연애는 잘되고 있는가. 역시 그렇구나, 얼굴이 좋아 보이는구나. 지난번 봤을 때는 폐병 걸린 환자처럼 일그러져 있더니. 최근 한 영화에서 뒷모습이 스산한 여배우가 이런 말을 하더라. 사랑하세요. 딴 거 하지 마세요. 그딴 것들은 다 연애 못 해서 하는 짓일 뿐이에요. 다 가짜예요. 나 역시 고개를 끄덕이며 웃었지만 어쩐지 섭섭하더라. 정말 그뿐일까 생각하며 그녀의 가혹한 말이 밉상스러웠다. 신형철의 미문을 읽다 보면 존 윌리엄스의 소설 『스토너』의 한 장면이 떠오른다. 부모의 농사를 도우러 농과대학에 진학한 시골뜨기 청년 스토너는 난생처음 문학을 읽는다. 교양수업인 영문학 수업을 듣다가 뭔가에 눈을 뜬다. 어리둥절한 그에게 지도 교수는 말한다. "이건 사랑일세, 스토너 군." 슬론이 유쾌한 표정으로 말한다. "자네는 사랑에 빠졌어. 아주 간단한 이유지." 스토너는 이전과는 전혀 다른 사람이 된다. 신형철의 글을 읽고 나서 스토너가 말했던 명백한 사랑의 표식을 보았다. 신형철의 글엔 문학에 대한 구애가 빼곡하다. 순수한 미문이 주는 감응에 나 역시 글을 끄적여본다. 오래 숙고한 문장에서 느껴지는 청량감에 취해 적는다. 마치 연애의 뒷맛처럼 부끄러운 감흥이다.

슬픔을 공부하는 태도

그래 넌 요즘 무슨 책 읽니? 지난번 내가 쥐여준 책은 다 읽었니? 아,『정확한 사랑의 실험』이요? 그래 그 책 말이야. 내가 참 좋아하는 책인데. 그냥 별로였어요. 무슨 말을 하는지는 알겠는데 좀 답답해요. 명쾌하지 않고 자꾸 주저하는 느낌이에요. 거참 아이러니한 일이구나. 책의 제목에 '정확한'이라고 틀림없이 새겨져 있는데. 조금 서글퍼진 나는 책에 대한 애정을 숨기기 바쁘다. 괜스레 표리부동한 말을 내뱉고는 풀이 죽는다. 예술을 누릴 때 같은 느낌을 받는 순간이 좋다. 하지만 반대로 다른 느낌을 마주할 때 파열하는 두 갈래의 상념도 좋다. 한 책이 누군가의 마음에서 다른 형태로 만들어진 순간, 인식의 결도 엷게 퍼진다. 몇 년 전 신형철의 『정확한 사랑의 실험』을 읽었을 때도 그랬다. 심오하고 적나라하며 정교한 문장에 감명을 받았다. 제목처럼 정확하기 위해 숙고하는 작가의 시간이 느껴졌다. 흔한 글이 되지 않으려고 읽고 또 읽은 이의 글이라고 생각했다. 무엇보다 예술에 대한 감상이 이모티콘으로 대체되는 시대에 이렇게까지 공들여 비평을 적는 사람이 있다는 사실 자체에 감동했다. 이후 여러 매체에 실린 그의 글을 가물에 콩 나듯 읽었다. 마치 완간이 안 된 연재만화를 읽는 갈급함으로.

녀석의 말처럼 신형철의 글은 아름답지만 단정하지 않다. 너클볼을 던지는 투수처럼 갈피를 못 잡고 모호하다. 단정한 글이란 말하고자 하는 바가 분명한 글이다. 그래서 하려는 말이 뭔데 하고 묻는다면 한 마디로 대답할 수 있다. 신형철은 잡히지 않는 슬픔을 여러 겹으로 접는다. 비등점을 넘은 소재들만 다뤄지는 입들을 뒤로한 채 발품을 판다. 어쩐지 답답해서 하품이 나올라치면 문학이 원래 그런 거라며 고개를 수그린다. 내 지저분한 방처럼 정감을 품은 문장이 더디게 움직인다.

난 그를 동경한다. 이런 글을 쓸 줄 아는 이를 향한 시샘. 그 한없이 멀어 보이는 인식의 끄트머리라도 잡으려고 아등바등한다. 그러다 이내 현저한 격차에 절망감을 내비친다. 한편 내가 좋아하는 인간상이 어떤 건지 조금은 알 수 있었다. 선부른 단정을 내뱉지 않는 사람. 한마디를 던지고도 자신이 놓친 예외에 마음을 쓰는 사람. 그렇게 주저하다 무엇'일 것이다' 혹은 '일지도 모른다'고 말해버리는 사람. 어릴 때는 통찰을 머금은 사람을 따랐다. 죽비를 내리치는 선승처럼 서슴지 않고 정답을 말해야 끌렸다. 하지만 시간이 흐르며 세상엔 정답이란 게 애초부터 없었다는 걸 깨닫는다. 아니, 점점 더 모르는 채 살아감을 실감한다. 세상을 개도할 수 있다는 이의 글은 화끈하지만 끝내 알싸한 자취만 남긴다. 세상을 향한 일갈이 젊음의 특권이라며 경외하던 기억은 사라졌다. 신형철은 쉼 없이 에두른다. 표지 속에서 주저앉은 남자처럼 진실에 베이는 순간을 포착하려 적는다. 얼핏 스쳐가는 상처를 놓칠세라 유심히 바라본다.

스탈린은 "한 명의 죽음은 비극이지만, 백만 명의 죽음은 통계 수치에 불과하다"A single death is a tragedy, million deaths is a statistic라 말한 바 있다. 이는 첨단기기가 인간 대신 전쟁을 수행할 때 우려하는 바를 지적한다. 과거엔 총으로 한 인간을 쏴 죽이는 게 전쟁의 스펙터클이었지만 요즘 전쟁은 사무실에서 단정한 양복을 입은 이의 서류철이 수백만 인명을 해친다. 피칠갑의 이미지는 잔혹함을 자아내지만 한 인간이 죽었다는 서술엔 티끌 하나의 망설임도 없다. 이는 글의 묘사와 맥락이 가진 중요성을 유추할 수 있는 생각이다. 죽인다, 오지다, 지리다를 남발하는 인터넷 방송에서 모욕받은 기분을 느낀 적이 있다면, 그것으로 됐다. 한 사람의 심정과 마음을 면밀히 서술하지 못한다면 우리는 그 폭력적 제스처 앞에 스러지고 말 것이다. 냉소란 결국 포기의 다른 말이다. 내게 필요한 건 타인의 고통을 집요하게 적는 사람이다.

근사하다는 말

책을 읽으며 위로받는다는 건 어떤 걸까. 한때는 작가의 문장이 내 생각과 정확하게 그려질수록 위로를 받았다. 마치 '근사하다'는 어근에 '거의 같다'라는 뜻이 있는 것처럼 내 마음과 밀접한 글에 위로를 받곤 했다. 요즘엔 조금 다른 생각을 한다. 내 마음과 엇나가서 근사치와 거리가 있더라도 마음속 닫힌 공간을 허물어주는 작가를 찾는다. 글에 생경함을 느끼며 아직 가닿지 못한 인식의 한편이 있다는 사실에 안도한다. 외출 전 챙기는 몇 권의 책들은 가방을 불룩하게 한다. 내 곤궁한 지적 허영을 채우기 위해 무거운 가방을 들고 낑낑거린다. 최근 3일간 여행을 다녀오면서도 그런 생각을 했다. 난 여행지에서도 내가 가닿지 못한 그 누군가의 이야기에 욕심을 내는구나. 바닷가 근처 작은 영화관에서도 누군가가 풀어놓은 서사에 마음을 뺏기고야 마는구나. 시시포스가 마주한 공포는 영원한 반복이 주는 무의미의 사슬임을 명심한다. 친구와 짧은 산책을 끝으로 헤어졌다. 영화를 보러 가는 녀석의 자취를 쫓지 않고 책을 꺼냈다. 날이 추워 허벅지가 시렸지만, 문장에 집중하려 애를 쓴다. 겨울이 시리다.

들어가기 전 여의대방로를 한참 걸었다. 음악을 들으며 굉음이 비어져 나오는 번화가를 스치듯 지났다. 며칠 전 본 영화 〈와일드〉에서 주인공 셰릴은 4천km가 넘는 '퍼시픽 크레스트 트레일'Pacific Crest Trail을 걷더라. 그녀는 어머니를 잃고 방탕한 삶을 살았고, 그로 말미암아 자신을 아끼는 가족과 친구, 사회적 지위를 박탈당했다. 인생의 모든 것을 잃고 끝없이 걷기로 마음먹은 셰릴은 내 가방보다 몇 배는 무거운 배낭을 짊어지고 끝없는 길을 걷고 또 걷는다. 종종 돌아가야 하는 건가, 스스로 되묻지만 이내 걷기로 한다. 그녀는 지금 돌아갈 곳이 없다. 셰릴은 인생의 재출발이 걷는 행위를 통해 가능하다고 믿는다. 그녀는 여행길의 구간마다 시대의 대문호들이 남긴 글귀들을 수첩에 적는다. 고달픈 시간 손전등에 의지해 문장을 집어먹는다. 거의 집에 도착할 즈음 셰릴이 어머니를 그리며 읽었던 소설책이 불현듯 떠올랐다. 플래너리 오코너, 그래, 그 책이었어. 오늘은 그걸 읽다가 자야지.

좋은 관계
나쁜 관계

6시, 알람이 울린다. 출근을 위해 일어나야 마땅하다. 몸을 일으키기만 하면 내 몸은 기계처럼 출근 준비를 마칠 것이다. 십 년 넘게 해온 일이 아닌가. 그런데 몸이 딱딱하게 굳어 있다. 매일 아침 알람을 세 번씩 끄고 다시 잠든다. 눈꺼풀이 무거워 사지는 이불 속으로 녹아든다. 갈급한 잠 속에서 다음 알람을 기다리며 초조해한다. 대체 어젯밤엔 왜 그리 늦게 잤는지. 이제 더는 지체할 수 없게 돼서야 가까스로 눈을 떴다. 더듬더듬 알람을 끄고, 어제 듣던 팟캐스트를 켠다. 언제부턴지 기억은 나지 않지만 난 이동진의 빨간책방을 벗 삼아 하릴없는 시간을 지탱했다. 운전하면서도, 러닝머신 위에서도 이동진은 친구 김중혁과 쉴 새 없이 떠든다. 이 나긋나긋한 이 아저씨가 뭐가 좋은지 한 에피소드를 몇 번씩 듣고 있다. 그뿐만 아니라 그가 추천한 책을 읽고, 그가 쓴 글을 빠짐없이 찾아 읽는다. 올해 빨간책방은 7년의 세월을 끝으로 종방했지만, 여전히 난 이동진과 좋은 관계를 맺고 있다.

8시, 분주한 출근길에 소외감을 느낄 때가 있다. 주위를 둘러보면 모두 앞만 보고 걷는다. 두리번거리는 나는 미세먼지 가득한 도심을 헤치는 그들이 야속하다. 아랑곳없이 나아가는 그 거침없는 행렬에 주눅 든다. 난 이 도시 어디쯤 좌표를 찍고 있나. 괜스레 지금 사는 모습에 영 자신이 없다. 잘살고 있는 걸까. 출근길은 회의를 부르는 시간이다. 세상이 온통 잿빛으로 물듦에도 불구하고 인파는 잦아들 줄 모른다.

지하철에 올라타면 사람을 구경한다. 2호선 안 사람은 대부분 고개를 처박고 스마트폰을 한다. 종종 나 같은 녀석과 눈이 마주쳐 서둘러 창밖으로 고개를 돌린다. 2호선에서 내다보는 한강은 다른 세상처럼 눈부시다. 이내 찡긋거리다 재차 사람 관찰을 시작한다. 예쁜 여성을 흘깃거리고, 구겨진 셔츠를 입은 아저씨의 어젯밤을 상상하는 것도 재밌다. 그러다 가끔 책을 읽는 사람을 마주할 때도 있다. 난 호기심이 많은 편이 아닌데 이상하게 누가 책을 읽고 있으면 그 책이 뭔지 궁금하다. 고개를 주억거리는 그를 빤히 쳐다보게 된다. 가끔 책 제목을 알려고 갖은 수를 쓴다. 주저앉아 신발 끈을 매는 척도

하고, 몰래 그가 편 페이지에 적힌 문장을 훔쳐보며 아는 책인지 가늠한다. 이상한 동조 의식이 생겨 책을 읽는 그를 보면 애틋한 마음을 품는다. 난 쏟아지는 졸음을 견디며 책을 읽는 타인과 좋은 관계를 맺고 있다.

13시, 점심시간에 짬을 내 운동을 한다. 오늘도 귀에 에어팟을 달고 쇳덩이와 씨름했다. 매일 같은 시간에 체육관에 발을 디딘다. 편한 옷을 입고 운동화를 묶으면 삶이 잠시나마 단단해진 기분이다. 때론 무언가를 꾸준하게 한다는 것만으로 얻어지는 마음이 있다. 시즌이 끝날 때까지 로테이션을 지키는 투수처럼 든든하다. 내겐 십 년이라는 시간 동안 들른 체육관이 그렇다. 운동은 글쓰기와 더불어 매사에 시큰둥한 날 툭 건드려준다. 하루에 한 번 어깨를 으쓱할 수 있는 뿌듯함이다. 난 헬스장 샤워실의 형태, 운동 기구가 배치된 마룻바닥의 단단함에 수줍은 애정을 가진다. 얼굴은 알지만, 누군지는 모르는 무수한 낯들과 적당한 거리를 유지하며 쇳덩이를 든다. 난 그들 각자의 리듬에 경애를 품는다. 표정은 누구라도 죽일 듯이 심각하지만, 이 시간만큼은 그에게도 평온이 찾아오길 바란다.

온전히 개인이 되기 어려운 일상이다. 현대인의 삶이라는 게 늘 부대끼고 서로에 생채기를 낸다. 그럴 때면 난 도시에 염증을 느낀다. 내게 체육관은 보기 드문 사유와 사색의 공간이다. 맑은 공기와 개울, 드넓은 대지는 아니지만, 바벨 하나에 온전히 몰입할 수 있다. 반복적으로 찾아오는 팽팽한 긴장과 함께 정해진 세트 수를 채운다. 조용하고 단호하며 오롯하다. 의심의 여지없이 온전한 1인분을 보장받는 시간이다. 누군가의 아버지, 어느 사무실 김 대리, 저 옆 식당 주인 김씨. 난 상상한다. 더도 말고 덜도 말고 이처럼 느슨한 연대로 묶인 공동체면 족하다고. 난 체육관을 메운 이름 모를 이들과 좋은 관계를 맺고 있다.

16시, 커피를 마시니 몸에 통증이 가신다. 카페인은 온몸으로 퍼져 내 감각을 둔화한다. 점심에 무리해서 든 바벨 때문에 어깨가 결리지만, 커피를 연거푸 들이켜며 다독였다. 스트레칭하며 습관처럼 인스타그램을 휙 내렸다. 여러 사진을 타고 다니다 그를 마주한다. 무수한 사진 속에서 우연한 척 그를 적시한다. 한때 함께였던 그가 아이를 안고 미소 짓는다. 누구에게나 그런 이가 있다. 살면서 맞는 여러 질곡을 옆에서 함께하는 이. 도무지 잡히지 않는 절대적 명제 앞에서 우두커니 멀어진 이. 그는 고독하고 혼자에 익숙한 사람이다. 늘 말을 걸면 확고한 제 주관을 내게 털어놓는다. 난 그 입매를 보며 동경했고, 그를 향한 글을 쓰며 내 사고를 탓했다. 그런 사람은 잘 나타나지 않고, 찰나로 느껴지게끔 불식간에 사라져 버린다. 이제는 볼 수 없는 그를 생각하다 퍼뜩 화면을 끄고 다시 보고서에 집중한다. 난 내 자투리 시간을 앗아가는 인스타그램과 나쁜 관계를 맺고 있다.

19시, 퇴근길은 때론 숨 막히게 불쾌하다. 도로는 들끓고 더위와 미세먼지에 숨이 막힐 지경이다. 가장 처참한 건 내가 피할 곳이라곤 스타벅스뿐이라는 점이다. 삼각지 역에서 효창공원 쪽으로 걷는 도로가 좋다. 서울에서 보기 드물게 골목이 굽이굽이 나 있기 때문이다. 골목을 걸으면 어릴 적 살던 안양 구석진 동네가 떠오른다. 수많은 잡동사니가 숨겨진 마을 생김새가 그립다. 이제는 재개발로 사라진 동네는 기억 속에만 존재한다. 사진이라도 좀 찍어뒀으면 좋았으련만. 난 그 녹슨 동네가 좋았다. 아이들이 골목 구석구석 숨어 있고, 거리마다 한숨 돌릴 여력을 발견했다. 요즘처럼 집을 나서자마자 차들이 뿜는 매연에 노출되지는 않았다. 도시는 골목을 뭉개버렸고, 그 결과 휑뎅그렁한 도회지만 남았다. 일률적으로 구획한 빌딩은 아이들의 목소리를 잦아들게 한다. 도시는 번듯한 얼굴로 꾸며 합리의 틈새에 기생한다. 땀에 흠뻑 젖은 셔츠를 풀고, 칼칼한 목에 아이스 아메리카노를 털어 넣었다. 지금으로선 이거뿐이다. 난 스타벅스와 좋은 관계를 맺고 있다.

22시, 또 잠이 안 온다. 오늘도 왓챠 플레이를 켜고 추억의 명화를 드문드문 본다. 영화 〈애니 홀〉에서 우디 앨런은 말한다. “인생에는 외로움과 고통, 괴로움 그리고 불행이 가득하지만, 그 순간조차 순식간에 지나간다.” 우디 앨런은 한 인터뷰에서 이런 말도 했다. “나는 인생이 암울하고 고통스러우며 악몽 같고 의미 없는 경험이라고 생각합니다. 그리고 이를 극복하는 단 한 가지 방법은 자신에게 거짓

말을 하고 자신을 기만하는 것으로 생각합니다." 난 우디 앨런이 가진 예의 그 냉소적인 말투에 호감이 간다. 그가 견지하는 별거 없다는 식의 화법은 유유히 무참한 현실을 비껴간다. 나 역시 망상을 통해 현실과 괴리되는 요령을 익혔다. 요령부득한 일과에 빗금을 치고, 불현듯 틈입한 뼈아픔에 딴청을 피우고 산다. 요즘은 여행 철이라 스카이스캐너를 펴고 휴가지를 떠올리며 내일을 망각한다. 낯선 도시를 걷는 내가 보인다. 상상은 잠시고 또 자정을 넘어섰다. 불을 끄려고 보니 베개에 눅진 자국이 남아 있다. 내일도 녹록치 않을 참이다. 난 내 잠을 훼방 놓는 왓챠 플레이와 나쁜 관계를 맺고 있다.

아무것도 않고 허송세월

×

빈둥대던 때를 기억한다. 아침에 책을 좀 읽고 저녁에 시원해지면 영화관을 들락거렸다. 아무것도 하릴없는 새벽 밤이라는 게 그리도 유려한지 그때 알았다. 아마도 그쯤부터 훌훌 털어내는 삶에 대해 생각했다. 더딘 굴레는 어디에나 있기 마련이지만 언제든 귀에 이어폰을 꽂고 거리로 나설 수 있는 상태이기를. 당시 아르바이트를 해서 모아두었던 은행 잔고는 짧은 연애와 함께 금세 바닥이 났다. 그래서 시작한 게 집 근처 고깃집 일이었다. 편의점이나 배달 일은 보수가 적었고 한 달은 꼬박 채워야 했다. 고되게 일하고 하루하루 목돈을 타서 그걸 또 어딘가에 탕진하는 게 좋았다.

여름이라 날도 더운데, 손님이 늘 북적거리는 고급 식당에서 불판을 가는 일은 쉽지 않았다. 시급이 7,000원, 요즘엔 최저 수준이지만 당시엔 꽤 센 아르바이트였다. 불판을 갈고 고기를 자르며 남 비위를 맞춘다는 게 날 위축시켰다. 주말에 스타벅스에서 6,000원짜리 캐러멜 마키아토를 마시고, 5,000원짜리 케이크를 사 먹곤 했던 내 사치는 한 시간 중노동에 그림의 떡이 되었다. 그래도 불볕더위에 지칠 때면 같이 일하는 형과 식당 뒤편, 개집 앞에서 세상일에 대해 떠드는 게 낙이었다. 행복은 돈 없이도 충분히 가능하다는 공자님 말씀 따위는 이 신자유주의 시대에 아무런 위로도 되지 않는다며 힐난하던 형의 꺼먼 얼굴이 지금도 가끔 떠오른다. 난 왜 아무것도 되지 않음에 절망했던가. 방탕하며 무목적의 단독자를 즐기는 데도 돈과 시간이 필요하다는 게 슬펐다.

당시엔 돈이 생기는 대로 영화관에 바쳤다. 다행히 그 당시가 한국 영화의 부흥기라 가는 족족 지금도 평생 잊지 못할 작품이 그득했다. 〈살인의 추억〉 〈올드보이〉 〈장화, 홍련〉 〈지구를 지켜라〉로 밤을 지새웠다. 말 그대로 닥치는 대로 영화를 봐도 성공률이 꽤 높았다. 특히 〈달콤한 인생〉에 등장하는 멋진 정장을 입은 이병헌의 모습에 푹 빠져 온갖 누아르 영화를 섭렵했다. 호텔 라운지에서 에스프레소와 초콜릿 무스를 먹고, 시가지가 내다보이는 창문에 자신을 비추며 턱을 쓸어내리는 모습에 반했다. 저게 어른의 맛인가. 별 볼 일 없던 내 삶이 언젠가는, 비록 그게 깡패의 삶이라 할지라도 물질적으로 근사해지길 기다리는 수밖에 없었다.

쉬는 날엔 동네 카페에서 사장님이 추천해준 무라카미 하루키, 미미 여사, 밀란 쿤데라, 폴 오스터를 읽었다. 알바에 지칠 대로 지쳐 집으로 돌아와 낡은 침대에 몸을 뉘고 어제 본 소설을 생각했다. 내 방 벽지는 이상한 문양이 잔뜩 있어 상상하기 좋았다. 블로그에 적을 몇 가지 문장을 떠올려보며 히죽히죽 웃었던가. 몽환에 젖어들 때쯤 열대야를 무릅쓰고 잠에 접어든다. 미래에 대한 고민도 없었고, 군대만 가면 되겠지 생각하며 마음 놓고 시간을 소모했다. 요즘 친구들은 어떠려나. 나와 비슷하지 않으려나. 정말 뉴스 앵커의 말처럼 학비와 취업 고민으로 삶을 견뎌 나가고 있으려나. 아마도 아니리라. 고된 상황에도 그들 역시 나름대로 제 시간을 빈둥대고 있을 것이다. 그렇다면 정말 다행일 것이다.

어른이 되었다. 그렇다고 뭔가 달라졌을까. 난 시급 대신 월급을 받고, 생활은 모자람이 없지만, 여전히 근근이 버텨낸다. 틈틈이 개봉 영화와 소설책을 생각하며 키보드를 두드린다. 지금은 저축을 조금 더 할 뿐이지 일상은 여전하다. 허튼소리에 반응하고, 누군가 날 쓸모없는 어른으로 여길까 봐 조바심을 낸다. 어떤 목표도 애써 도리질 치고, 심야에 손 세차나 하며 산다. 그렇다 여전히 난 머뭇거린다. 지금 이 허송세월을 떠나보낼 마음은 없다.

운전하며 라디오를 듣는다. 답이 없는 강변북로를 버텨내는 건 라디오 덕분이다. 라디오가 여전히 유효한 건 그냥 틀어놓을 수 있어서다. 한 귀로 흘리고 딴생각해도 쉼 없이 울린다. 도시의 소음을 덮고 아늑한 기분을 준다. 라디오가 일본에 처음 보급되었을 땐 국민은 이 네모난 상자를 천황의 목소리로 생각했다. 제국은 통치력 강화를 위해 라디오를 활용했고, 민초는 일을 멈추고 절대자의 입 구멍을 바라봐야 했다. 한 마디라도 놓칠세라 아이들을 다잡고 모여 앉아 부러 높은 곳에 모셔둔 라디오에 머리를 조아린다. 그들을 떠올리며 양화진 공영주차장에 차를 댔다.

합정역 부근 골목길 맑은 오후를 걸었다. 깊은 골목으로 들어서니 조용하다. 듣던 음악을 끄고 팟캐스트를 켰다. 어릴 적 내 어머니는 라디오를 카세트테이프에 녹음하곤 했다. 라디오에서 좋아하는 노래가 나올 때마다 녹음 버튼을 눌렀다. 때는 1996년 수도권에 너 나 할 것 없이 신도시 건설 바람이 불던 시절 우리 가족은 내 집 장만이라는 꿈을 이뤘다. 경기도 소도시 30평 아파트. 서울과 30분 거리에 흔한 복도식도 아니었으니 그때 부부의 기쁨은 오죽했을까. 가난한 공무원 아내로 악착같이 모아 장만한 그 집에서 그녀가 꾸었을 미래는 뭐였을까. 당시 아파트 부엌 수납함에는 난데없이 붙박이 라디오가 있었다. 아마도 무료하게 부엌일을 할 누군가를 위한 배려겠지. 문제는 너무 높은 데 있어서 어머니의 손이 잘 닿지 않았다. 까치발을 들고 라디오를 이리저리 돌리는 그녀의 뒷모습이 선하다. 저런 걸 왜

붙여놨을까 싶지만, 당시 어머니에겐 내 집 마련의 근사한 증거였다. 도자기 잔에 커피를 따르고 사과를 썰어 4인용 식탁에서 라디오를 듣던 엄마. 매일 아침 아버지와 나를 밥해 먹이고, 그녀가 맞이했을 오후의 아늑함을 그린다.

내가 제일 좋아했던 방송은 새벽 한 시에 들었던 정지영이다. 단아하고 깨끗한 그녀는 내 질 좋은 수면을 위해 소곤거리며 누군가의 사연을 읽었다. 라디오는 음성을 머릿속에 형상화한다. 그건 어쩌면 낭만의 한구석이다. 그녀의 목소리는 어떤 이야기가 되고, 조금 지나면 형형한 육체로 나타났다. 그토록 상냥했던 목소리와 렘수면에 접어들었다. 요즘은 유튜브로 개를 보며 잔다. 개를 키우지 않아도 녀석은 내 눈앞에서 무 항생제 돼지고기를 씹는다. 녀석은 뭘 줘도 잘 먹는다. 댓글엔 앞다투어 개를 후원하겠다고 난리다. 다들 조그만 화면으로 개를 위한다. 그게 요즘엔 위안이다.

집에 큰 위기가 닥쳤을 때 어딘가 훼손된 어머니를 보았다. 아침에 어머니가 듣던 MBC FM 정은임 아나운서도, 저녁밥 먹을 때 이상한 음악을 틀던 배철수도 더는 찾지 않았다. 아파트를 떠나며 난 어떤 시절이 끝났음을 알았다.

대책 없이 좋아하는 것들

×

맹목적 사랑

어릴 적 친척 누나가 신승훈을 좋아했다. 그냥 좋아하는 게 아니라 요즘 아이돌 팬덤 못지않았다. 누나의 입시에 총력을 쏟던 큰어머니의 근심이 날로 커졌다. 워낙 호들갑을 떠시니 당시엔 나는 그게 무슨 큰 문제라도 되는 줄 알았다. 음반을 사서 모으고, 꼬박꼬박 콘서트에 가는 건 요즘 애들도 하는 흔한 팬질 아닌가. 때는 바야흐로 미대 입시생의 가을, 누나의 열정은 독립투사 못지않았다. 영문을 알리 없는 내 눈엔 박해를 피해 달아나는 누나가 순교자로 보였다. 누구의 말에도 아랑곳하지 않고 하늘만 허락한 사랑을 한다.

내가 정작 놀랐던 건 누군가를 그렇게 맹목으로 좋아할 수 있다는 사실이었다. 일종의 샤머니즘, 절대자를 향한 숭배랄까. 누나 방에 들어서면 휘황한 브로마이드와 당시에 누나가 그린 그림이 뒤섞여 무당집을 방불케 했다. 나도 듀스를 좋아했지만, TV를 보며 춤만 따라 추는 정도였을 뿐이다. 그에 반해 누나는 행동으로 보여주는 아나키스트였다. 신승훈의 일거수일투족을 따라다니며 울부짖고, 문구점에서 온갖 '굿즈'를 사 모았다. 그 경이로운 사랑은 내 기억 속에 강렬한 자국을 남겼다. 난 한 번도 그런 열렬한 사랑을 한 적이 없다. 현재 누나는 미술학원을 운영하며 신승훈을 잊고 산다.

토니 스콧 감독의 영화 〈더 팬〉에서 삶에 대한 아무런 희망 없이 살아가는 자동차 세일즈맨 길 레나드(로버트 드니로)는 오로지 메이저리그 야구를 보는 게 삶의 낙이다. 특히 슈퍼스타 바비 레이번(웨슬리 스나입스)에 대한 사랑은 광적이며 집요하다. 그런 바비가 고향 팀인 샌프란시스코 자이언츠 팀으로 온다는 사실에 그는 극도의 흥분 상태에 빠진다. 하지만 이적 이후 바비는 기대와 달리 슬럼프에 빠지고, 때마침 길 레나드의 인생도 추락하기 시작한다. 드니로가 흥분하면 상황은 위험해지는 법. 여기서부터 영화는 사이코 스릴러의 면모를 띠기 시작한다. 인생의 밑바닥에서 스타를 향한 애착이 살인과 납치로 이어지고, 이 모든 일을 상상조차 하지 못했던 바비는 길 레나드를 벗어나기 위해 꽁지에 불 꾸러미를 단 가오리연처럼 동분서주

한다. 누나가 신승훈을 향해 품은 사랑은 맹목적이라 두려웠고, 그 시절이 꽤 짧아서 지금은 흔적조차 남지 않았음에 섬뜩하다. 이유 없이 시작된 사랑이 한순간에 사라진다는 건 어쩌면 인생의 무서운 비밀과 같이 느껴져 자꾸만 돌아보게 된다.

규칙적 사랑

하루에 한 시간 정도는 체육관에서 보낸다. 때론 몸이 무거워 빠질 때도 있지만 어쨌든 일주일에 네 번은 다녀온다. 내가 꾸준히 취한 몇 안 되는 취미 중 하나다. 마치 글을 쓰고 소설을 읽듯 같은 시간에 체육관에 발을 디딘다. 편한 옷을 입고 운동화를 묶으면 삶이 잠시나마 단단해진다. 귀에 이어폰을 꽂고 준비해온 음악을 틀며 몸을 자극한다. 내 주위엔 저마다 생각에 잠겨 운동하는 사람들이 보인다. 눈을 흘깃거리며 그들을 보는 게 좋다. 표정은 누구라도 죽일 듯이 심각하지만, 이 시간만큼은 그들에게도 평온이 찾아오리라. 내가 다니는 헬스장은 그리 넓지도 특별하지도 않지만 적은 사람이 각자 위치에서 힘을 쏟는다. 늘 기꺼운 정경이다.

중고서점에 가서 책을 골라 읽는다. 종일 골몰하다 퇴근하면 몸이 천근만근이라 흐트러진 몸과 풀린 눈으로 어렵사리 문장을 주워 담는다. 서점이 대학 근처라 간혹 공부하는 친구를 목격한다. 굳은 얼굴로 벽돌 같은 책을 펴고 학습에 여념이 없다. 책을 넘기는 동작에 엄숙함과 절도가 묻어났다. 내가 이 책을 씹어 먹어서 더 나은 삶을 살겠다는 결기가 드러난다. 나 같은 한량이야 소설이나 읽으며 감상에 빠져 살지만, 그는 자격증 취득과 외국어를 습득하며 삶의 의지를 다진다. 난 그게 보기가 좋아 흐뭇하면서도 내심 부끄러워 힐끔힐끔 그를 엿본다. 내 소설이 드러나지 않도록 잘 가리면서 그의 굳은 어깨가 움찔할 때마다 덩달아 들썩이며 그를 의식한다. 난 그와의 독서가 즐거워 가끔 내가 느슨해질 때면 서점을 찾는다. 학생들의 균일하고 단단하게 조여진 일상에 난 유난한 애정을 가진다.

잊힌 사랑

친척 누나와 관련하여 떠오르는 기억이 하나 더 있다. 당시 누나 방에 들어서면 신승훈 브로마이드 외에도 명화를 모사한 그림이 많았다. 당시 누나는 입시를 목전에 둔 미술학도였으니 그럴 만하다. 방 안이 요란했지만 달리 보면 예술가의 작업실처럼 아기자기했다. 어떤 모습이었는지 자취만 남았다(벌써 20년이 넘었다). 비어 있는 누나 방에 들어가서 화집을 보면 기분이 좋았다. 미술에 관한 내 원체험이다. 미술을 향한 정체를 알 수 없는 동경이랄까. 그저 네모난 프레임이 의미심장해 보였다. 당시 방에 어떤 그림이 있었는지 감도 오지 않는다. 아마도 후기 인상주의 그림이었으리라. 고색창연한 그림이 주는 감흥에 휩싸인 난 침대에 쪼그려 앉아 낮잠을 잤다. 유독 그 안에서 혼자 즐겼다. 한낮엔 정적이 온 방을 채우고 시간은 여진처럼 느리게만 흐른다.

한때 유럽 유수의 미술관을 다니며 그림을 구경했다. 내가 그때 느낀 건 모르면 안 보이는구나. 몰라야 보인다는 순진한 예술론은 통하지 않았다. 어릴 땐 몰라도 보였는데, 왜인지 지금은 아무것도 보이지 않았다. 내가 닫혀서일까. 고민하던 난 결국 곰브리치를 샀다. 졸음을 참으며 18유로짜리 게스트하우스 침대에서 책장을 넘겼다. 최근 현대미술 경향은 죄다 개념 싸움이다. 작품을 맥락 없이 보는 건 한낱 껍데기와 다를 바 없다. 제프 쿤스와 데미안 허스트를 보며 아무런 지식 없이 뭘 느낄 수 있을까. 뒤샹이 변기를 들고 와서 '샘'이라 명한 지 이제 100년이 넘었다. 요즘 서울시립미술관에선 데이비드 호크니가 수영 솜씨를 뽐내고 있다.

문학적 사랑

1년 남짓 유럽 생활에서 가장 인상적인 장소를 꼽으라면 프랑스 툴루즈에 있는 생 세르냉 대성당La basilique Saint-Sernin이다. 성당이 한눈에 보이는 카페에서 늘 책을 읽곤 했다. 툴루즈에서는 나름 유명한 곳이라 여행자도 목을 축이고, 근처 학교 학생들도 수다를 떠는 장소다. 이 카페가 단골집이 된 건 우연이었다. 성당 앞을 산책하다가 커피집 실내를 둘러보는데 곳곳에 지역 주민이 그린 그림이 빼곡했다. 창밖으로는 강렬한 햇빛과 함께 생 세르냉이 고고한 자태를 뽐낸다. 어려서부터 유럽을 동경했다. 그 기저엔 대성당을 향한 매혹이 있다. 대성당 앞에 서면 누군가의 삶이 켜켜이 쌓여 만들어낸 역사를 마주하는 기분이 든다. 종탑과 격자무늬 창의 아름다움. 고딕과 로마네스크의 위엄이 고루 섞인 대성당을 보면 벅찬 숨을 내뱉는다. 영겁의 세월에도 변하지 않는 불변의 가치. 평지풍파가 세상사를 뒤흔들 때도 변치 않는 위엄. 그 무거움이 좋아 늘 책을 들고 성당을 찾았다.

레이먼드 카버의 단편 소설 「대성당」은 단순한 이야기다. 한 부부의 집에 맹인 남자가 방문한다. 남편은 이 상황이 달갑지 않다. 방문하는 맹인이 아내 친구라는데 처음 듣는 얘기다. 남편은 생각한다. 그녀와는 무슨 관계지? 아니, 도대체 맹인을 왜 데리고 온다는 거야? 속 좁아 보일까 봐 묻지도 못해 뾰로통하다. 곧 셋은 한자리에 모여 앉아 대화를 시작한다. 어색한 웃음과 실없는 대화가 오간다. 곧 말이 없어지고 시간은 더디게만 흐른다. 그때 TV에서 대성당에 관한 방송이 나온다. 맹인은 남편에게 대성당의 생김새를 알려달라고 한다. 남편은 말로 설명해보려고 하지만 잘 안 된다. 결국 맹인은 남자에게 함께 대성당을 함께 그려보자고 제안한다. 어색하게 손을 맞잡고 대성당을 그려나가는 두 사람. 남자는 생전 처음 그려보는 대성당에 스스로 놀란다. 그리고 말한다. 이거 진짜 대단하군요!

레이먼드 카버의 소설을 좋아하는 이유를 말로 하긴 어렵다. 다만 평소 스쳐 지나갔던 감각이 되살아나는 느낌에 놀란다. 관성처럼 지나가는 일상에서 망각한 제스처를 일깨운달까. 세상엔 제대로 설명할 수 없지만 좋은 것들이 있다. 맹목으로 무조건적인 사랑을 보내는 대상이 있게 마련이다. 그건 말로 설명할 수 있는 종류가 아니다. 마음이 너그러워지고 바람이 옷을 적실 때 우연처럼 다가온다. 문학은 누나의 신승훈처럼, 헬스장의 아늑함과 같이 말로 설명이 되지 않는 감정을 흩뿌린다. 자취만 남은 감각을 근사치에 가깝게 서술한다. 「대성당」은 멍하니 창밖을 바라볼 때 그려보는 소설이다. 별것 아닌 것 같지만 뭔가를 좋아한다는 건 그렇게 불분명한 감각인가 보다.

윤종신의 늦바람

아침에 일어나서 눈이 떠지지 않아 폰으로 뉴스를 실눈으로 살폈다. 거대한 혼돈에 휩싸인 최근 정국을 마주하기 버거워, 내 사랑 연예란으로 눈을 돌렸다. 12년 만에 라디오스타에서 하차하는 윤종신. 갑자기 기억 한 조각이 툭 하고 떨어졌다.

스물 중반, 한창 내 위악과 냉소가 치솟을 무렵 난 매주 수요일마다 라디오 스타를 즐겼다. 색동옷에 연지를 찍은 무릎팍의 등쌀에 한 회가 5분도 안 돼서 끝나버리던 시절부터. 사회생활을 막 시작할 무렵이라 뭐든 헐뜯고 싶을 때 김구라가 거기 있었다. 아직 먹고살기가 텁텁하던 시절 김구라는 전투력이 최고조에 다다라 있었다. 난 그의 돌직구에 대리 만족을 느꼈다. 사무실에서 과장의 구박에 숨죽이던 나와 달리 그는 래퍼처럼 누구든 가리지 않고 일갈했다(물론 약자에게 더 강했다는 건 인정해야 마땅하다). 게스트를 불러놓고 막 나무라는 〈라디오 스타〉의 콘셉트는 사실 곱지 않은 시선을 불러일으켰다. 김구라가 칼을 높이 쳐들면, 신정환이 입에 머금던 술을 내뱉는 식이니 당할 자가 없었다. 온갖 매체에서 막말 방송이라고 비난하고, 그 거침없음을 불편해한 안티도 상당했다. 그래도 김구라, 신정환, 윤종신, 김국진은 꿋꿋했다. 난 정예라는 말을 떠올리면, 『삼국지』나 『슬램덩크』가 아니라 당시 〈라디오 스타〉를 먼저 떠올린다. 난 수요일 밤 〈라디오 스타〉에서 허튼소리를 주워듣고, 주말에 술자리에서 거친 농담을 배설했다. 이제는 세월이 지나 김구라의 전투력도 예전과 달리 묽어진 탓에 이제 온 가족이 모여 밥상머리에서 그가 출연하는 〈복면가왕〉을 보더라. 김구라는 바야흐로 주말 저녁을 책임질 수 있는 방송 전문가가 되었으니까. 그 결과로 난 이제 김구라가 나오는 예능을 잘 보지 않는다. 내가 텔레비전을 멀리하던 시점이 그 시기와 묘하게 겹친다.

당시에 김구라는 방송을 같이 시작한 윤종신을 함부로 격하했다. 게스트가 지루해 방송이 잘 풀리지 않으면, 패널들끼리 서로 헐뜯는 분위기에서 김구라의 먹잇감은 단연 윤종신이었다. 인텔리한 이미지에 음악적으로 화려한 커리어를 가진 그가 마흔이 넘어 험난한 예능에 뛰어들었으니까. 김구라는 틈만 나면 무시와 조롱으로 윤종신의 커리어를 깎아내렸다. 유희열 김동률과 함께 90년대 감성 발라드를 장악했지만, 어느 순간 격차가 벌어져버린 시기. 그들이 해가 다르게 더 높은 평가를 받는 것과 다르게 마흔이 넘어 본격적으로 주워 먹기 개그 스타일을 창시한 그의 처지를 비꼈다. 난 개인적으로 그 시기가 윤종신의 음악적 슬럼프라고 생각한다. 찬란하게 빛나던 윤종신의 음악은 뒤늦은 입대, 결혼으로 인해 하향 곡선을 탔다. 아니, 그 당시엔 그렇게 생각했다. 난 그때 무르익음이라는 가치를 몰랐으니까. 온통 뜨겁기만 해서 조금만 식어도 시시해했으니까. 김구라는 그 미지근함을 그가 커리어에 종지부를 찍었다고 단언했다. 그건 윤종신에게 아픈 말이었을 것이다. 김구라의 말은 농담조였지만 물이 졸아버린 신라면처럼 맵고 얼얼했다. 나 역시 김구라의 독한 혀에 자지러지게 배를 긁으며 웃었던가. 예능 늦둥이라는 호칭에 손뼉을 치며 웃던 윤종신은 때마다 너그럽게 놀림을 받아들였지만, 몇 년 후 한 인터뷰에서 초조와 서글픔을 느꼈던 마음을 고백한 바 있다. 내가 한때 몰입하던 뮤지션은 그렇게 잊혀갔다. 아마 나도 그 시점부터 윤종신의 음악을 멀리했던 것 같다.

김구라의 말처럼 난 90년대 발라드가 정점인 시기에 그의 음악을 즐겼다. 카세트테이프를 모으던 형의 영향으로 윤종신, 유희열, 윤상, 전람회, 이승환을 일찍부터 들었다. 내 눈엔 신승훈을 들으면 시시했고, 윤종신을 들으면 뭘 좀 아는 놈이었다. 하지만 내가 윤종신의 앨범 중 가장 많이 들었던 건 〈Annie〉가 수록된 〈헤어진 사람들을 위한 지침서〉다. 남들이 한풀 꺾였다고 말하던 시절, 그의 음악이 내 플레이리스트에 한참을 머물렀다. 연인과의 이별을 격한 감정 없이 소회하고, 때론 팔짱을 두르고 웃을 수 있는 가사가 인상적이다. 김구라가 매가리가 없다고 비난했던 음악적 기조가 너그러운 윤종신의 성품과 잘 어울린다. 뜨거운 여름이 지나고, 앨범 표지를 보면 일찍부터 코트를 꺼내 입은 그는 이제 한 시절이 지남을 잊지 않고, 이제 다시는 뜨겁지 않으리라 말한다. 그리고 윤종신의 다음 정규앨범 제목은 〈그늘〉이다.

모두의 예측과 달리 윤종신은 사그라지지 않았다. 내가 어릴 적을 회고해야 문득 떠오르는 과거로 남지 않았다. 노총각 사인방(김현철, 이현우, 윤종신, 윤상)으로 불리던 네 명의 뮤지션이 음악과 거리를 둘 때도 그는 예능에만 출연하는 이인자 캐릭터에 머물지 않았다. 월간 윤종신 프로젝트를 진행해, 천편일률적인 한국 가요계에서 보기 드문 형식 실험의 성공사례로 남겼다. 또한 패널들의 온갖 사고에도 불구하고 〈라디오 스타〉를 보란 듯이 MBC 간판 예능으로 정착시켰다. 12년 동안 단 1회도 빠지지 않고 프로그램을 지켰다. 난 누군가에게 품위 있는 사십 대를 말할 때 윤종신을 언급할 때가 있다. 자신의 미흡을 두고 농담을 할 줄 알고, 과거의 성공을 과신하지 않는 태도. 그리고 무엇보다 꾸준함. 화려한 미덕보다 익숙함과 변주의 가치를 아는 뮤지션. 개인의 취향이라는 말이 가진 부박함을 의식하는 감각.

난 윤종신을 볼 때마다 벤 스틸러가 떠오른다. 왜소한 체격과 작은 키. 하지만 재기 넘치는 미소와 말끝마다 유머를 곁들이는 재치. 〈미트 페어런츠〉에서 벤 스틸러는 간호사이자 어딘가 듬성듬성한 사윗감을 연기한다. 설상가상으로 장인은 로버트 드니로고, 그의 극성스러운 딸 사랑에 잔뜩 긴장한 벤 스틸러는 실수 연발이다. 전직 CIA 요원인 장인은 의심이 커지자 더 그를 옥죄고, 벤 스틸러는 점점 더 고립무원에 빠진다. 하지만 그는 결국 모든 난관을 넘어 결혼에 골인한다. 벤 스틸러의 이런 어벙벙하고 나사 빠진 캐릭터라이징은 보는 이로 하여금 오히려 호감을 불러일으키고, 심각한 상황을 비트는 재치 있는 말솜씨와 다재다능함은 그를 다시 보게 한다. 그건 윤종신이 가진 특질과 같아서 보면 볼수록 빠져든다. 처음엔 얕보다가도 종국엔 인정하지 않을 수 없어진다. 난 말이 적고 매사에 어두워 벤 스틸러처럼 재치 넘치는 달변가에게 호감을 느낀다. 특히 누구에게도 불편하지 않을 농담을 한다는 점을 좋아한다. 자신을 소재로 한 농담처럼 안전한 유머는 없다. 이 역시 윤종신과 비슷한 면이다. 두 사람은 체격과 성격 못지않게 화법과 유머까지 닮아 있다.

난 〈라디오 스타〉에서 윤종신의 마지막 회를 보았다. 김구라는 윤종신에게 이별 선물로 100유로가 갈피에 끼워진 책 한 권과 하와이안 셔츠를 선물하더라. 별로 신경 안 쓰는 듯, 의례적인 요식이라 고개를 돌리고 선물을 건넨다. 하지만 윤종신의 얼굴엔 감동의 빛이 스쳤다. 거기엔 십 년을 넘게 쌓아 올린 유대가 있었으니까. 모두가 지쳐 안식할 나이에 자신을 북돋는 동년배를 향한 존중이 있었다. 적어도 내겐 그렇게 보여 주책맞게 침대에서 찡해졌다. 방송에서 하차한 그는 '월간 윤종신'이 10주년을 맞게 되는 내년 이방인의 시선으로 프로젝트를 제작한다고 한다. 윤종신은 〈라디오 스타〉의 마지막으로 〈늦바람〉이라는 곡을 불렀다.

그래도
그 덕분에

×

누구나 처음을 상기하듯, 나 역시 종종 그해 여름을 떠올린다. 숨막히는 더위에 신음하던 나는 갈피를 못 잡고 아파트 단지를 쏘다녔다. 딱히 갈 덴 없었다. 빈집은 싫었고 놀러 갈 만한 곳도 생각나지 않았다. 그놈의 피시방이라면 지긋지긋했으니까. 들끓는 애들도, 뮤턴트를 죽이겠다고 눈에 불을 켜는 꼴도 질색이었다. 아마 난 그때부터 뿅뿅뿅을 싫어했나 보다. 날 둘러싼 아파트 단지의 빼곡한 문들은 이 더운 여름에도 굳게 닫혀 있다.

그때 학교 도서관을 떠올린 건 순전히 에어컨 탓이다. 거기라면 혼자 있어도 어색하지 않겠지. 컴컴한 복도를 삐걱거리며 걷는데 적막이 흘렀다. 정적을 끼얹으니 등목을 한 듯 시원하다. 난 학교가 늘 힘들었는데, 이제 와 생각해보면 시끌벅적함을 못 견뎠기 때문이었다. 도무지 가만히 있지 못하는 애들 틈에서 어떻게든 혼자가 되려고 용을 썼다. 그러니 선생도 날 곱게 보지 않았겠지. 뭐든 같이 하기를 강요하는 통에 억지로 어울리는 척했다. 고개를 수그리고 두 팔로 빛을 가리며 이어폰을 끼고 엎드려 처잤다. 그러면 좀 살 만했다.

복도 끝에 이르자 도서관 창으로 사서 선생님이 보인다. 수북이 담긴 녹차 티백과 잘 깎인 연필이 책상에 놓여 있다. 격자무늬 블라인드로 빛이 들어오지만, 눈이 부시진 않다. 신간 도서 목록을 정리하다 말았는지 책상 한옆에 책들이 쌓여 있다. 늘 입던 청바지에 긴 머리로 얼굴을 감춘 그는 뭘 읽고 있을까. 쭈뼛거리며 아무도 없는 도서관 귀퉁이에 앉았다. 무심코 책을 하나 들고 왔는데 삼중당 문고에서 나온 샐린저의 『호밀밭의 파수꾼』이었다. 얼마나 시간이 지났을까. 그는 어느새 다가와서 이 소설을 좋아하냐고 내게 묻는다. 입술이 근질거리고 손끝에는 감각이 없었다. 뭐라 했더라. 잠든 사람처럼 몽롱한 기분으로 도서관을 빠져나왔다. 늘 디디던 대리석이 유난히 차갑게 느껴진다. 늘 걷던 복도를 스치듯이 지나며 생각이 또렷해진다. 학교 문을 나서자 오후 풍경이 눈에 들어오고 난 그와 책 얘기를 하고 싶다고 생각했다.

영화 〈러브레터〉

사서 선생님을 향한 추억과 함께 내 기억 속에 도서관 하면 떠오르는 건 도서 대출 카드다. 책 뒤에 꽂힌 도서 대출 카드는 최근엔 사라졌지만, 예전에는 도서관에서 책을 빌리려면 대출 카드에 꼭 기록을 남겨야 했다. 그래서 카드만 봐도 어떤 사람이 대출했는지 한눈에 알 수 있었다. 한여름에 찾아간 도서관에서 추리 소설책을 빼 들고 노란 봉투 속 빳빳한 종이 카드에 내 이름을 새기고 책을 들고 나오던 시간이 그립다. 이런 도서 대출 카드에 관한 추억을 다룬 영화도 있다. 〈러브레터〉는 도서 대출 카드가 만든 인연이 긴 세월을 거치며 우연을 타고 다시 찾아오는 마법과 같은 순간을 선사한다.

주인공 히로코는 죽은 남자 친구 후지이가 그리워 그의 고등학교 시절 집 주소로 편지를 보낸다. 근데 놀랍게도 남자 친구 이름으로 답장이 온다. 영문을 알고 보니 죽은 연인과 고등학교 시절 동창이자 동명이인인 여자 후지이가 답장을 한 것이다. 히로코는 후지이에게 학창 시절 그에 대한 기억을 생각나는 대로 알려달라고 조른다. 그렇게 편지로 그에 관한 기억을 주고받으며 영화는 덤덤하게 흘러간다.

남자 이츠키는 늘 빈둥거리고 아무도 찾지 않는 책 도서 카드에 자기 이름을 새기는 게 취미인 녀석이었다. 그에 관한 기억은 죄다 불쾌한 것뿐이라 별다른 말을 할 게 없다고 여자 이츠키는 말한다. 다만 오직 하나의 기억은 남다르다. 그녀가 가족상을 당해 학교를 못 나올 때 남자 이츠키가 불쑥 그녀를 찾아온다. 책 한 권을 들고, 대신 반납해달라며 퉁명스러운 말을 남기고 떠난 녀석. 이때 건네받은 책이 마르셀 프루스트의 『잃어버린 시간을 찾아서』다. 그 후 남자 이츠키는 전학을 가버리고, 둘은 영영 만나지 못한다.

여자 이츠키는 옛 추억이 떠올라 오랜만에 다시 고등학교 도서관을 찾는다. 그 시절의 추억이 몸을 감싸고, 시간의 경과를 몸소 느끼며 회상에 젖는다. 며칠 후 이츠키에게 뜻밖의 손님이 찾아온다. 도서관에서 만났던 후배들이 우르르 몰려온 것이다. 녀석들은 그녀에게 덥석 『잃어버린 시간을 찾아서』 책을 내민다. 남자 이츠키가 그녀에게 반납해달라고 했던 그 책이다. 그리고 책에 꽂힌 독서 카드를 보니 학창 시절 여자 이츠키 자신의 얼굴이 그려져 있다.

살아가다 보면 길을 잃고 어두운 숲속에 서 있는 자신을 발견하게 된다. 그럴 땐 종종 형언할 수 없는 기분에 사로잡혀 일상의 커다란 구멍을 마주하고도 미처 돌아볼 새 없이 스쳐 지난다. 늦은 밤 뭔가가 떠올라 기억을 물끄러미 응시하지만, 머리가 아득해 눈꺼풀만 무겁다. 언어는 애초에 불완전해서 마음을 온전히 녹여낼 수 없다. 이런 우리를 위해 어떤 영화는 창밖으로 멀리 어두워지는 늦저녁 하늘처럼 불가해한 현상을 서술한다. 내가 정체 모를 기분에 허우적거릴 때 어떤 이야기는 날 문학의 자장으로 이끈다. 미묘한 느낌을 놓치지 않고 광채를 띤 순간을 포착한다. 영화 〈러브레터〉는 기억 속 그런 광채에 관한 영화다. 도서관이라는 로맨스와는 아무런 관련도 없는 공간에서도 낭만은 깃든다.

『우리가 함께 장마를 볼 수도 있겠습니다』, 문학과 지성사

오래전 그날을 떠올린 데는 시인 박준의 영향이 컸다. 며칠간 야금야금 글을 읽으며 지나긴 시간을 떠올렸다. 그가 쓴 시구들은 과거 한 귀퉁이에서 건져 올린 것이었고, 난 그로 말미암아 내 누추한 기억에 손댈 용기를 얻었다. 내일의 나를 만드는 건 결국 내가 미적거리는 과거라는 걸 생각했다. 내가 머물렀던 기억이 아무런 영향 없이 흩어져 있다고 인정하긴 어렵다. 그렇게 인정해버리면 버텨낼 재간이 없다. 그래서 난 어떻게든 내 과거에 미사여구를 붙여 뭔가 의미가 있다는 식으로 글을 쓴다. 전엔 그게 억지처럼 느껴졌는데 요즘엔 다들 그렇게 훼손된 무언가를 덧칠하며 산다고 이해한다. 박준의 글을 읽으면서도 그가 과거를 돌보는 바에 내 멋대로 안심했다.

박준이 기억하는 그해는 별거 아닌 일들이 스치지만, 심심한 어조로 쓴 그 시간이 읽고 보니 애틋하다. 그땐 그저 버티기만 했던 것들이 지금은 필터에 끼워져 그럴듯하다. 덧없는 위로를 바라며 윤색한다. 그렇다 하더라도 뭐 어떤가. 그렇지 않으면 어쩌겠는가. 눈앞에 쏟아지는 일들은 녹록지가 않다. 시간이 지나면 다 웃어넘길 일이라고 믿지 않으면 고단하다. 내가 『호밀밭의 파수꾼』을 기억하는 이유는 그해가 내 생에서 가장 밑바닥이었기 때문이다. 가정과 가족이, 친구와 터전이, 켜켜이 등진 미래가 날 흐드러지게 밖으로 내밀었다. 그런데 오늘 박준을 읽다 그때를 떠올려보니, 그 시간 또한 추억처럼 아련해진다. 샐린저를 핑계 삼아 그럴싸한 감정을 꾸민다.

시집의 말미엔 신형철 평론가가 박준에 대해 적었는데 그 역시 시더라. 마치 피처링하는 가수가 원곡자를 넘어서듯, 신형철은 해설을 통해 얇은 시집에서 제 지분을 확보한다. 이러다 여차하면 위험할 수도 있겠다고 생각했다. 오만한 생각이다. 하지만 그만큼 그의 해설은 박준의 시를 더 돋보이게 함은 물론, 당연한 말이지만 해설 그 자체로 하나의 문학이 된다. 난 늘 예술작품에 관해 말한다는 핑계로 글을 써왔다. 그게 때론 비겁하게 누군가의 명성에 숨어 글을 쓴다는 자괴를 불렀지만, 신형철을 읽을 때면 예술에 관해 발언하는 그 자체에도 길이 있음에 안도한다. 그가 쓴 정확한 칭찬에 찬사에, 말 그대로 미사여구에 감복한다.

사서 선생님을 따르게 한 건 부러움이었다. 그를 좋아했지만, 정확히는 그의 저변에 끌렸다. 그는 책에 싸여 낙관적이었고, 세상 근심을 종이 더미에 휘발했다. 난 그를 보며 훗날 책 곁에 사는 사람이 되고 싶었다. 그래서 꽤 긴 시간 내 꿈은 도서관 사서였다. 책 냄새를 맡으며 기억을 그럴듯하게 적고 다시 종이를 만지는 삶. 지금도 크게 다르지 않다. 퇴근하면 다 괜찮아져, 카페에 가서 책을 펴면 족하다. 이 시기만 넘기면 된다고, 대충 수습하고 소설로 도피한다. 다 끝나고 혼자 있을 수 있다면 그뿐이다. 그렇게 타이르곤 한다.

우리를
침범하는 것들

서촌 초입에 자리한 종로도서관을 좋아한다. 사직단을 끼고 후미진 골목을 걷다 보면 작은 공원에 이른다. 며칠 전에도 그냥 들어가기 아쉬워 그 근처를 걷다 평소 눈에 안 띄던 작은 놀이터를 발견했다. 공기도 좋아 철봉이라도 할 겸 놀이터에 발을 디디자 한 소년이 보인다. 흰색 반소매 티에 검정 츄리닝 바지, 의자엔 큰 스포츠 가방이 놓여 있다. 녀석은 나를 보고 잔뜩 움츠러든다. 때아닌 불청객이 영 못마땅했는지 짐을 챙긴다. 난 수상한 사람이 아닌, 너와 함께 이 공간에 있기에 꽤 적합한 사람임을 보이기 위해 되도록 온화한 표정으로 철봉을 했다. 사실 지하철 옆자리에 앉은 사람이 제일 싫고, 극장 옆 좌석 타인이 가장 거슬리는 법이다. 그래 내 외향이 심히 험악하지. 금세 자리를 뜰 것으로 보였던 소년은 놀이터 가장자리에서 허공에 발차기한다. 스피커로 작게 틀어놨던 이름 모를 노래도 이어폰으로 바꿔 끼고 혼자에 심취한다. 왠지 모르게 그의 시간을 침범한 것 같아 미안했다.

철봉을 하며 소년을 살폈다. 이 늦은 시간에 뭘 하는 걸까. 녀석은 마치 몸 구석구석을 단련하듯 바삐 움직인다. 난 소년을 관찰하기 바빠 미적거렸다. 괜스레 누군가의 긴요한 시간을 엿본 것 같은 기분이었다. 밤 11시 놀이터는 소년에게 어떤 시간일까. 어쩌면 고달픈 하루 내내 이 시간만 기다려온 건 아니려나. 좋아하는 음악을 들으며 몸을 풀고 정처 없이 생각을 흘려보내는지. 가족의 얼굴, 학교에서의 생활, 책장에 꽂혀 있는 책들. 난 조용히 놀이터를 빠져나와 경복궁역으로 향하며 소년을 떠올렸다. 나이키 가방에 들어 있던 장갑과 티셔츠, 끈이 해진 하얀색 슈퍼스타 운동화. 공기에 흩어지는 가쁜 숨.

고등학교 1학년 때 갑작스러운 이사로 통학 시간이 길어졌다. 걸어서 5분이면 가는 학교를 버스 타고 40분을 가야 했다. 잔뜩 주눅이 들었다. 확실히 제 구획이 잡힌 무리 틈에서 혼자 된 기분이었다. 교실에서 배격된 느낌에 책상만 보다 빠져나왔다. 그땐 종일 머리가 시끄러웠다. 시종일관 덜컹거리는 버스 안에서 시디플레이어를 닳고 닳도록 들었다. 귀를 틀어막고 딴청을 피우면 좀 살 만했다. 시끄러운 집안을 잊기 위해 방구석에서도 듣고, 부모님 싸우는 소리를 피해

지옥에서 춤을 췄다. 파란색 파나소닉 제품이었는데 싸고 튼튼했다. 검은색 배낭에 소설책을 몇 권 넣고 한없이 골목을 걷다 들어가면 잠이 잘 왔다. 그때 가장 많이 들었던 게 〈휘성 1집〉이다. 구슬프게 울부짖는 그의 캐릭터가 요즘엔 희화화되는 모양인데, 그땐 그게 그렇게 위로가 됐다. 아마 울기도 했을걸. 그래서 요즘도 〈휘성 1집〉을 들으면 괜스레 오그라든다.

아침에 길을 나서며 오랜만에 〈안 되나요〉를 들었다. 멜론은 가뿐하게 14개의 트랙을 재생한다. 어쩐지 가볍게 들린다. 당시 내가 들었던 휘성은 무거웠는데. 그에겐 정제되지 않은 날카로운 울분이 있었다. 유치한 자기 연민과 교실을 불살라버리고 싶은 내 속내가 꾹꾹 담겼다. 데뷔 초기 휘성의 무대를 기억한다. 이상한 파마를 하고 큼지막한 옷을 입은 그는 내가 TV에서 보던 발라드 요정과는 달랐다. 요란한 가수 틈에서 눈을 부라리며 땅만 보고 노래를 불렀다. 내게 휘성은 과잉이며, 어둡고 침울했지만 남 같지 않았다. 목이 다 긁히고 쉬어도 끝내 뱉어버리는 무모한 기운이 좋았다. 세속적인 느낌 이면에 부득불 마이크를 잡은 기운이랄까. 침범 불가한 제 영역에서 모두를 밀어내듯 부르는 노래가 좋았다. 아침이면 그의 시디를 재생하며 아득한 등굣길을 버텼다. 지금은 내가 변해서일까. 시디플레이어가 스트리밍으로 형체가 없어져서일까. 감정이 녹슬어 그 기운을 떠올리지 못한다.

난 종종 지나간 일을 곱씹다가 시간을 허비하곤 한다. 처음 글쓰기를 시작할 때도 그런 잡념에서 벗어나고 싶어서 키보드를 두드렸다. 때리는 기분으로 글자를 새겼다. 꺼내놓고 들여다보면 뭔가 달라질 줄 알았는데 나아질 건 없었다. 누군가는 쉽게 고개를 끄덕이며 사는지 모르지만, 난 서른이 넘어서도 여전히 잘 모른다. 세상 돌아가는 일은 확실한 게 없다. 매일 아등바등 발맞추지만 도통 손에 잡히는 게 없다. 지금 직면한 문제가 산적한데 상상으로 도망치기 바쁘다. 사무실에서 적어온 투두To-Do 리스트가 산더민데 자꾸 과거에 자리 잡고 턱을 괸다. 요즘 점점 더 꿈을 많이 꾼다. 며칠 전에는 말론 브랜도와 제임스 딘이 말다툼하는 걸 뜯어말리느라 혼났다. 둘 다 서로가 더 위대한 배우라고 싸우는데 꿈같지 않게 생생했다. 나는 무조건 말론 브랜도 편이다. 그가 더 위대한 배우라고 확신하니까. 근데 제임스 딘이 자긴 팬티 브랜드도 있다고, 자기가 더 유명하다고 우겨대는 통에 애를 먹었다. 듣다 보니 틀린 말 같지도 않았다.

얼마 전 회사 근처 수제 햄버거집에서 저녁을 먹었다. 매일 같은 식당에서 밥을 먹는 게 지겨웠다. 날씨가 좋고 뭔가 할 게 없으니 머리도 가뿐했다. 식당 가득 외국인이 햄버거를 맛있게 먹고 있었다. 여기가 이태원도 아닌데 웬일이람. 어쩐지 여기가 유럽의 한 식당처럼 느껴졌다. 그러자 사무치게 확연한 일탈이 그리워졌다. 난 다 때려치우고 떠나버리는 걸 못 하는 사람이다. 잃어버릴 게 두려워 생각만 바쁘다. 그냥 안전지대에서 버티는 걸 선호한다. 기회비용을 생각하다 제풀에 지친다. 그러니 늘 하던 것만 하는 수밖에. 그걸 행복이라고 브이 자를 그려봤자 자기 위안일 뿐이다. 빼곡한 일과를 마치고 나면 뭔가를 해내야 한다는 압박이 날 옥죈다. 이럴 땐 영화관에 가서 톰 크루즈와 곡예를 펼치며 다 잊어버렸는데, 요즘엔 그것도 안 된다. 달관한 척 팔짱 낄 수 없다. 건방진 웃음을 머금을 수가 없다. 맘에도 없는 〈어벤져스〉 시리즈를 보러 극장을 찾았다.

이튿날 강남의 한 성당에서 열리는 결혼식에 갔는데 그냥 그 시간이 좋더라. 그렇다고 뭐 신의 은총을 받겠다고, 종교에 귀의해서 마음을 편히 하겠다는 생각은 아니다. 그렇게 될 리도 없고. 그냥 거기서 조용히 머리를 조아리니 기분이 괜찮더라. 왜들 졸린 주말에 교회당에 몰려가는지 조금은 알 것 같았다. 그러모았다가 주말에 가서 훨훨 날리는구나. 문득 영화 〈신부의 아버지〉가 생각났다. 느닷없이 결혼하겠다고 선언한 딸을 보내기 싫은 아버지는 겉으로 축하하는 척하지만, 음흉한 사내놈에게 금쪽같은 딸을 보내야 한다는 게 서럽다. 마음엔 하고픈 말이 수두룩한데, 맘에 없는 소리만 지껄인다. 그러다 결혼 날짜는 다가오고, 뭔가를 해야 한다는 강박에 초조함은 더해간다. 영화는 결국 딸에게 진심을 전한 아버지의 따듯한 미소로 끝이 나지만, 현실에선 내 마음을 온전히 전하기가 쉽지 않다. 영화처럼 흘러가지 않는다. 신부의 아버지 역시 큰 교회당에서 딸을 결혼식을 맞는다. 덤덤한 표정으로 딸을 보지만 마음이 어쩐지 서글프다. 그래도 어쩌겠는가 그러모았다가 나중에 울어야지.

못마땅하고 귀찮더라도 정녕 소중한 이에겐 내 마음을 전해야 한다. 문자로라도 난 당신을 위한다고, 은연중에나마 말해야 한다. 유치하고 어색하더라도 어쩔 수 없다. 내게 달관은 회피다. 달관을 취한 모든 태도는 비겁하다. 달관을 핑계 삼아 도통한 척하면 곪고 썩는 걸 피할 수 없다. 인생은 불가피한 사고의 연속이고, 온갖 복잡한 사연으로 인해 흩어진다. 굳이 말하지 않으면 진심은 형체를 드러내지 않는다. 그냥 다 안다고 넘어갈 순 없는 노릇이다. 눈을 감고 그런 생각을 했다. 딱히 친하지 않은 이들과 누구보다도 다정한 얼굴로 떠들다 나왔다.

누구든 돌진하는 이 세계로

×

08년, 일본 번화가 중 하나인 아키하바라 도로에 트럭 한 대가 날뛰듯이 이리저리 헤매다 고꾸라진다. 주말을 맞아 도로엔 수많은 인파가 관광과 쇼핑을 즐기고 있었다. 트럭은 군중 속에 나타난 맹수처럼 맹렬히 인파를 향해 돌진했다. 몇 명의 사람들을 잔인하게 살해한 후에야 멈춰 선 트럭은 거친 굉음을 토해낸 후에야 문이 열렸다. 트럭이 토해낸 것은 왜소한 체구의 남성이었다. 이 남자는 트럭에서 내린 후에도 행인에 달려들어 무차별적으로 칼을 휘두른다.

범인의 이름은 가토 도모히로, 비정규직 노동자로 하루하루를 연명하는 25세 남성이었다. 그는 한 용역회사에서 단순 노무를 하다 하루아침에 쫓겨났다. 생활고에 시달리면서 자신이 당한 부당한 처우를 매일 인터넷에 올리며 억울함을 표했다. 처지를 비관하던 글은 어느새 공격적인 어조를 띄기 시작했고, 사건 당일에는 자신의 범행을 예고하는 글을 남기기도 했다. 이 사건을 계기로 일본 역시 묻지마식 범죄에 대한 인식이 생기기 시작했다. 편의점 종이팩에 청산가리를 주입하는 사건이라든지, 지하철에 사린가스를 살포하는 테러도 같은 맥락 안에서 해석할 수 있다.

16년, 뒤척이다 잠에서 깬다. 아직 컴컴한 새벽이다. 의식은 진즉 돌아왔는데 몸이 움직이지 않는다. 어제 체육관에서 깜냥에 맞지 않은 쇳덩이를 들다 삐끗한 모양이다. 정작 잠자리에 들 땐 느끼지 못했는데 통증은 이제야 날 옭아맨다. 굳이 무리하지 않아도 되는데, 내 얼마 남지 않은 수컷 기질이 옆자리 건아들과 경쟁을 부추긴다. 사뭇 느껴지는 미련함에 피식대는데 갑자기 초인종이 울린다. 누군가가 날 찾기엔 느닷없다. 어떤 술 취한 놈이려니 하며 다시 눈을 감는다. 그는 몇 번씩 벨을 누르다 이젠 문을 두드리기 시작한다. 나도 더는 가만히 있을 수가 없다. 얼른 일어나야 하는데 몸이 요지부동이다.

난 문을 두드리는 소리에 두려움을 느낀다. 어렸을 땐 집에 혼자 있는 시간이 길었다. 맞벌이하는 부모님과 밖으로만 도는 형은 늘 부재했다. 친구도 없고 요령부득하여 늘 혼자였다. 학교에서 돌아와 김치 볶음에 밥을 해치우고 나면 오후가 나지막하다. 난 보지도 않는

TV를 켜놓고 기분을 낸다. 컴퓨터를 켜고 삼국지 게임을 하고, 야한 비디오를 틀어보기도 한다. 그러고 나서도 시간은 켜켜이 쌓여 있다. 외롭진 않았다. 겨우 아늑한 고요에 가까웠다. 내가 두려웠던 건 오직 이 시간을 침범하는 것이었다. 그래서 누군가 불시에 문을 두드리면 얼어붙곤 했다. 난폭한 소리에 아무것도 할 수 없었다. 별거 아니라는 걸 알면서도 혹시나 하는 마음에 손 하나 까딱할 수 없었다. 그저 지나가라 되뇐다.

그는 눈에 보이지 않지만 난 그가 거기 있음을 안다. 그는 문 앞에 서서 숨을 죽이고 있다. 난 눈을 감고 한참을 기다린다. 얼마나 시간이 지났을까. 조심스럽게 몸을 일으켜 렌즈를 통해 문밖을 보았다. 키가 크고 얼굴은 시커멓다. 검은 외투에 가방을 들고 좌우를 두리번거린다. 손에 우산이 들려 있는 거로 봐선 밖에 비가 오는 모양이다. 순간 내가 문밖을 내다보기 시작한 순간부터 두드림이 멈추었음을 깨닫는다. 나는 몸을 돌려 휑뎅그렁한 집을 바라봤다. 어제 읽다 만 책이 여기저기 흩어져 있다. 일상의 메커니즘이 교묘하게 뒤틀린 상태로 널브러져 있다. 언뜻 보면 알아차릴 수 없는 미세한 균열이지만, 분명하게 훼손되어 있음을 느낀다.

19년, 이 세계에 사람은 태어나서 평범하게 죽는다. 물론 평범이라 부를 수 없는 죽음도 있다. 세상 그 무엇보다 더 고단한 제 삶처럼, 결코 무던할 수 없는 죽음도 있을 터다. 하지만 대체로 모두 비슷하게 죽는다. 내가 기억하는 특별한 죽음이란 기껏 문학에나 놓여 있다. 나는 궁금하다. 우리 삶에는 정말 아무런 의미가 없는 걸까. 그저 평온만 바라고 무탈하기만 염원하다 맥없이 툭 끊기는 건가. 일시적 쾌락을 위해 돈을 모으고, 안정감이라는 허울뿐인 가치를 위해 하루를 희생하고 있나. 그저 사는 것 자체로 의미가 될 순 없을까.

영화 〈아무르〉에서 죽음은 마치 노부부의 평온한 일상을 침범하는 괴한처럼 그려진다. 창문을 봉하고, 현관문을 걸어 잠가도 죽음은 마치 창틈 사이로 비어져 나오는 빛처럼 인간에게 깃든다. 한 치의 사려나 타협 없이 침대 맡에 찾아와 숨을 앗아간다. 영화의 두 노인은 아무것도 없는 허공을 응시하며 실마리 없는 질문을 던진다. 해로한 부부라 할지라도 아직 가닿지 못한 두려움이 있다. 우린 늘 죽음을 익숙하게 말하지만, 결국 죽음 앞에서 어떤 표정도 짓기 어렵다.

도시에 즐비한 아파트 숲을 지날 때도 생각한다. 곳곳에 자리한 저 방엔 드러나지 못한 고통이 있을지 모른다. 추측이지만 어느새 확신처럼 느껴진다. 그래서 난 글을 쓸 때마다 불행과 비극을 떠올린다. 태연한 표정 뒤에 숨겨진 속내를 상상한다. 각기 다른 불행은 그럴싸한 글이 되고, 난 고통의 우열을 나눠 평하기에 이른다. 난 다시 생각한다. 그렇게 불행이 찬란히 돋보인다면 그것이 가지는 의미는 뭘까. 그의 도드라진 불행이 장렬히 고꾸라지면 난 뭘 느끼는 걸까.

고유한 고통은 날 사로잡는 바가 있다. 치밀하게 직조한 플롯은 고통을 형상화해서, 더 생생하게 느끼도록 한다. 가방 속에 담긴 비극은 내 삶이야 댈 것도 못 된다는 듯 욱신거린다. 누군가의 고통이란 먼발치에서 안전감을 느끼며 구경하는 비겁한 쓰라림이다. 그건 당연하면서도 서글프고, 욕이 불쑥 튀어나오는 기분이다. 그래도 마음 한구석은 그의 통증이 다시금 잠잠해져 누구도 돌보지 않는 평탄한 삶으로 사그라들기를 바란다. 비록 보잘것없더라도 평범한 일상에 놓이길 바란다. 매일 아침 출근길이 고통에 겨워도, 파티션 뒤에 숨어 커피를 따르며 한숨 돌리길 염치없이 바라본다.

거침없이
달리고 있는데

×

빨래는 여러모로 귀찮다. 홀로 사는 난 빨랫감이 적어도 늘 세탁이 버겁다. 좀 더 있다 해야지, 오늘 입은 옷만 더러워지면 해야지, 하다가 속옷 함이 텅 빈다. 우물쭈물하다 이럴 줄 알았지. 빨래는 세탁기가 하는데 어려울 게 있나 싶지만, 반평생 빨래를 하신 어머니도 여전히 지긋지긋해하시는 걸 보니 그럴 만도 하다. 세탁기가 처음 발명되었을 땐 노동이 줄어들 거라 예상했다. 하지만 생은 갖춰질수록 더 부산스럽기 마련이다. 과거엔 며칠씩 입던 옷을 요즘엔 한 번만 입고 빤다. 얼룩이 조금만 묻어도 가차 없이 벗어젖힌다. 난 잦은 빨래와 빈번한 건조의 세상에서 쿰쿰한 냄새를 피운다. 오늘 아침에도 세탁통을 앞에 두고 뭘 섞어 빨지 말라고 했는데, 뭘 손빨래하라고 했는데 골몰하다 어제 입은 옷을 다시 걸치고 집을 나섰다.

딱히 가고 싶은 데가 떠오르지 않아 동네 카페에 자리를 잡았다. 시계를 보니 약속 시각까지 딱 세 시간 남았다. 문보영 시인의 『책기둥』을 읽다가 내려놨다. 시인의 감촉을 떠올리며 뭔가 써보려 한다. 자리에 앉자마자 에스프레소를 손가락에 끼고 근사한 척했다. 다리를 꼬고 창밖을 보니 그리운 시절이 떠오른다. 좋은 날씨를 핑계 삼아 쓸데없이 시간을 되감았다.

작년 한 해 동안 무수한 유럽 국가를 여행했다. 그렇다고 하루하루가 빛처럼 빠르게 흘러갔을까. 아니, 그렇진 않았다. 지금도 눈에 선한 유려한 도시를 걸었으나 결코 시간은 날 앞서가지 않았다. 여행은 과다한 정보 유입 탓에 의식을 팽팽한 긴장으로 내몬다. 시간은 평소답지 않게 조금 뒤처져선 손을 홰홰 젓는다. 낯선 저녁거리에서 두리번거리고 값비싼 레스토랑에서 메뉴판을 들고 갸우뚱하면 시간은 한없이 느리게 흐른다. 여행은 시간을 늦추고 찰나를 각인한다. 난 여행의 가치를 그렇게 이해한다.

여행이 시간을 몸소 체감케 한다면, 책은 시간을 확장한다. 늘 새로운 신간을 사들여 첫 장을 펼 때마다 부담을 느끼면서도 기어코 책을 놓지 않는 것도 확장에 쾌감에 기인한다. 내가 모르는 곳에서 벌어지는 일을 읽으면 갑갑한 일상에 숨통이 튼다. 일터에서 온 힘을 빼고 퇴근해서도 졸음을 참으며 책을 읽는 건 내 생에 결코 누릴 수 없을 시공간을 접하기 위해서다. 생을 이탈하는 독서라는 체험은 굳이 오슬로에서 청어 요리를 먹어보지 않아도, 스위스 시계 산업 장인과 직접 인터뷰를 하지 않아도 타인의 삶에 닿을 수 있다. 문학은 누군가에게 무용할지 몰라도 적어도 세계의 확장이라는 측면에서 쓰임새를 가진다. 현실의 지리멸렬한 좌표평면에서 벗어나 허구라는 시간 축에 서면 생은 입체적인 모양을 드러낸다. 엄연한 여행이 아닐 수 없다.

파리 시내 여행을 할 때 마르모탕 미술관을 구경했다. 순전히 모네의 〈인상, 해돋이〉를 보기 위해서였다. 막상 그림을 마주하자 곰브리치 『서양미술사』에서 본 느낌과는 비교할 수 없는 감흥을 가졌다. 실물이 가진 양감과 질감은 미술관이 존재하는 이유를 깨닫게 한다. 빽빽하게 걸려 있는 그림을 보면 화가는 죽어도 작품은 여전히 생명을 가지고 있음에 감동한다. 모든 게 소멸해도 예술만은 그 자리에 건재하다. 1872년 모네는 이 그림을 그리며 작품이 가닿을 여파를 떠올렸을까. 서울 한 구석진 카페에서 잡념에 빠진 한 청년에게 자신이 그린 아침 풍광이 닿을 줄 알았을까. 지금 이 시각에도 전 세계 무수한 이가 인스타그램으로 모네의 그림에 해시태그를 붙인다. 마르모탕 모네 미술관은 덧붙여 전 세계 여행자의 필수 코스로 자리한다. 희미한 새벽 햇살이 한 남자를 호위하는 사각 틀 속 시간은 영원을 거닌다. 다시 말해 예술의 본질은 시간을 붙잡는 것이다. 문학은 별 볼 일

없는 인간에게 밤의 낭만을 선사하고, 허리를 부여잡고 한참을 서서 본 그림에선 박제된 시간을 본다. 이런 생각을 하다 보니 내 금쪽같은 주말이 속절없이 흘러갔다.

연애란 결국 시간을 떼어주는 일이다. 〈비포 선라이즈〉를 비롯한 이 시리즈를 보며 마음을 졸이는 이유는 얼마 후면 헤어질 시간이라는 서스펜스다. 새벽 황혼은 어김없이 찾아오고, 이제 각자의 길을 가야 한다는 보챔이 등허리를 시큰하게 한다. 시간을 이어가려 이런저런 말을 꺼내지만 짧은 만남은 결핍을 남기고 사라진다. 하루는 24시간이 지나면 어김없이 충전되지만 늘 갈급하다. 이런 와중에 누군가에게 짧은 하루를 떼어 선물한다는 건 기적과 같다. 날 바라보는 눈을 외면하긴 어렵고, 보채는 말투에서 조급함이 풀어진다. 그럴 땐 시간이 한없이 도드라진다. 전에 없던 다정한 마음에 스스로 놀란다. 난 내 부족한 시간을 쪼개 그에게 내어준다. 잘 안 되지만, 마땅히 그럴 수밖에 없다. 살면서 무수한 계획이 틀어졌다. 내가 바랐던 삶이 아니라는 자각은 출근길에 명확히 드러난다. 어느새 꿈이라는 말은 낯간지러운 소리로 들린다. 귀를 후비며 시니컬함을 무기 삼아 사는 게 다 그런 거라며 짐짓 쿨한 척하지만, 패배감은 비어져 나온다. 연애는 내가 오로지 실현 가능한 바람이다. 온기에 감격하고 시간을 끝없이 의식하게 하는 유일함이다. 냉혈한 내가 손을 비비고 적을 수 있는 유일한 문장이기도 하다.

청바지를 사려고 리바이스에 가면 한 뼘 넘게 잘라내야 한다. 왜 이리도 많이 잘라야 할까. 옷은 왜 말도 없이 길어질까. 난 여전히 평균치를 향해 바동거리지만, 턱도 없다. 대학 시절엔 온갖 빨랫감을 너 나 할 거 없이 세탁기에 처넣고 건조까지 단번에 끝냈다. 옷이 커도 그냥 입고, 해져도 빈티지라고 우겼다. 시간을 물처럼 쓰면서 한없이 낙관적인 미래를 그렸다. 나이를 먹으며 비싼 옷이 많아졌다. 손빨래, 드라이클리닝, 다림질이 필요하다. 세탁소를 가는 것도 일이다. 어차피 더러워질 걸 비싼 돈 주고 맡겨야 한다. 세탁소는 시간을 아끼는 덴 좋지만, 그것도 쉽지 않다. 우리 동네 세탁소 아저씨는 왜 물빨래해도 되는 걸 가져왔느냐며 통박을 한다. 이런 것까지 나한테 맡기냐는 표정이 날 위축시킨다. 아저씨는 내 대답은 들을 생각도 않고 신용카드를 뺏듯이 가져간다. 아저씨는 동남아 출신으로 보이는 한 청년을 쥐 잡듯 잡는다. 종이처럼 구겨진 표정으로 달달 볶는다. 귓전에 울리는 4옥타브 미 데시벨 목소리에 마음이 참혹해진다. 내가 세탁소를 이용해서 아낀 시간은 어느 정도일까. 혈혈단신 한국으로 와 영문을 알 수 없는 동네에서 정체 모를 욕을 먹는 친구의 이름은 뭘까. 그는 이 시간을 나중에 어떤 마음으로 기억할까. 난 손목시계를 힐끗 보고 근처 지하철역으로 바삐 걸었다. 시간이 얼마 남지 않았다.

동네 미용실을 찾는 이유

×

요즘은 대형 헤어숍들이 수두룩해 남녀노소 할 것 없이 꽤 비싼 돈을 치르고 이발한다. 난 아랑곳없이 슬리퍼를 끌고 동네 미용실을 찾는다. 별다른 이유가 있는 건 아니고, 싸고 덜 친절해서다. 동네 미용실이 불친절한 게 아니라 뭐든 과하지 않아서 좋다. 내가 몇 번 들렸던 대형 샵에선 한 직원이 불쑥 나타나더니 마사지를 해준다며 손을 채간다. 설탕 덩어리 주스를 주며 별 생색을 다 내고, 이리저리 나에 관해 물어보는 통에 견디기 힘들다. 아무래도 과잉은 늘 곤란한 법이다. 서비스라는 명목 아래 시행되는 것들이 난 거북하다.

내가 주로 다닌 미용실은 아파트 상가에 있었다. 실내엔 백색소음에 가까운 TV 소리가 흐르고 아주머니는 딱 필요한 질문만 한다. 때론 무관심하게 느껴지지만 '늘 하던 대로 할까'라고 물어보실 땐 미소가 오간다. 내 머리란 게 별다른 어려움 없다 보니 눈 깜짝할 새 끝난다. 사장님은 내가 미용실 문을 열 때마다 '저기 쉬운 놈 하나 왔구나' 하며 반가워한다. 내 차례가 올 때까지 푹신한 소파에 벌러덩 누워 만화책을 본다. 일사 후퇴 때나 썼을 법한 탁자에 때 지난 신문이 수북하다. 그 옆 작은 책장엔 만화책이 즐비하고, 먹다 남은 과일이 내 것처럼 소담하다. 내가 어떤 자세로 발라당 누워 책을 읽어도 아주머니는 눈길 한번 주지 않는다. 익숙한 듯 혼자서 샴푸를 하는 동네 단골 아저씨와 아이들의 까무잡잡한 피부도 정겹다. 난 이래저래 동네 미용실에 정을 주고 산다.

고등학생 땐 3년 동안 한 미용실만 다녔다. 가게 이름이 수지네 헤어아트였지 아마. 흰 바탕에 분홍색 글자가 선명히 새겨진 선간판이 떠오른다. 그즈음 난 가세가 기울어 갑작스레 다른 도시로 이사를 했다. 하지만 난 시간을 내서 수지네를 찾아 머리를 깎았다. 땡볕에 땀을 뻘뻘 흘리며 미용실 문을 열고 에어컨 앞에서 웃통을 펄럭인다. 한 달에 두 번, 왜 난 고생하며 그 먼 길을 걸어갔을까. 지금 생각해보면 그냥 수지네가 익숙했기 때문이었다. 미용실을 바꾸는 건 여간 귀찮은 일이 아니다. 하물며 구레나룻 길이까지 일일이 정해야 하니 민망하다. 내 뒷머리가 절벽이니 조금 숱을 남겨달라는 부탁을 또 해야 한다. 그냥 날 잘 아는 분께 머리를 맡기는 게 여러모로 낫다. 무엇보다 여타 미용실의 수다스러운 주인장과 다르게 수지네 어머니는 조용하고 차분했다. 이발할 때 자꾸 말을 걸면 불안하다. 조용한 분위기에서 내 공상을 존중해주는 아주머니가 좋았다.

미용실 가는 길은 정든 내 동네를 되찾는 유일한 시간이었다. 갑작스러운 이사로 난 유년 시절부터 함께해온 동네를 잃어버려 상실감을 겪었다. 뻔질나게 드나들던 슈퍼와 문방구에 쉽게 정을 떼지 못했다. 부모에 대한 원망과 뜻 모를 열패감을 머금고 동네 공원을 걷다 돌아왔다. 때는 바야흐로 중2병이 창궐하던 시절. 요즘도 가끔 어릴 적 살던 아파트 단지를 떠올리곤 한다.

어제 코엑스에서 고레에다 히로카즈의 〈어느 가족〉을 관람했다. 영화 개봉 후 세상을 떠나신 키키 키린 여사의 마지막 모습을 다시 보고 싶어서였다. 내가 그녀를 좋아하기 시작한 건 고레에다 히로카즈의 〈걸어도 걸어도〉였다. 이후 〈도쿄 타워〉 〈태풍이 지나가고〉를 거치며 음흉한 면과 천진함을 동시에 지닌 그녀의 연기를 사랑했다. 내가 기억하는 키키 키린의 위력은 잊힌 기억을 환기하게끔 하는 일상성에 있다. 그 누구나 소년 시절의 아늑한 가정 풍경을 마음에 담기 마련이다. 바쁜 일상에 잠시 잊고 살았을 뿐, 우리 안엔 늘 소년이 매복해 있다. 그녀가 맡은 캐릭터는 냉장고에서 반찬을 꺼내도, 옥수수를 튀겨도, 집 앞에서 재활용 분리수거를 해도 현현한 일상의 질감을 그려낸다. 아파트 단지 놀이터에서 해 질 무렵까지 놀다가 집에 돌아가면 어김없이 들려오는 어머니의 잔소리처럼 그리운 정취다. 그 시절을 다시는 환유할 수 없다는 안타까움과 함께 그녀의 연기를 보며 아련해진다. 아닌 게 아니라 〈어느 가족〉 역시 키키 키린 특유의 모습들이 곡진하게 새겨져 있다. 난 이 영화에서 그녀의 외출 장면을 유독 좋아했다. 장면의 의미와 관련 없이 청명한 겨울 공기를 등진 그녀의 무너진 육체는 참혹하다. 늘 주방에서 달뜬 가족들을 위해 무언가를 내어주시던 그녀가 비척거리며 동네를 걷는다. 그녀의 마지막과 함께할 수 있어 다행이다.

영화는 혈연으로 묶인 가족이 아닌 호혜적으로 모인 타자들이 만든 가정을 다룬다. 연출로 개입하기보단 그들을 늘어놓고 전시하는 쪽을 택한다. 저녁밥을 같이 먹고 한 집에서 몸을 뉜 채 살아가는 그들에게 특별한 건 없다. 고레에다 히로카즈는 가족이라는 관계가 겉보기엔 그럴싸해 보이지만, 정작 속사정은 들여다보면 손상된 구석이 없지 않다고 말한다. 가족들은 같이 모여 나베를 떠먹고 돈이 없다고 푸념을 늘어놓지만, 마음속에 새겨진 어둠을 꺼내놓진 않는다. 그들은 그저 하루의 노동을 노곤함을 축복하며 부지런히 뭔가를 먹는다. 그들을 묶어줄 아무런 매개도 없는 상황에서 그저 가족이라는 미명에 기댄다. 그들을 잇는 느슨한 끈 하나 끊어지면 뿔뿔이 흩어질 운명이다.

영화감독 기타노 다케시는 '누가 보지 않으면 슬쩍 내다 버리고 싶은 것이 가족'이라 했다. 늘 시달리면서도 끝내 긍정해버리는 가족이란 뭘까. 가끔 사회와 혈연이 만든 가족관계가 지닌 의무감에 답답할 때가 있다. 숙명처럼 받아든 관계를 모두 걷어내고 싶은 마음이 굴뚝 같다. 영화는 유사 가족과 진짜 가족의 차이가 무엇인지, 과연 상이한 게 있기나 한 건지 묻는다. 너의 일상을 함께한 손때 묻은 세간이 어쩌면 가족을 지탱하는 유일한 끈은 아닐까. 그저 혼자 되는 것이 두려워 간신히 붙잡고 매달리고 있는 건 아니려나. 〈어느 가족〉은 가족을 옹호함과 도시에 이 시대의 가족을 의심한다.

내가 수지네 미용실을 찾았던 시간은 항상 저녁을 먹기 전이었다. 엄마가 두부 사 오라고 심부름을 시키면 먼 거리를 걸어서 미용실에 들렀다. 아주머니는 항상 내 머리를 만지다 말고 퇴근하는 남편의 전화를 받는다. 저녁은 뭘 차렸으니 일찍 오라고, 들어올 때 뭘 사 오라느니 하는 평범한 말들. 미용실 안으로 노을이 슬며시 드리우는 시간, 아주머니의 표정에도 근사한 빛이 담긴다. 흘깃 바라보는 내 눈 속으로 들어온 건 일상의 정경이다. TV에는 어느새 만화가 틀어져 있고 길을 지나가던 동네 꼬마들이 모여든다. 수지로 추측되는 아이는 소파에 기대 창밖을 멍하니 바라본다. 누굴 기다리는 걸까. 맘이 고달픈 시기에 난 종종 그때 풍경을 떠올리곤 한다.

이질적 단어의
샘

#1

연말 한 모임 자리에 어린 시절 사진을 보았다. 스크린에 지인과 소싯적 사진을 띄워놓고 보니 따스했다. 큰 화면에서 본 어릴 적 나는 더없이 행복해 보인다. 신기한 건 사진을 찍을 당시의 기억이 전혀 없다는 점이다. 온 가족이 경포대에 놀러 가서 텐트도 펴고 고기도 구워 먹었다는데 기억은 무심히 흩어졌다. 어머니는 느닷없이 녹슨 앨범을 꺼내 보는 나를 물끄러미 보았다. 잠시간 뭉클해진 마음이 머물렀다. 사진을 보다가 스쳐 지나간 사람을 생각했다. 유년 시절 뛰놀던 동현이 생각도 났다. 상상 속에서만 존재했던 시간같이 느껴진다. 기묘한 환상 같달까. 난 향수에 잠겨 시간을 빠른 속도로 넘겨 보았다. 그 시절에 대한 그리움은 아니었다. 그저 시간이 흘러갔다고 느꼈을 뿐이다. 어쩌면 사진이란 스쳐 지나가는 시간을 억지로 붙들어놓고 죽음에 항거하는 물성을 가진 걸지도. 그렇게 18년의 세월도 미련을 남긴 채 흘려보냈다.

#2

중학교 1학년 즈음인가, 방과 후 집은 늘 텅 비어 있었다. 맞벌이하는 부모님은 늦은 밤 녹초가 되어 들어오셨고, 유별난 사춘기를 겪던 형은 내 외로움에 도움이 되지 않았다. 가려진 커튼과 어두운 실내, TV가 윙윙대는 소리. 하염없이 소파에 앉아 시간을 때우는 일은 내 주된 일과였다. 살짝 열려 있는 형 방문 틈새로 보이는 브로마이드의 휘황한 색감. 어머니가 끓여놓은 미지근한 김치찌개 냄새. 난 그 시절을 기억 속에 남겨놓았다. 전에는 중요했던 거지만 이제는 의미를 잃었음을 느낀다. 그때나 지금이나 머릿속은 여전히 혼란스럽기만 하다. 오늘 빈집의 시간을 글로 남긴다. 이것마저 내 기억 속에서 사라진다면 서글플 테니까. 눅진 감각을 동원해 낑낑대며 얼룩이라도 닦아내려 한다.

#3

요즘 자기 전 개를 본다. 강형욱 씨가 하는 애완견 교화 프로그램을 한동안 즐겼다. 요즘엔 〈동물의 왕국〉처럼 그저 멀찍이서 지켜보는 영상이 좋다. 개의 평화는 어떻게 이루어질까. 난 녀석의 침묵이 좋다. 물끄러미 바라보는 순한 눈빛과 먹이를 보면 발랄하게 흔드는 몸통이 좋다. 말이 없다는 건 한결 편해지는 마음이다. 허겁지겁 먹는 소리와 끙끙거리는 애처로운 소리엔 언어 없음이 가지는 평온함이 있다. 어젯밤엔 나무늘보 동영상을 보다 잠이 들었다. 유튜브의 연관 콘텐츠는 나조차 모르는 나를 알아보곤 대초원에 빼곡한 나무들 사이로 날 초대했다. 늘어져서는 천천히 되새김질하며 잠에 취한 나무늘보를 보면 세상 모든 갈등은 가장자리로 밀려난다. 괴테는『파우스트』에서 "낮에 잃은 것을 밤이여 돌려다오"라고 적었다. 낮이란 일상과 말이 나를 현혹하는 시간이다. 현란한 몸짓에 시간은 먼지처럼 흩어진다. 그렇게 시간이 지나 퇴근길을 걷는다. 혼자된 밤은 낭만에 모든 걸 거는 시간이다. 고달픈 사무실의 상흔을 밤의 한가운데에서 나무늘보와 버텨낸다. 밤이란 가장 어두운 곳에서 감수성의 터전을 마련하는 걸지도 몰라.

#4

평소 언어의 한계를 절감하곤 한다. 특히 글을 쓸 때 자주 허공을 응시한다. 낯선 길을 걷다 느껴지는 상념을 볼품없는 문장으로 적고 나면 무력감이 엄습한다. 감정은 콩알처럼 축소되고 키보드는 갈피를 잡지 못한다. 어쩔 수 없이 절절대며 뭔가를 적어내지만, 중언부언이라는 말을 실감할 뿐이다. 인류는 1차 세계대전 이후 말로 형용할 수 없는 참상을 목도하며 어찌할 바 몰랐다. 작가 헨리 제임스는 이런 말을 남겼다. "우리는 이번 일을 말로 표현한다는 것이나 머리로 이해한다는 것 자체가 거의 불가능하다는 점을 알게 됐다. 이 전쟁은 단어 자체를 고갈시켜버렸다……." 이는 마치 언어의 항복 선언처럼 들린다. 작가 수전 손택은 그의 언급을 사진이 가진 단순성, 복잡한 진실을 일축하는 이미지가 글을 대신하게 된 계기로 인용했다. 말로 하기 두렵고 복잡해진 현실 앞에 언어는 역할을 잃었다. 대신 그 자리에 빛으로 새겨진 사진 한 컷이 자리했다. 하지만 이는 역설적이게도 글의 복잡성을 생각하는 계기가 되었다. 단편적 기억의 환영은 서술하기 전까진 그 자체로 불용하다. 하지만 말로 읊조리고 끝내 글로 옮겨 적으면 우리는 사고는 어느 틈엔가 가지런해진다. 복잡한 현실은 변함없지만 어쨌지 그다음을 생각할 수 있는 여력이 생긴다. 그리고, 그러하여, 그럼에도 불구하고를 남발하면서라도 우리는 어찌할 바를 적어보는 거다. 언어의 한계는 그 자체로 그 가능성을 떠올리게 하는 셈이다. 내가 글을 쓰는 이유도 여기에 가닿아 있다.

#5

요즘엔 언어의 무력감이 이모티콘으로 대체되는 모양새다. 체면과 매무새를 중시하는 사회풍토에 따라 구구절절은 구질구질의 다른 말이 되었다. 따봉과 스마일과 울음 표시가 당신의 속내를 요약해낸다. 말로 하면 복잡한 생각이 이 조악한 그림으로 축소되면 마음은 편해진다. 하지만 내가 품었던 생각은 눈 깜짝할 사이에 사라지고 만다. 온순한 마음과 다르게 어딘지 모르게 속은 뒤틀린다. 소거된 마음 상태는 어디에 있는가.

신년에 들어서 처음 본 영화는 〈고스트 스토리〉다. 영화는 죽음과 상실, 공허와 고독이라는 추상적인 감각을 응시한다. 영화라는 영상매체가 할 수 있는 장점을 동원하여 서술 없이 오롯이 바라만 본다. 카메라는 누군가 떠난 자리, 무언가 남겨진 자리에 맺힌 미련을 담는다. 이모티콘을 닮은 이불보를 뒤집어쓴 귀신이 주인공이다. 하지만 그의 감정은 도통 예측할 수 없기에 이모티콘이 가진 단순성과 대치한다. 오히려 이불보에 뚫린 눈 구멍이 상황에 따라 다르게 보이는 게 신기하다. 같은 모양새지만 때론 장난스럽게 슬프게 우울하게 가끔은 분노에 찬 기분으로 느껴진다. 맥락 없는 이미지란 얼마나 무력한가를 증명하는 사례로 보여 안도한다. 마치 쿨레쇼프의 몽타주 이론처럼, 하나의 샷이 그 자체로만 존재하는 것이 아니라, 전후의 샷들과 충돌해 새로운 의미를 만들어내는 것이다.

#6

〈고스트 스토리〉는 스토리가 지난한 영화다. 아니, 스토리라고 할 만한 서사가 없다. 그 누구처럼 한 남자가 죽었고 결국 귀신이 되어 자신의 집을 떠나지 못한다. 귀신은 그저 멍하니 서 있다. 집이 무너지고 여러 사람을 스쳐갔지만 그게 무슨 소용이란 말인가. 생의 기억은 티눈처럼 남아 제거되길 바란다. 미련이 없어야 저승으로 떠날 수 있는 영혼의 존재론. 무슨 여한이 남았다고 떠나지 않는가. 영화가 믿는 죽음은 딱히 무엇을 하지는 않지만 그렇다고 훌훌 털어낼 수 없는 상태를 말한다. 난 그 응시의 시간 속에서 이것이야말로 영화만의 생존 방식이라고 생각했다. 서사는 그 텅 빈 시간에 결코 가닿지 못할 것이다. 〈고스트 스토리〉는 그래서 체험의 영화이며 응시를 통해 사고의 공란을 부여하는 문학의 한 변형이다.

건너편 이웃에 자리 잡은 동료와 인사한다. 귀신은 누군가를 기다린다고 한다. 귀신이 마주하는 집의 시간엔 침묵과 자취만 덩그러니 남아 있다. 시간이 선형성이 사라지면 무엇이 남을까. 인과의 틀은 깨어지고 기억은 희미해질까. 모호함 속 모호함, 삼라만상의 비틀거림. 난 어릴 적 사진을 들춰볼 때처럼 아득해져 눈을 감았다.

#7

영화를 보며 한때 살던 집을 떠올렸다. 익숙한 골목과 동네의 생김새가 그립다. 이제는 재개발되어 사라진 동네는 기억 속에만 남아 있다. 사진이라도 좀 찍어뒀으면. 가족에게 그다지 좋은 시간은 아니었는지 그러지 못했다. 난 그 녹슨 동네가 좋았다. 아이들이 골목을 구석구석 다니며 뭔가를 숨길 수 있는 여력이 있는 곳이었다. 요즘처럼 집을 나서면 거리와 매연에 내몰리는 도시가 아니었다. 도시계획은 그런 골목을 뭉개버리고 휑뎅그렁한 도회지를 선사했다. 일률적인 네모와 구획의 단지들이 그득하다. 그게 좋은 줄 아는 사람은 합리성의 틈새에서 기생한다. 들릴 듯 말 듯 되뇐다. 그땐 미처 알지 못했지.

여태껏
양복 딱 한 벌

×

나는 여태껏 양복을 딱 한 벌 샀다. 유니폼을 입는 회사에 다니니 양복 입을 일이 없다. 몇 년 전까지만 해도 종종 경조사에 입었으나, 요즘엔 번거로워 그마저도 외면한다. 매일 청바지와 운동복만 입던 내가 양복을 사게 된 건 형 덕분이다. 형이 취업에 성공한 후 첫 월급으로 내 양복을 뽑아줬다. 양복이란 게 꽤 비싸서 그걸 꼭 사야 해, 라고 물었으나 이내 형을 따라나섰다. 동생에게 첫 양복을 입히고픈 마음이 느껴져서다. 형제란 게 이런 경우 꽤 어색한지라 고맙다는 말도 제대로 못 했다. 가산디지털단지 역 근처 아웃렛에서 종일 발품을 판 끝에 첫 양복을 샀다. 굳은 표정으로 새 양복을 받아 든 난 겸연쩍음을 들킬까 봐 더 퉁명스럽게 형을 대했다. 방에서 몇 번이고 걸쳐

봤으면서도 관심 없는 척. 왜 그랬냐고. 나도 잘 모른다. 그땐 그랬다. 하지만 역시 모셔놔도 도통 양복 입을 일은 생기지 않았다. 몸에 착 달라붙는 슈트는 근사하지만, 도무지 입을 만한 빌미가 없다. 요즘엔 결혼식마저 양복을 입는 게 촌스럽게 느껴진다. 내가 결혼하지도 않는데 굳이, 하는 생각이 든다. 그렇다고 평소에 입고 나갈 일은 더더욱 없고, 가끔 조문 갈 일이 생겨도 소식을 듣자마자 서두르느라 양복을 챙기지 못한다.

내가 양복을 개시한 날은 지금 다니는 회사 면접을 볼 때다. 면접 당일 난 분명 알람을 맞추고 잤는데 울리지 않았다. 그날 한 시간이나 늦잠을 잤다. 전날 긴장해서 이런저런 말을 준비하고, 말도 안 되는 데 정신이 팔려 인터넷을 하다 새벽에 잠든 탓이다. 나는 말 그대로 벌떡 일어나 5분 만에 준비하고 면접 장소로 출발했다. 신설동까지 택시를 타고 가는데 정신이 아득했다. 엄마에게 진탕 짜증을 부리고 나와 마음도 불편했다. 바싹 타는 입술 감각이 지금도 선명하다. 그렇게 내 첫 양복의 기억이 악몽으로 바뀔 때쯤 지하철 검은 창으로 내 양복이 눈에 들어왔다. 깨끗하고 단정해 보였다. 어렵사리 면접장에 도착해 사정을 설명하고 무사히 질문 공세를 버텨냈다. 백수에게도 볕 들 구멍은 있게 마련인지 난 여전히 그 회사를 잘 다닌다.

그날 홍역을 치른 탓에 기분 좋게 집으로 향했다. 목이 타 동네에서 커피를 샀는데, 칠칠하지 못하게 양복 상의에 쏟아버렸다. 공원

화장실에서 대충 닦아내고 내 모습을 거울에 비춰봤다. 우습게 생긴 놈이 멀뚱히 여름날을 견디고 있었다. 온몸이 땀투성이였는데도 불구하고 난 앞으로 꽤 수월한 사회생활을 하지 않을까 생각했다.

한껏 달아오른 마음이 금세 식듯 이후 난 양복을 찾지 않았다. 여름엔 덥다고 안 입고 겨울엔 춥다고 피한다. 이게 춘추복의 맹점이지. 하지만 거릴 걷다가 근사하게 양복을 입은 훈남을 보고 있노라면 부러운 게 사실이다. 집 근처가 여의도라 슈트를 입은 남자를 많이도 본다. 사회생활 초기엔 복장이 사회적 지위로 느껴져 괜스레 주눅 들었다. 유달리 말쑥한 슈트를 차려입은 남자가 많은 동네라 더 그랬나 싶다. 이탈리아에서는 복장에 따라 식당에서 자리 배치도 달라진다는데, 한국 역시 서구의 영향으로 복장이 상당 부분 영향을 끼친다. 내가 뭘 입느냐에 따라 자신감이 달라지고 나이를 먹으니 누군가를 판단할 근거가 없어 복장으로 판단한다. 편협한 시각이 날로 커져 쉽게 사람을 재단한다. 그런 의식이 결국 멀쩡한 승용차를 바꾸게 하고, 사는 동네를 말할 때 계급을 떠올리게 만든다. 무엇을 입는다고 해서 달라지는 건 없는데, 괜스레 편견만 늘어 어쭙잖은 차별에 동참한다.

영화 〈링컨 차를 탄 변호사〉의 배우 매튜 맥커너히는 근사한 슈트 맵시를 자랑한다. 내가 아는 가장 슈트가 멋진 영화다. 워낙 몸이 좋아 어떤 옷이든 잘 어울리지만, 이 영화에서 매튜는 그야말로 흰 셔츠에 입은 검은색 클래식 양복이 눈부시다. 영화 자체가 법정 스릴러라 슈트밖에 입을 게 없으니 작정하고 패션쇼를 한다. 난 커피를 홀짝이며 내내 매튜의 맵시에 감탄을 보냈다. 〈링컨 차를 탄 변호사〉는 좋지도 싫지도 않은 영화지만, 메튜 맥커너히가 보여주는 변호사 캐릭터가 가진 프로페셔널리즘과 멋들어진 양복이 잘 어울린다. 메튜 맥커너히가 맡은 역할은 제멋대로 놀면서 잘난 척만 해대는 거만한 변호사 믹 할러다. 그는 늘 세상을 다 가진 표정으로 정의를 기만하고 돈만 밝히는 속물이지만, 탁월한 입담과 승소를 위해서라면 수단과 방법을 가리지 않는 기질로 늘 승소한다. 마치 셜록처럼 스피드와 정확성이 촌철살인이다. 하지만 범죄자 변호를 도맡으며 사방에 적이 생긴다. 범죄자에게 거액 수임료를 받고 탁월한 통찰로 위기를 넘기지만 그를 못마땅해하는 놈들이 협박한다. 역시 잘생기고 돈 많으면 시기의 대상이 된다.

믹 할러는 제 양복을 갑옷처럼 입고 그들에 맞선다. 난 믹의 양아치 조폭과 다를 바 없는 행동거지에도 불구하고 남다른 옷맵시에 현혹된다. 복장이 사람의 격을 높이고, 영화의 질까지 높이는 기분이랄까. 믹 할러는 집도 절도 없지만, 기사 딸린 고급 자동차 링컨 컨티넨털을 타고 다니는 허세남이다. 재밌는 점은 그런 방탕한 삶을 살아감에도 셔츠만은 눈부시게 새하얗다는 점이다. 변호사라는 직업상 보이는 게 다라는 그의 말에 수긍한다. 믹 할러는 클래식 슈트를 통해 직업관을 구축한 셈이다. 그렇게 아름다운 육체와 거침없는 말투로 승승장구하던 믹 할러는 어느 날 한 사건을 수임하며 위기에 빠진다. 어쩐지 건방을 좀 떨더라니. 이후 전개는 영화를 직접 보시라.

요즘 TV에서도 메튜 맥커너히 못지않은 맵시를 자랑하는 남자가 있다. 그 많은 드라마와 교양 프로그램의 멋쟁이를 다 제치고 내게 대망의 1위는 〈그것이 알고 싶다〉 김상중이다. 그의 착 달라붙는 반듯한 양복과 3:7 가르마를 보고 있노라면 절로 신뢰가 간다. 비교적 단신임에도 정돈된 말투와 제스처 그리고 중후하고 담백한 목소리까지 더해지면 내가 선호하는 멋진 슈트를 입은 간지남의 자격요건을 두루 갖춘다. 〈아이언맨〉 토니 스타크가 자신이 공들여 만든 수많은 슈트를 허공에 날려 폭파한 이유는 자신에 완전하게 착 붙는 느낌을 주는 슈트를 찾지 못했기 때문이다(그럴걸). 그만큼 내게 맞는 양복을 찾기란 어렵다. 영화 〈킹스맨〉의 콜린 퍼스가 그 쭈글쭈글한 얼굴로 블록버스터 주인공이 될 수 있었던 건 오로지 슈트 맵시 덕분이다. 그 멋진 옷을 입고 무례하긴 어렵지 않을까. 이런 잡생각을 하고 나니 여름이 저물어간다.

첫 월급의 상당 부분을 동생 양복을 위해 투자했던 형과 지난주 단둘이 밥을 먹었다. 그런 적이 없어서인지 꽤 어색한 자리였다. 그 시절 가산디지털단지에서 내 앞으로 성큼성큼 걸어가던 형이 낯설다. 못 본 새 얼굴도 붓고 뱃살도 늘었다. 우린 잘 안 보고 살지만, 종종 그때 형을 떠올린다. 우린 별말 없이 헤어졌지만 내 옷장엔 아직도 형이 사준 정장이 있다.

술자리를 위한 변명

비가 온다. 내 친구는 비만 보면 술이 당긴다지만 난 그립지 않다. 가끔 맥주 몇 잔 정도는 마시지만, 그건 할 수 있다는 느낌이지 먹고 싶은 건 아니다. 하지만 직장 생활을 시작하는 나이가 이르게 찾아왔고, 엄연한 업무의 연장으로 회식에 참여해야 했다. 이때부터 술은 피할 수 없는 걸림돌이 되었다. 처음 배치된 부서 실장님은 다들 거나하게 마시는 자리에서 맥주 한 잔만 홀짝이는 내게 '자네는 술을 싫어하는 모양인데, 나이를 먹으면 몸이 먼저 술을 달라고 할 걸세'라 하셨다. 지금도 잊지 않은 그 말을 난 철석같이 믿었다. 시간이 지나고 나서 유심히 생각해보니 과연 내 주량이 그 당시보단 꽤 늘었다는 사실을 깨달았다. 무엇보다 때때로 맥주를 비롯한 와인과 위스키를 스스로 홀짝이는 날 마주한다. 술을 마시는 게 좋지는 않지만, 자리의 부담감을 덜기 위해서 입을 댄다. 또 즐거운 사람들과 있을 땐 그 자리를 기억하고 싶어 술잔을 높이 든다. 특히 오랜 시간 공들였던 프로젝트를 마치고 팀원들과 입에 술을 털어 넣을 땐 인생의 몇 안 되는 확고한 기쁨을 맛보기도 했다.

술에 관한 영화 중 내가 가장 사랑하는 영화는 〈사이드웨이〉다. 알렉산더 페인 감독의 영화로 지질한 연기 전문인 폴 지아매티의 매력이 돋보인다. 잭은 결혼을 앞둔 일주일 동안 포도주 농가를 전전하며 마지막일지 모르는 환락을 맛보겠다며 여행을 시작한다. 친구 마일즈(폴 지아매티)가 이 여행에 동참하며 웃고 울리는 이야기의 서막이 오른다. 캘리포니아의 그림 같은 포도밭을 허름한 차로 이동하며 근사한 와인을 마셔대는 통에 술 없이도 취한 기분으로 그들의 대화를 엿들을 수 있다. 풍요로운 햇살과 태평양에서 부는 바람이 절로 손가락을 튕기게 만든다. 오랜 역사와 다채로운 품종을 지닌 와인은 그야말로 돈이 있어야 누릴 수 있는 고급 취향이다. 하지만 영화는 와인의 복잡한 맥락을 인생에 비유하며 어렵게만 보였던 와인의 품종과 맛을 캐릭터에 절묘하게 녹여낸다. 거기에 자극적이지 않은 안주를 곁들여 서로를 달뜬 얼굴을 드러내는 중년 배우들의 연기가 일품이다. 영화는 와인에 인생의 미묘함을 빗대, 술이 인생에 가져다줄 수 있는 기쁨에 관해 말한다.

요즘은 술이 제스처이자 분위기라는 걸 깨닫는다. 그저 술잔을 부딪쳐 왁자지껄하면 여유와 낙관이 생긴다. 그래도 여전히 회식은 부담스럽다. 혹시라도 실수할지 모른다는 생각에 정신 똑바로 차리며 마신다. 넋 놓고 몇 잔 홀짝이다 중요한 자리에서 퀭하게 취해버린 기억이 있어 조심스럽다. 스무 살 초입엔 술자리 게임을 자주 했다. 문제는 벌칙으로 술을 마시다 보면 걷잡을 수 없이 취해버린다는 사실이다. 그러다 보면 그야말로 술이란 오바이트를 유발하는 물질이구나 깨닫게 된다. 특히 소주의 독한 맛은 도무지 술이라는 것을 좋아할 수 없게 한다. 그러던 나도 돈을 벌어야 하니 술을 수단으로 쓰고 버티기 위해 소비한다. 이해관계를 무시할 수 없어 분위기를 의식하며 마신다. 여러모로 나이를 먹는다는 건 변하지 않으리라 믿었던 나를 응시하는 과정이다.

회사 신입 때 가장 기억에 남는 술자리라면, 첫 승진 기념 회식이다. 직장 상사의 강요로 말버릇이 나쁜 이들과 악다구니를 쓰며 술을 마셨다. 직위를 이용해 술을 강요하는 사람이 있다는 게 놀라웠지만, 그런 행동을 마치 인생의 통과 의례라도 되는 것처럼 당연시하는 눈빛들이 서러웠다. 나이를 먹으며 지켜야 할 것도 많지만 무엇보다 하지 말아야 할 것을 알아내는 게 중요하다. 그중에서도 술은 내게 요주의 영역이다. 반면교사의 표본이 되어준 몇몇 어르신들을 상기하며 도리질한다. 대단히 감사합니다. 더러운 술 문화 받아들일게요.

중학교 시절 학업엔 젬병인 나는 이른바 논다는 아이들과 어울렸다. 사실 어디에도 섞이지 못하니 그 애들 주변을 서성거렸다. 당시 녀석들은 소주를 어떻게든 구해내 노래방에 가지고 들어갔다. 어른들 눈을 피해 진탕 마시고 뻗었다. 그 독한 소주를(당시는 프레시도 없었어) 벌컥벌컥 들이키며 위용을 과시했다. 더구나 여자애들 눈을 의식하니 더벅머리 중학생은 안하무인의 돈키호테가 되어 달려들었다. 하지만 막상 검을 빼고 돌진하려니 위장이 버텨줄 리 없다. 선천적으로 술이 약한 친구들은 그대로 화장실에 오바이트를 쏟아냈다. 죄 없는 노래방 사장님만 불쌍하지. 당시에 나도 몇 번 소주를 쏟아냈는데 아직도 그 끔찍한 기억이 선명하다. 생각해보면 술에 거부감을 느끼기 시작한 게 그 시절이니, 내가 지금의 주량을 갖게 될 때까지 인고의 시간이 있었노라.

요즘에는 술을 안 마시는 사람도 많다. 이른바 웰빙의 시대에 맞게 관리 차원에서 거절한다. 혹은 술도 일종의 취향으로 가려 마신다. 술로 뭔가를 이루기에는 냉혹해진 사회 시스템은 더 말해 무엇 하랴. 인간을 관리해야 할 리스트에 두고 술을 그 도구로 삼아 인맥을 관리하는 사람들도 거의 사라졌다. 술이 사고를 일으키고 이성의 틀을 무너뜨린다는 인식이 생겼다. 주류회사들이 스스로 도수를 낮춰가도 이 흐름을 막을 순 없으리라. 하지만 술을 안 먹는 사람이 점점 더 증가하는 근본적인 이유는 따로 있다. 그건 내 풀어진 모습을 상대에게 보이기 싫다는 일종의 방어기제가 강해졌다. 예전엔 약점을 드러내는 게 친해지는 과정에 속했는데, 지금은 취해서 실언이라도 뱉으면 얼빠진 놈으로 낙인찍는다. 그래서 선후배 관계없이 취하지 않으려고 무던히 애를 쓴다. 바야흐로 취하기 힘들어진 시대다. 직장인으로 나이를 먹는다는 건 인간관계가 조직 위주로 재편됨을 뜻한다. 주변의 인간관계가 여간 부지런하지 않은 이상 예전의 친구들은 점점 더 멀어져간다. 그래서 편하게 술 마실 수 있는 자리가 드물다. 술잔을 노니며 속을 터놓을 사람을 찾기 어렵다. 매일 보는 부서원에게도 내 약점을 노출하길 꺼린다.

요즘 아버지는 늘 소주 한 병을 사서 자기 전에 드신다. 누가 볼세라 주스 잔에 따라서 빨리 들이키신다. 난 그걸 볼 때마다 애써 모른 척한다. 그 모습에서 영문을 알 수 없는 쇠락을 느낀다. 아버지가 점점 더 무뎌지는 느낌에 사무친다. 내가 같이 한잔하고 싶지만 그럴 용기는 나지 않으면서. 생각해보면 어렸을 적부터 아버지의 취한 모습을 싫어했다. 하지만 지금은 그런 모습조차 보이지 않으려고 무던히 노력하신다. 나 역시 아버지에겐 세상 불편한 사람 중 하나가 된 걸까. 모든 게 어제만 같은 추억들이 지나가고 술이라는 것이 주는 물성도 변해만 간다. 나도 점점 더 변해서 모든 게 끝나갈 무렵 내 술잔을 채워줄 친구가 곁에 있을까. 술은 생각과 생각을 부르는 더딘 숨결의 이름이다.

자나 깨나 끼니 걱정

취업하고 혼자 살기 시작하며 종종 가난을 의식한다. 퇴근 후에 자취방에 들어서면 누추한 세간이 눈에 들어온다. 어쩐지 쿰쿰한 냄새가 나고, 그럴싸한 가구도 없어 휑하다. 그래도 울적한 기분이 들기보단 이 서울 바닥에 나만의 공간이 있다는 사실 자체로 위안을 삼는다. 비록 비좁아도 몸을 눕히고 책을 읽을 수 있으니까. 오직 하나 아쉬운 게 있다면 바로 '끼니'다. 간편해서 찾는 편의점 도시락은 기분을 처지게 한다. 짜고 맵고 기름져 배불리 먹어도 늘 입이 텁텁하다. 이젠 익숙해질 만하지만, 가끔 속이 더부룩해 소화제를 찾는다. 차가운 밥알을 씹으면 개운하고 정갈한 맛이 그리워 핸드폰으로 〈한국인의 밥상〉을 찾아본다. 비록 자그마한 화면이라도 갓 지은 밥과 펄펄 끓는 된장찌개가 눈에 들어오면 주체할 수 없이 허기가 밀려온다. 혼자 대충 때우는 끼니는 초고속 디지털 기술도 가닿지 못한 사각지대다. 그건 일종의 감정적인 여파라 잘 복구되지 않는다. 식탁도 없는 집에서 인스턴트 밥을 먹다 보니 끼니때마다 가난이 기웃거린다.

내 생각에 가장 밥을 근사하게 먹는 사람은 하정우다. 난 유튜브를 보다 종종 〈황해〉에서 구남(하정우)이 다급히 밥을 먹는 장면을 구경한다. 유튜브에 짤로 만들어져 수백만의 조회 수를 얻어낸 인기 게시물이다. 난 〈황해〉가 가진 치열한 이야기 전개를 좋아한다. 나홍진 감독은 마치 주술이라도 부리듯 인물 안에 광기를 불러일으키는 재주가 있다. 영화에서 면가(김윤석)는 마치 공룡처럼 하정우를 핍박한다. 이리저리 산 넘고 물 건너 도망치던 하정우는 겨우 끼니나 때우려고 빈집에서 감자를 쪄 먹는다. 그 모습이 무척 처연하면서도 복스럽게 먹는 모습에 난 침을 삼킨다. 집 나간 아내와 핏덩이 자식을 먹여 살리려고 동네 똥개 같은 몰골을 한 하정우는 고군분투한다. 돈이 없어 편의점에 들러 라면과 핫바로 끼니를 때우는데, 고작 편의점 음식 따위인데 하정우가 먹으니 없던 허기를 야기한다. 하정우의 먹는 장면은 연출적으로 전혀 의도되지 않은 재미를 불러일으키고, 혹독한 도주 과정에서도 먹는다는 게 얼마나 거추장스럽고 갈급한 인간의 본능인지 떠올리게 한다. 그야말로 먹고살아야 한다는 게 여실히 드러나는 장면이라 좋다.

혼자 사는 난 매일 끼니 걱정이다. 아침 챙겨 먹을 생각은 꿈도 못 꾸고, 퇴근 후에 저녁을 때우기 급급하다. 잘 먹고 싶은데 늘 부실한 상차림에 몰린다. 영양과 그럴싸한 기분은 포기한 지 오래다. 최소 시간과 노력으로 먹고 치우는 데 익숙해졌다. 배달 음식을 시키고, 설거지 시간이 아까워 그릇에 담지도 않고 서서 먹는다. 일회용 젓가락은 허기를 달래기 급급하다. 가끔 외식하러 나가도 혼자라는 인식에 시달린다. 식당 가득 바삐 대화를 나누는 가족과 연인이 눈에 들어온다. 혼자 테이블 하나를 차지하고 있는 게 괜스레 눈치가 보여 다 먹지도 못할 음식을 주문하기 일쑤다. 나만 혼자라는 사실이 도드라져 눈치 주는 사람이 없어도 눈치를 본다. 그래서인지 지긋지긋한 라면과 통조림을 여전히 가까이 둔다. 궁상맞지만 맘 편히 끼니를 때울 수 있기 때문이다. 매일 두 시간씩 저녁을 즐긴다는 프랑스인이 보면 기겁할 테지만, 난 바쁜 하루를 핑계로 대충 끼니를 때우고 산다.

한 달에 한 번쯤 부모님 댁에 가면 어머니가 날 위해 상을 차려주신다. 독립한 지 오래라 내 방은 사라졌지만, 상차림은 여전하다. 어머니를 식탁에서 마주하면 내 오감이 먼저 반응한다. 찌개가 끓는 냄새만 맡아도 온 세포가 일제히 봉기한다. 네 가족이 모여 앉아 숟가락을 냄비에 넣고 찌개를 퍼먹는다. 익숙한 요리가 목구멍에 들어가면 몸이 뜨거워지고 금세 기운을 차린다. 맛도 맛이지만 밥상머리에

둘러앉은 가족을 보면 마음이 아늑해진다. 각기 제 숟가락만 보며 별 말 없이 먹기만 하는데도 가족이란 역시 식구임을 깨닫는다. 굳이 말을 나누지 않아도 같은 음식을 먹는다는 사실 자체가 가진 위안이 있다. 친구들이 모인 술자리에 가면 이제 혼자 사는 게 편하다고 떠벌리지만, 어머니가 호박과 두부를 넣고 끓인 구수한 된장국을 비우며 난 바닥난 낙관을 충전하곤 한다.

내 기억에 어머니는 남이 차려준 음식을 마음 편히 대접받은 적이 없다. 어머니의 젊음은 내내 가족 밥만 차리다 끝이 났다. 특히 명절이 되면 온갖 제사 음식 때문에 소중한 휴일을 날린다. 그 지긋지긋함. 누가 쥐여준 의무도 아닌데 단 한 번도 어기지 못한 관례의 답습. 직접 재료를 사고 부치고 그릇에 올려야 하는 부단함. 무엇보다 뼈아픈 건 그걸 당연하게 아는 가족의 뻔뻔함이다. 가치를 인정받지 못하는 노동처럼 힘 빠지는 일은 없다. 그래서인지 어머니는 제사 음식에 진저리치신다. 종일 기름칠을 하고 나시면 탐스러운 명태전도 입에 안 대신다. 아들이 명절을 쇠고 집을 떠나고 나서야 못내 버리기 아까워 남은 음식을 데워 드신다. 어두컴컴한 부엌에서 혼자 먹는 음식이 맛있을 리 없지만, 내가 그런 기분을 짐작할 수 있을 때까진 꽤 긴 시간이 흘러야 했다. 녹슨 자취방에서 조악한 음식으로 끼니를 때우고 나서야 어머니의 시간에 겨우 가닿았다.

어머니는 집밥 외엔 잘 모른다. 부모님과 유럽 여행을 가서 고풍스럽기로 유명한 프랑스 레스토랑에 모신 적이 있다. 손이 후들거리는 값비싼 요리를 대접했지만, 어머니는 잘 드시지 못했다. 난 짜증이 나서 좀 더 드셔보라고 통박을 했다. 요즘 핫한 이탈리아 레스토랑에 가도 조금 깨작거리다 손을 놓으신다. 그리곤 집에 돌아가서 식은 미역국에 밥을 말아 드신다. 나이가 들면 음식에 대한 취향도 보수적으로 변한다는데, 생전 입에 대지도 않던 음식이 하루아침에 기꺼울 리 없다. 반면 평생을 직장에 다니신 아버지는 음식에 대한 호기심이 많다. 스파게티와 샐러드도 잘 드시는 아버지는 회사 근처에서 이런저런 음식을 사 드셔서 바깥 음식에 익숙하다. 어머니는 외식을 낭비로 치부하고, 가격이 조금 비싸다고 생각하면 즐기지 못한다. 취향이 없다 보니 아들이 좋다고 하면 억지로 따라나선다. 난 어머니가 빼앗긴 1인분을 찾지 못해 속상하다.

어머니의 음식 중에 가장 좋아한 건 삼겹살 구이다. 신문지를 펼치고 바닥에 큰 불판을 꺼내 놓는다. 형과 나는 상추를 씻고, 각종 김치를 냉장고에서 꺼낸다. 된장찌개도 냄비 받침 위에 올리고, 무려 두 근도 넘는 삼겹살을 굽기 시작한다. 금수처럼 달려든 우리 형제는 아직 다 익지도 않은 고기도 먹는다. 뭐가 그렇게 뿌듯하셨는지 어머니는 배불러 더는 못 먹겠다는 두 아들을 위해 고기를 굽고 또 구웠다. 그것이 내가 기억하는 가장 특별한 만찬이다. 텔레비전엔 평일 저녁 예능이 나오고, 삼겹살을 싫어하시는 아버지가 오시기 전에 흔적도 없이 그릇을 치운다. 그새를 놓치지 않고 과일을 깎고 계신 어머니를 보고 질겁을 한다.

내가 중학교 무렵에 어머니가 자그마한 가게를 차렸다. 자식 키우느라 다니던 직장도 치우고, 오랜 시간 일을 안 하던 어머니가, 조금이라도 힘이 있을 때 일을 해보고 싶다고 하셔서 큰맘 먹고 시작한 일이다. 그 결과 내 밥상은 무척 부실해졌다. 아무리 신경 쓴다고 하시지만, 가게 일이라는 게 힘에 부치고 신경이 곤두서 음식은 갈수록 단출해졌다. 그 시절 지겹게 먹던 음식이 돼지고기 김치 볶음이다. 제육과 달리 기름지지 않아 잘 질리지 않고(그래도 질리고야 말았다), 고소한 참기름 냄새가 풍겨 군침이 돈다. 그땐 다른 반찬 좀 해달라고 졸랐지만, 지금은 그 맛이 그립다. 방과 후 학교에서 돌아오면 늘 마주한 빈집과 거실 창문으로 보이는 아파트 단지의 아늑한 풍경이 떠오른다. 고소한 김치 볶음 냄새와 밥풀떼기가 묻은 밥솥이 자리한 부엌엔 어머니가 붙여놓은 메모지가 그득하다. 우선 뼈를 고아 끓인 흰 고깃국을 데우고, 김치 볶음을 약한 불에 데운다. 밑반찬을 통째 꺼내 열고, 밥을 왕창 떠서 식탁에 놓으면 식사 준비 끝. 급하게 먹고 나면 설거지는커녕 식탁을 치우지도 않고 방치한다. 날 버리고 일을 하러 간 어머니를 향한 원망을 담아 식탁을 더럽힌다. 혼자 먹는 밥이 고약하다는 걸 안 게 아마 그때부터였을까. 늘 분주하고 빽빽하기만 했던 어머니의 부엌이 그 시기엔 그렇게 한산하기만 했다.

어머니는 미역국을 자주 드셨다. 한 솥을 끓여놓고 매 끼니 찾았다. 늘 입맛이 없다며 국에 밥을 조금 말아 한술 뜬다. 나와 형은 도통 이해할 수 없었다. 도대체 어떻게 매일 같은 국을 먹는단 말인가. 우리 형제가 좋아한 건 김치찌개와 육개장 같은 매운 국물이었다. 그래서 어머니는 우리 식탁엔 자식 위주 반찬을 꺼내놓고, 우리가 다 먹으면 홀로 식탁에서 펄펄 끓인 미역국을 드셨다. 어머니는 짜장면을 싫다고 하셨어, 같은 구슬픈 일화가 아니다. 어머니의 미역국은 지금도 유효한 그녀의 인생 음식이다. 자극적이지 않고 심심한, 맑고 정갈한 그녀에 걸맞다. 내게 미역국은 좋든 싫든 간에 어머니를 떠올리게 하는 소울푸드가 되었다. 후회가 남기 전에 더 다양한 음식을 어머니와 함께하고 싶다. 그것이 내가 집을 떠나서도 매일 내 끼니를 염려하던 그녀를 위해 내가 해줄 수 있는 최소한이다. 더 곡진한 상차림이 어머니의 여생과 함께했으면 한다.

PART 2

×

별것 아닌 것 같지만 도움이 되는

계획이 어그러질 때

×

요즘 도통 글이 써지질 않는다. 냄비 안에서 무언가 조용히 익어가는 걸 보며 그런 생각을 했다. 처음 노트북으로 뭔가를 쓸 땐 딱 부러지는 글이 좋았다. 하지만 점차 형식에 얽매이니 답답해졌다. 꽉 조여진 틀 앞에 서면 생각이 요지부동한다. 요즘은 무슨 글이든 그냥 쓴다. 뭘 쓸지 생각하지 않고 쓴다. 그냥 떠오르는 대로 쓴다. 미리 생각해도 그대로 될 리 없고, 무슨 대단한 글을 쓰겠다고 골머리를 앓겠는가 싶다. 계획이 늘 어그러지듯 글 역시 갈피를 잡지 못하고 휘갈긴다.

〈매기스 플랜〉은 뉴욕 유니언 스퀘어에서 시작한다. 난 자연스럽게 매기의 산책에 동행한다. 그녀는 과거 연인이었던 절친과 인공수정 얘기를 나눈다. 이런저런 얘기를 하는데 친구는 그다지 달가워하지 않는다. 그래도 어쩔 수 없다. 각자 사는 인생에서 우리가 걱정해주고 챙겨줄 수 있는 건 딱 입 냄새 정도다. 그저 팔짱을 끼고 걱정 한마디 보태준다. 두 사람은 기꺼운 마음으로 손을 흔들고 헤어진다. 영화는 뉴욕 지식인 사회를 비춘다. 생계와 치열한 노동 현장과는 거리가 멀다. 의미를 들볶아 지적인 결론을 도출하는 싸움에 골몰하는 지식층이 주요 인물이다. 먹물들이 모이니 대화를 듣는 재미가 있다. 가령 무엇 같다는 건 언어적 콘돔이라는 표현은 지식 사회를 비트는 유머다. 가설과 가정으로 일상에 산적한 문제와 거리를 두는 학자는 고답적이다. 하지만 정작 우리가 일상에서 중대하게 생각하는 연애와 결혼, 이혼과 출산처럼 불현듯 속출하는 문제들은 학문으로는 해결할 수 없는 실전이다. 영화는 인공 수정이라는 어려운 낱말 안에 마스터베이션과 사족보행(?)이 내포되어 있다는 걸 상기한다. 아이를 낳고 육아에 치여 직업 안정도가 흐트러지고 나서야 '메리지 블루'를 실감한다. 영화는 이처럼 다양한 고민을 인물 개개인에 끌어들이지만 그들의 분위기는 대체로 낙관적이다. 내일 굶어 죽는 문제는 아니다 보니 생각만 많고 매사 절실하지 않다. 이런 분위기는 이 영화를 우디 앨런의 영화와 동류로 보이게끔 하지만 30대 초입 매기의 밝은 기질에 말미암으니 더욱더 싱그럽다.

매기의 첫 번째 계획은 남편 없이 애 낳고 사는 거다. 서른 살 넘게 살면서 6개월 이상 관계를 지속할 수 있는 남자가 없다는 걸 경험으로 알고 있다. 아직도 학생 같은 옷차림으로 거리를 활보하는 매기는 인생에 비교적 명확한 답을 가진 사람이다. 알록달록한 타이츠를 신고 유니온스퀘어를 활보해 정액을 제공해줄 동창생을 찾아낸다. 누군가는 그녀의 이런 과단성을 문제시하지만, 내가 보기엔 경쾌하고 맑아 보인다. 왜 그런지 생각해보니 그녀는 제 선택을 책임질 수 있는 사람이다. 도망갈 것 같지도 않고 그녀 주위엔 그녀를 도울 친구들이 즐비하다. 어린 여성의 선택을 한심하고 철딱서니 없게 바라보는 우디 앨런과 달리, 매기는 제 인생을 예측 가능한 테두리 안에서 챙기려는 확고함을 가진다. 매기는 대학 카운슬러이자 강사이며 매사 선량함으로 무장한 능동적인 사람이다. 그녀라면 계획이 어그러져도 마땅히 허리에 손을 짚고 미소를 머금을 것이다. 그녀가 사는 공동체는 도드라진 그녀가 비척거려도 부축해줄 만한 선의가 가득하다.

그녀의 계획은 끝내 어그러져 원치도 않았던 결혼생활에 이른다. 그리고 2년 정도가 흘러 권태에 맞닥뜨린다. 매기는 계획을 다시 정정한다. 나는 애초에 아기만 필요했으니 남편을 다시 전처에 돌려놓자. 이 오만한 결정이 다소 맘에 안 들어도 조금만 더 지켜보자. 매기가 보기엔 존의 전처 조젯은 근사한 사람이다. 존은 조젯을 챙기는 걸 인생의 사명쯤으로 안다. 정작 재혼한 자기 가정엔 무관심한 놈이 전처 말엔 중요한 회의마저 취소한다. 사랑도 식었겠다 존도 원하니 매기는 야심찬 계획을 실행에 옮긴다. 매기는 조젯을 찾아가서 자신의 계획을 조심스레 내놓는다. "조젯, 당신은 애정 결핍에 자기도취가 심하지만, 존한테는 그게 필요해요. 남을 돌보지 않으면 자기 생각만 한다고요." 영화는 결국 어긋한 사랑의 묘약을 원래대로 꿰맞추며 끝을 맺는다. 전통적인 가족 구성도 비전통적인 섹스에도 아랑곳없이 영화는 매기의 선택을 지지한다.

내 주변 지인은 모두 날 위한다. 그들은 결혼과 양육의 고충을 늘어놓으며 날 만류한다. 그거만 안 하면 네 인생 편할 거라며 스스로 선택을 부정한다. 하지만 인생은 우연과 우발로 빚어지는 판가름이다. 그럴싸한 계획을 세워봤자 말짱 도루묵이다. 비이성적 충동이 평소 세워둔 지론을 외면한다. 비슷한 예로 모든 예술은 인정 투쟁이다. 고고한 척해봤자 예술가는 결국 세상에서 내 위치를 가늠한다. 사랑이라고, 삶이라고 오죽할까. 결국 모든 결정은 내 마음이 상대에게 어떤 방식으로 닿느냐의 문제다. 타인이 날 어떻게 생각하는지 고민하다 삼천포로 빠진다.

내게 연애란 세상이 날 거둬들인 최초의 경험이다. 내 일 인분을 고스란히 보장받는 환희다. 내가 그를 살피고 보살필 때 얻어지는 만족은 상대를 위하는 내 마음뿐만이 아니다. 오히려 내 존재를 더 강화하는 게 상대를 위하는 속내다. 그러니 사랑은 권력 싸움이며, 불균질한 애정이 오가는 전장이다. 이기적으로 굴려고 해도 상대를 위하는 마음이 속출해 그녀 앞에 무릎을 꿇는다. 영화에서 매기에게 정액을 제공한 피클맨은 마스터베이션을 하기 전에 수학이 아름다워서 좋다고 말했다. 이해할 수 없는 속성을 가진 수학과 달리 피클은 전통 방식으로 만들면 최고 품질에 다다른다. 그는 수학에 머물면 불행해질 거로 생각했다. 아름다운 불가지론에 취하기보단 확고한 피클의 세계를 택했다. 그는 이상한 반바지의 노동자 차림으로 유니온 스퀘어를 거닌다. 스케이트를 어깨에 걸치고 말이 말을 만드는 세계와 거리를 둔다. 내게 〈매기스 플랜〉은 수학과 피클의 점이지대에 놓인 영화다. 그럴싸한 가정을 제쳐두고 우발적 선택이 공존하는 세계를 향한 예찬이다.

내게 영화는 모든 우발에 대한 예시다. 상상을 통한 모의 시뮬레이션이다. 만약 영화를 몰랐다면 어땠을까. 모르긴 몰라도 살아가는 게 꽤 힘들었을 거다. 선생 말대로 좋은 기업에 취직해서 눈치 보며 퇴근 시간에 목매며 살았을지도 모른다. 씨네큐브를 몰랐을 테니 종종 주말에 멀티플렉스에서 지구를 가루로 만드는 슈퍼히어로에 열광했을지도. 상영관에서 그새를 못 참고 핸드폰에서 날 찾는 이를 확인하며 팝콘이나 집겠지. 만약 영화를 몰랐다면 잠들기 전 가끔 떠오르는 생각을 노트에 적지도 않았을 거다. 회사에서는 답 없는 내 앞길에 술이나 먹고 여자 뒤꽁무니나 쫓았을지도. 창밖을 마주해도 달리 할 얘기가 없어서 담배나 물고 연기를 뿜었겠지. 회색 소음에 숨어 단어에 골몰하지도 않았을 거다.

슬픔의 위안

×

오늘은 집에 들어와서 〈디 아워스〉를 봤다. 영화는 버지니아 울프의 소설처럼 적막이 가득하다. 감정이 터져 나오는 지점을 최대한 자제한 덕분이다. 영화를 보고 처음 든 생각은 내가 웅크린 사람을 좋아한다는 거였다. 고개를 주억거리며 골똘한 사람에게 호의를 갖는다. 정적을 불편해하는 이라면 질색하겠지만, 내 경우엔 서로 말없이 멀뚱멀뚱 쳐다봐도 수줍은 사람이 좋다. 중요한 건 같이 이 자리에 있겠다는 호의다. 마침내 입을 연 그는 조용히 읊조린다. 말을 고르고 다져서인지 군더더기가 없다. 하지 않아도 될 말을 솎아낸다. 저지방 우유처럼 고소함은 덜해도 소화는 잘된다. 영화에 등장하는 세 여인, 1923년 버지니아 울프, 1951년 로라, 그리고 오늘날 뉴욕에 사는 클래리사까지. 각기 다른 시공간에 사는 세 여성은 한없이 맑은 오후에 각기 다른 고민에 여념이 없다. 모든 게 풍족해 보이는 그들은 침대에 모로 누워 한없이 눈물을 흘린다. 흩어진 시간이 무색하게 서로서로 공명한다.

누구에게나 그렇듯 난 가난한 집에서 자랐다. 갑작스럽게 가정에 위기가 닥쳐와 가족을 궁지에 몰아넣었다. 쭉 가난해온 것과 갑자기 가난해진 건 다르다. 충격의 여파는 오래가고, 장담할 수 없는 시간이 흘러간다. 가난해지면 집이 좁아지고, 가구를 버리게 된다. 손때 묻은 물건이 버려지면 마음이 황폐해진다. 늘 목이 마른 기분에 책만 들춘다. 가난의 형태는 내가 알기론 다들 비슷하다. 모두의 예측처럼 전형적으로 가난해진다. 어디서 말하기도 민망할 만큼 다들 저만의 가난을 가지고 산다. 가난을 받아들일 때까지는 시간이 걸렸다. 아마도 일을 하기 시작하면서 덤덤해졌던 것 같다. 사회에서 돈을 번다는 것만으로 가난은 짐짓 희미해졌다. 어릴 땐 가난이 문제가 되지 않았다. 굳이 터놓진 않지만, 내 젊음을 무기 삼아 콧방귀 뀌었다. 가끔 사고 싶은 걸 못 사고, 불편한 게 좀 있을 뿐 가난은 옆에 놓인 저변이었다. 내가 짊어진 봇짐엔 뜨신 도시락이 있었고, 가끔 친구들과 그것을 꺼내 먹으며 힘을 냈다. 가난은 그저 훨훨 비상할 내 미래를 돋보이게 할 장식과 다름없었다. 그렇다면 서른이 넘은 지금 가난은 없어졌을까. 아니다, 실제 가난했던 그때보다 더 가난이 명확하게 만져진다. 왜냐면 가난이 미덕이 아닌 삶을 살기 때문이다. 난 〈디 아워스〉를 보고 내 가난을 떠올렸다. 이어폰을 꽂고 한없이 긴 등굣길을 걷던 시간을 매만졌다. 가난했던 시절에 날 떠났던 사람과 그것을 말로 하지 못해서 앓던 과거가 아른거렸다. 좋은 영화는 때론 내가 지워버린 시간을 다시 상기시킨다. 슬픔을 들추는 시간이지만 짐짓 똑바로 바라볼 수 있기에 뜻 모를 위안을 삼킨다.

영화를 다 봐도 세 여인의 곪은 부위를 정확히 알 수 없다. 우리는 그녀의 하루를 슬쩍 엿볼 뿐이니까. 확실한 건 결코 형언할 수 없다는 사실 자체뿐이다. 하지만 말을 줄이면 감정은 더 절실해진다. 세 여인은 침묵 속에서 여러 번 마음을 깨부수고 다시 일으킨다. 모든 곡절이 머릿속에서만 이루어진다. 땅이 깨지고 지층이 뒤흔들려도 그녀들은 아랑곳하지 않는다. 세 여인의 음울한 일상엔 미사여구가 없다. 그저 고개를 비스듬히 기울인 채 슬픔을 읊조린다. 야멸찬 우울함에 도망칠 구석이 없다. 타인이 아무리 위로하려 해봤자 무력하다. 어떤 조언도 그저 말뿐이라서 몸을 웅크린 사람을 일으키지 못한다.

속앓이하는 이에게 문학은 어쩌면 도피처가 될지도 모른다. 내 울적한 학창 시절은 무수한 범죄소설로 점철되어 있다. 부모님이 싸워도 이어폰을 귀에 꽂고 사건 해결에 힘썼다. 마치 지옥에서 춤을 추는 것처럼 정신없이 페이지를 넘겼다. 〈디 아워스〉에선 죽음이 도피

처다. 죽음이 해소일 수 있다고 속삭인다. 누군가는 끝내 부정하겠지만 죽음은 실패가 아닌 선택이다. 버지니아가 돌덩이를 앉고 서서히 물에 잠기고, 클래리사의 연인 리처드가 창밖으로 몸을 던지는 장면엔 단정한 마침표가 찍혀 있다.

"나는 더 이상 노력하고 싶지 않아. 죽음은 커다란 위안이 될 수도 있어. 거기에는 무서울 정도의 아름다움이 담겨 있을 수도 있어." 영화에서 가장 슬픈 장면은 런던행 기차를 기다리는 버지니아 울프 앞에 선 지친 남편의 얼굴이다. 버지니아의 병세를 걱정해 런던을 떠나 교외까지 이사를 왔는데, 그녀는 아랑곳없이 몰래 남편을 떠나려 한다. 고통받는 남편에게 한 치의 배려도 않는 버지니아가 야속하다. 그녀는 창백한 얼굴로 죽음을 갈망하고, 이로써 한 번 더 무너지는 남편. 잠시 침묵하던 그는 이내 다시 고개를 들고 그녀의 청을 수락한다. 어떤 수를 쓰더라도 타자라는 무력감을 극복할 순 없다. 그의 성긴 미소엔 앙상한 바닥이 드러난다. 가닿을 수 없고, 도달하지 못해 낭패하다.

여전히 소년을 잊지 못한다

×

〈빌리 엘리어트〉는 내가 어릴 적에 비디오로 본 영화다. 2001년이니까 집에 엄연히 VHS가 있었고, 대여점이 떡하니 동네 상가에 자리했다. 부엉이가 그려진 대여점을 난 참 많이도 드나들었다. 벽면을 가득 채운 비디오와 탁자에 앉아서 수다를 떠는 동네 아저씨들. 난 요즘도 도서관에 빼곡한 책을 보면, 그 시절 비디오 가게의 무수한 비디오를 떠올린다. 내가 읽지 못한 책의 아득함 뒤로, 미처 보지 못한 필름에 대한 경애의 마음을 끼워 넣는다. 그렇게 책과 영화는 늘 시간이 텅 비어 있는 내 일과를 잠식했다.

우선 비디오 가게에 들어서면 비디오를 반납하고 신작 코너에서 빌빌댄다. 알바 형은 붉은색 자동차 형태의 반납기에 비디오를 꽂아 자동으로 되감기를 한다. 난 비굴한 표정으로, 아저씨 연체료는 좀 봐주세요, 간청한다. 저 단골이잖아요, 같은 아부성 멘트도 빼놓지 않는다. 반격도 잊지 않는다. 근데 〈미션 임파서블 2〉는 왜 반납이 안 되나요. 그렇게 신작 비디오 중 하나를 골라 까만 봉지에 넣고 가게를 나서면 홍상수처럼 느슨한 남방을 입은 아저씨가 벽면에 최신 포스터를 빈틈없이 도배하고 있다. 온갖 미사여구를 동원한 홍보문구와 눈부시게 촌스러운 19금 포스터가 온 벽을 메운다. 누군가 내게 영화에 관한 원체험을 묻는다면, 난 비디오 가게 풍경을 떠올린다. 나른한 주말 아버지와 라면을 먹으며 보았던 영화들을 제공해주던 부엉이 비디오 대여점.

잘 생각은 안 나지만 당시 〈빌리 엘리어트〉는 내가 피해야 할 부류였다. 딱 봐도 지루해 보이는 포스터에, 나시와 반바지 차림 소년은 내 관심사가 아니었으니까. 내 반대에도 아버지는 막무가내로 이 영화를 골랐다. 우리 아버지 거추장스러운 홍보문구에 속는구나. 당시 내 생각에 내세울 거 없는 영화들이 구구절절 설명이 많았다. 온갖 수상 목록을 포스터에 새겨서 눈속임을 서슴지 않았다. 비슷한 예로 〈제8요일〉이라는 영화도 이름 모를 상을 많이도 받은 것 같아 빌렸는데 지독하게 재미없었다. 아버지 또 속지 말아요. 톰 크루즈 나오는 영화에 수상 내용 있는 거 봤어요? 캐서린 제타존스 나오는 영화에 그녀의 몸매 말고 필요한 게 있던가요. 난 아버지의 구린 취향에 불평을 터뜨리며 〈빌리 엘리어트〉를 일요일 오후에 봤다.

소파에 모로 누워 영화를 보는데, 생각보다 재밌었다. 특히 소년의 처지에 몰입했던 것 같다. 영화 시작부터 빌리는 침대에서 프레임 바깥으로 솟구칠 정도로 높이 뛴다. 벌건 양 볼을 씰룩거리며 환희에 찬 표정으로 천국에라도 닿을 듯이 거침없이 도약한다. 하지만 그 순간도 잠시, 성질머리 고약한 형의 욕설이 몽상을 깨뜨린다. 빌리의 엄마는 일찍이 돌아가셨고, 할머니는 정신이 오락가락한다. 무심한 아버지는 권투나 하라며 글러브를 던지지만, 소년은 주먹을 휘두르는 게 죽기보다 싫다. 하고 싶은 걸 해야 재밌는데, 빌어먹을 세상은 하기 싫은 것만 하라고 한다. 특히 남자다워야 한다는 강박은 예나 지금이나 마찬가지다. 나 역시 빌리처럼 당시에 기술이나 배우라는 부모님과 내 취향을 무시하는 담탱이가 싫었다. 내가 신뢰할 수 있는 유일한 어른은 근처 시립도서관에서 책 곁에 선 사서 누나뿐이었다. 나가서 좀 놀려고 해도 돈이 없어서 방구석에서 빌빌대던 시절, 『호밀밭의 파수꾼』 문고본을 읽는 그녀는 내 선망을 독차지했다. 지금 생각해보면 당시 내 고민은 일 인분을 존중받지 못하는 상황에 대한 절망이었다. 다 한통속처럼 비슷한 어른이 되라고 강요했다. 한 스무 살쯤 되면 막연히 장밋빛 전망이 기다릴 줄 알았다. 하지만 시간이 갈수록 '어, 이게 아닌데' 싶었다. 내 취향은 암울한 미래를 부르는 헛짓거리였고, 학교와 부모가 원하는 건 다 내 혐오를 불렀다. 이래서 애들이 다 입영통지서에 입을 삐쭉 내밀고 말도 없이 입대하는구나. 형 주민등록증으로 호프집에서 생맥주나 때리고 사회에 대해 턱도 없는 일갈을 하는구나. 난 그런 생각을 하며 온몸을 비틀며 바닥과 벽을 치는 빌리의 춤에 빠져들었다. 분노를 춤에 실어 온 동네를 쏘다니는 녀석이 좋았다. 그래 저렇게라도 흔들어 재끼면 속은 시원하겠네. 기껏해야 동네 피시방으로 피신하는 나와 다르게 빌리는 두드리고 깨지면서 기어코 끝을 보는 게 대견했다. 영화는 마치 위인전처럼 국립 발레단 대표 무용수가 된 빌리를 비추며 막을 내린다. 〈백조의 호수〉에서 우아하게 비상하는 녀석을 상기한다. 엥? 느닷없이? 좀 작위적이네! 갸우뚱하다가도, 그래 영화는 해피엔딩이 맛이지. 대리만족에 빠져선 녀석을 한껏 추켜세웠다.

〈빌리 엘리어트〉를 직장인 10년차, 미세먼지 가득한 서울에서 다시 본다. 이제 빌리는 잘 안 보이고 어느새 나도 빌리의 아버지가 눈에 들어온다. 〈빌리 엘리어트〉의 배경은 영국 더럼 지방의 작은 마을이다. 우리로 치면 강원도 태백쯤 되려나. 철의 여왕이라 불렸던 대처 시절, 탄광 투쟁은 세계적인 화두였다. 진압하려는 정부와 산업 사회의 기틀로 나름대로 자부심을 가졌던 노동자는 투쟁을 장시간 지속하였다. 그 과정에서 25만 명의 광부가 일자리를 잃었다. 이는 한국 사회의 고민과도 멀지 않은 광경이다. 격렬한 파업 장면을 보면 이 영화가 켄 로치의 영화가 아닌지 눈을 비비게 된다. 영국인은 80년대 중반 탄광 노동자의 파업에 여전히 죄책감을 느낀다고 한다. 노동자를 박해해서 받아낸 명세서엔 현재의 브렉시트가 마주한 고민이 담겨 있다. 하지만 영화는 이런 복잡한 사회적 맥락을 굳이 빌리의 일상에 녹이지 않는다. 소년에겐 그저 분홍색 토슈즈와 우아한 몸짓이 전부다. 팍팍한 현실과 소년의 꿈은 철저하게 분리되어 있으니까. 마치 십 년 전 내가 그은 밑줄이 생경하듯, 세대가 믿는 가치는 변모한다. 후기 산업사회는 저물었고 이제 끼니 걱정이 없어진 다음 세대는 로큰롤을 들으며 마리화나를 피워도 죄책감을 느끼지 않는다.

요즘 영화는 아버지에 무심하다. 아버지 얘기를 하는 게 어쩐지 쑥스럽고 좀스럽다. 어른을 꼰대라 칭하는 게 익숙해진 시대에 부성은 먼지 나는 소재다. 개인주의 시대에 혈연이란 어쩐지 심심하다. 춤을 추고픈 마음이 들끓어 견딜 수 없다는 아들을 위해 마지막 자존심을 포기하는 아버지. 배신자라는 낙인을 각오하고 노조를 떠나 일을 하러 버스에 탄 노동자. 아들은 어렵사리 극단 오디션에 합격하지만, 그 학비를 위해 다시 탄광에 서야 하는 남자가 있다. 〈빌리 엘리어트〉의 절정은 빌리의 비상이 아니다. 광부들이 정부에 투항하는 날에 국립발레단 합격통지서를 받는 그 순간이다. 그놈의 희생, 그놈의 먹고살기가 이제 지겹다 지겨워.

빌리를 연기한 제이미 벨의 성장을 지켜보는 건 애틋한 경험이다. 나와 생일 한 달 차이 나는 녀석의 필모그래피를 살펴봤다. 사랑의 열

병에 빠진 청년(〈할람 포〉), 성공과 현실의 타협에 분리되는 자아(〈필름 스타 인 리버풀〉)는 유독 도드라진다. 제이미 벨의 영화를 보고 나오는 길에 가졌던 아련함은 전적으로 빌리를 위한 소고다. 제이미 벨에게도 꿈만 같던 20대는 스쳐 지나갔고, 새벽 쓰레기차처럼 덜컹거리는 30대가 왔다. 무대 뒤에서 호흡을 고르는 빌리의 성장이 뭉클한 만큼, 데뷔작이 달아놓은 꼬리표에 아랑곳없이 머리를 꼿꼿이 세운 채 착실히 커리어를 쌓아가는 제이미 벨을 응원한다.

노인을 위한 나라는 없다

×

뉴스엔 연일 광화문 광장의 노인들이 비친다. 카메라가 국기를 흔드는 그들의 격렬함을 훑는다. 친구들이 모인 술자리에선 노인 얘기만 나오면 살벌해진다. 광장 가득 모인 그들을 마치 누군가가 사주한 세력으로 치부하는 말들. 대화가 통하지 않는 꼰대. 난 의구심을 느낀다. 왜 누구도 그들의 입장에 대해선 말하지 않는 걸까. 그들이 분노하는 이유엔 왜 귀를 기울이지 않을까. OECD 국가 중 한국의 노인 빈곤율은 최고 수준이다. 살기가 팍팍해진 이들이 상식과 먼 얘기를 할 땐 이유가 있을 것이다. 그들의 박탈과 고립, 펜스 밖으로 내몰린 처지에 대해 논의해야 마땅하다. 하지만 요즘엔 그들을 '없음'으로 치부하고 도외시한다. 그건 예술작품도 마찬가지다. 왜 한국 소설과 영화에선 노인 문제를 다루지 않을까. 젠더와 페미니즘, 빈부격차의 논의는 활발한 데 비해 노인은 찬밥 신세다. 존재가 부정당한 노인들이 어쩔 수 없이 광장에 내몰린 건 아닐까. 지금 한국 사회에 가장 큰 문제가 청년 고용 문제라면, 그 못지않은 화두가 노인 혐오임을 모른 척해서는 안 된다. 두 세대의 문제를 대결 구도로 몰고 가는 의심스러운 말들이 횡행한다. 한낱 꼰대 탓으로 본질을 흐려선 곤란하다. 존재를 부정하는 방식으로는 갈등만 부추길 뿐이다.

영화 〈라스트 미션〉은 올해 한국 나이로 90세가 된 클린트 이스트우드의 작품이다. 이 작품에서 화훼업자 얼로 분한 클린트 이스트우드의 육체는 죽은 나무처럼 시들어버렸다. 1970년대 스파게티 웨스턴의 기수로 황야를 주름잡고, 1980년대의 〈더티 해리〉 시리즈에서 도심을 휘젓던 시절의 흔적은 사라졌다. 얼은 왕년에 크게 사업을 하며 성공 가도를 달렸지만, 지금은 빈털터리에다가 가족에겐 외면받는 신세다. 오갈 곳 없는 처지에 몰린 그는 멕시코 카르텔 마약 운반책을 맡으며 위기에 빠진다. 처음엔 운전만 하면 된다는 생각으로 얼떨결에 시작했지만 일을 그만두지 못한다. FBI가 수사망을 좁혀오고 조직은 그에게 더 깊숙한 가담을 요구하며 수렁에 놓인다. 얼은 실패로 점철된 인생을 돈으로 조금이나마 복구하고 싶었다. 얼은 손녀 결혼식에 술을 돌리고, 불타버린 참전용사 회관 재건 비용을 내며 압류당한 농가를 되찾는다. 아내에게 용서를 빌기 위해 갖은 애를 쓰지만 실패한다. 얼은 끝내 처절하게 실패한다. 돈으로 시간은 살 수 없음을 인정해야 한다.

낡은 포드 트럭으로 미 전역을 오가는 이 영화는 줄곧 찡그린 이스트우드의 얼굴을 비춘다. 실패자의 주름진 얼굴, 그건 그 자체로 스펙터클이다. 별다른 말이 필요 없는 퇴장의 언사다. 얼은 뜬금없이 식사하다 말고 읊조린다. 젊을 때일수록 일보단 가족을 챙기고, 빌어먹을 핸드폰 좀 그만하라며. 옆자리의 젊은 형사에게 한 말이었지만, 결국 이 말은 항복 선언이다. 감독으로서 배우로서 인간으로서 선배로서, 그의 토로엔 유언처럼 들리는 바가 있어 마음이 사무친다.

난 〈라스트 미션〉을 어른의 영화라 생각한다. 인생을 앞서간 자가 처절한 실패를 통해 내뱉는 참회다. 젊은 사자가 이빨 빠진 사자를 쫓아낸다. 전장을 누비던 백전노장도 사라진다. 그럴수록 노인의 목소리는 잦아든다. 중국 송나라 유부(刘斧)의 『청쇄고의』(青琐高议)엔 "장강의 뒷물결이 앞 물결을 밀어낸다"라는 말이 있다. 풀이하면 신구세대의 교체, 그들의 부단한 발전과 전진을 의미한다. 무수한 흐름 속 도시는 노인을 돌아보지 않는다. 영화는 얼을 필요로 하는 유일한 이들이 사회의 빈곤층, 그중에서도 미국에서 골칫덩이인 멕시코 마약밀매조직이라는 점을 상기한다. 그들이 왜 범죄에 내몰리는지, 미국 사회에서 노인의 가치가 어떻게 소멸하는지 알 수 있다. 얼은 평생 꽃을 피우기 위해 인생을 바쳤지만, 돌아온 건 인터넷 시절이 만든 소외감뿐이다. 정작 그를 챙겨주고 유대를 가지는 건 미국 사회에서 차별받는 유색인종밖에 없다.

한국에서는 성공한 이의 말엔 귀를 기울이지만, 낙오한 자의 충고는 넋두리로 치부한다. 그건 노인에게도 마찬가지라 관용의 시선은 오갈 데 없이 증발한다. 그럴수록 난 영화의 가치를 생각한다. 고된 하루를 마치고, 금쪽같은 주말에 난 왜 극장을 찾을까. 마냥 즐겁고 싶은 걸까. 스트레스 타파에 제격인가. 난 종종 영화가 매일 반복되는 일과에 갇힌 우리의 삶을 확장하기 위해 존재한다고 생각한다. 나와 거리가 먼 시공간에서 고뇌하는 타인의 삶에 들어간다. 비록 완전한 이해엔 가닿지 못할지라도, 그들의 마음을 상상하며 더 나은 인간이 되길 염원한다. 영화는 성공의 가치만 좇는 자기계발서가 아니다. 오히려 실패한 자의 쓸쓸한 뒷모습을 응시하는 회한이다. 마블 시리즈가 온 극장을 점령한 이 시점에 〈라스트 미션〉이 주목을 받긴 어려울 것이다. 하지만 여전히 숭고한 죽음을 생각하는 영화가 있다. 노인이 조롱의 대상이 된 이 도시에서 위엄 있게 늙는다는 건 뭘까. 나뭇잎은 흔들리고 물결은 출렁이고. 어떻게든 삶은 계속 이어진다. 그것뿐이다.

낯선 곳과
연결되는 방법

×

프랑스에서 맞을 아침이 얼마 남지 않았다. 침대에 멍하니 누워서 몇 달간 이곳에서 일어난 일들에 관해 생각했다. 문득 스페인의 한 축구장에서 옆 좌석에 앉았던 노부부의 얼굴이 떠올랐다. 히혼이라는 항구 도시에서 축구 경기가 있다기에 들른 참이었다. 좋아하는 팀도 아니었고, 그다지 크지 않은 경기장에 앉아서 나는 경기장의 분위기를 즐겼다. 보통 축구 경기를 맥주와 함께 여흥으로 삼는 사람도 있고, 경기장이 주는 활기에 잿밥에 관심을 두는 이도 적지 않다. 나처럼 혼자서 찾은 사람은 선수들의 움직임에 몰두하기 마련이다. 무용한 것이 주는 아름다움을 논할 때 스포츠만 한 것이 있을까. 근육과 살을 부딪쳐서 전진하는 그들은 전투가 불가능한 시대의 스파르

타 전사들을 자처한다.

이런저런 생각을 하며 경기를 보다가 옆 좌석의 노부부가 눈에 들어왔다. 영어를 쓰는 것으로 보아 스페인 현지 사람이 아니었다. 그들 역시 여행을 하다가 그저 축구 경기가 보고 싶었으리라. 선수들의 면면에 관해 이야기하고 심지어 잔디 상태에 대해서도 열띤 대화를 나누고 있었다. 난 슬쩍슬쩍 그들을 쳐다보다가 고개를 끄덕이기도 하고, 미소를 지어 보이기도 했다. 그런 나를 의식했는지 할머니께서 내게 몇 가지 질문을 하셨다.

일요일 아침, 누추한 침대에서 눈을 떴다. 반복적으로 울리는 알람 소리를 들으면서도 멍하니 창밖만 응시했다. 지금, 이 순간 왜 난 노부부를 떠올렸을까. 여행 이후 한 번도 그들을 생각한 적이 없었다. 보통 일요일 아침에 침대에서 떠올리는 것들은 장 보러 갔을 때 살 것과 오늘 입을 옷, 어제 읽은 책에 대한 것이 대부분이다. 내가 허락하지 않았는데도 난데없는 기억은 내 이마로 틈입했다. 난 이어 노부부가 맞이할 아침을 떠올렸다. 부엌 한구석에서 킁킁대는 커피메이커와 순하게 생긴 레트리버를 생각했다. 노부부와 나는 단 두 시간 히혼의 한 작은 구장에서 만나 대화를 나눈 것뿐이지만, 오늘 내 기억 속으로 소환되었다. 그들과 나는 불현듯 다시 만났다.

가끔 공허가 어린 사소한 것들이지만, 의미심장하게 떠오를 때가 있다. 프랑스에서의 삶이 끝나면 이제는 그리움을 멈출 수 있고, 다시 한국으로 돌아가 익숙한 동네에서 커피를 마시게 될 것이다. 이곳에서 벌어진 손에 꼽을 만한 기억을 뒤로하고 잘 먹고 잘 살아갈 것이다. 서울의 내 침대에서 난 무엇을 떠올리게 될까.

"우리는 태어날 때부터 운명에 꽁꽁 묶여 있다. 우리는 우리가 태어난 장소라는 운명에서 벗어날 수 없다."

이 문장은 밀란 쿤데라의 것이다. 어느 책에서 읽었는지 기억이 나지 않는다. 내게 서울이라는 공간은 태어난 곳이자 언제나 마음속에 품고 있는 집이다. 익숙한 시간이 흘러가고, 거리의 남루한 모습을 떠올리는 곳이다. 2호선 건대를 지나 뚝섬에서 드러나는 성수동의 황량함을 좋아하고, 종로에 내려 걸을 때 속속들이 마주치는 낡은 가게들을 좋아한다.

'맨체스터 바이 더 씨Manchester by the Sea'는 영국의 축구 도시가 아니다. 미국 뉴햄프셔 주에 있는 또 다른 맨체스터도 아니다. 미국 매사추세츠 주에 위치한 자그마한 해안 도시다. 인구는 채 1만 명이 안 되고, 주민의 90% 이상이 가톨릭 신자들이다. 난 이 근처에 가본 적도 없고, 관심도 없지만, 영화 한 편을 통해 이 공간을 유심히 볼 수 있었다. 영화 〈맨체스터 바이 더 씨〉는 리라는 남자가 형의 부고를 알게 되면서 시작된다. 그는 의사에게 형의 죽음을 듣고는 욕설을 늘어놓는다. 그러고는 이내 후회하듯 고개를 숙이고는 의사와 주변 사람들에게 사과한다. 의사는 그의 어깨를 두드려준다. 리에게 서울로 느껴지는 곳이 맨체스터라는 작은 마을이다.

리는 과거 가족과 이웃 친구들에 둘러싸여 행복하게 살다, 돌이킬 수 없는 실수를 저질렀다. 맨체스터를 떠나 근처 낯선 도시로 이사를 한 리는 작은 아파트 관리인으로 홀로 일하며 삶의 저점을 버텨나가고 있다. 그는 마음이 시끄러워지는 것을 감수하고 자신이 살던 맨체스터 바이 더 씨로 돌아간다. 그는 밀란 쿤데라의 말처럼 그곳에서 꽁꽁 묶이게 된다.

삶이 늘 그렇듯 슬픔을 마주할 시간이 없다. 땅이 얼어서 장례식이 지연되고, 언 땅이 녹을 때까지 형의 시신을 냉동고에 보관해야 한다. 형이 남긴 배 한 척의 처분도 건방진 조카의 고집으로 이러지도 저러지도 못한다. 그 바쁜 와중에도 과거의 기억은 암시나 예고도 없이 불쑥불쑥 튀어나온다. 영혼을 박살 내버린 그 사건과 리의 주변을 둘러싼 부수적인 기억이 파편처럼 이 남자를 습격한다. 살을 찢고 기억을 난도질하는 순간들이 이어진다. 그는 죽지 못해 살고 있으며, 삶의 언저리를 배회하며 누군가의 처단을 기대하고 있다.

묵묵히 형이 남긴 과업들을 처리하던 리는 우연히 전처 랜디와 마주친다. 그녀는 사건 당시 자신이 리에게 했던 무수한 말들을 사과한다. 절절하게 자신의 잘못을 토해내는 그녀에게 리는 이렇게 말한다. "난, 이걸 이길 수가 없어." 인생에 완전히 항복한 자의 실토다. 영화는 그에게 조금의 나은 결말도, 용서와 화해라는 보편타당한 개선도 보여주지 않는다. 영화에 몰입했던 나는 거친 숨을 토해내며 엔딩 크레디트를 마주했다. 작은 마을의 술 취한 사람들, 바다의 시퍼런 바람들이 목전에서 요동쳤다. 리와 달리 난 맨체스터와 어떤 관련도 없다. 이 작은 도시가 내게 다가올 연유도 없다. 하지만 난 '맨체스터 바이 더 씨'와 강하게 연계된 느낌을 받았다. 내가 매일 걷는 그 어떤 거리보다 더 밀착되는 느낌에 젖어 있었다. 난 구글 지도를 펴고 이 작은 마을에다가 빨간색 점을 찍었다.

며칠 전 오랫동안 만나지 않던 한국 친구와 방에서 두 시간 넘게 대화를 했다. 술 한 잔을 핑계로 그간 나누지 못했던 대화를 나누었다. 공통된 소재가 없었기 때문에 두서없는 말들이 오고 갔다. 그때 녀석은 이런 말을 했다. 정말 소중한 기억도 놀라울 정도로 빠르게 퇴색되고 만다고. 난 고개를 끄덕였지만, 그 말에 동의하지 않았다. 소중한 기억은 절대 퇴색되지 않는다. 선물 같던 순간과 수줍던 미소를 한 번 더 볼 수 있다면 좋겠다고 말할 뿐이다. 일요일의 아침에 떠오르는 난데없는 기억처럼 빛나는 순간들이 내 기억 속에 가지런히 정돈되어 있다.

나는 조만간 프랑스에서의 짧은 삶을 잊을 것이다. 그간 내가 거쳐 온 수많은 나의 공간처럼 그것들 역시 기억 안에 보존될 것이다. 나는 다시는 이곳을 찾지 않을 것이다. 그것들이 어떤 모습을 하는지 내 관심사가 되지 않을 것이다. 다만 말해두고 싶은 것은 기억 속에 고스란히 보존될 것이라는 희망이다. 낯선 거리를 지나갈 때면 툴루즈의 작은 카페를 떠올릴 것이고, TV에서 허름한 골목길을 비출 때면 손의 감촉을 의식하며 걷던 순간을 떠올릴 것이다.

몇 주 전 런던에서 렌터카를 빌려서 영국의 동부 소도시를 정처 없이 돌아다녔다. 피곤하면 낡은 호스텔에서 잠을 자고, 근처 식당에서 계란이랑 감자를 집어 먹고 나왔다. 특별히 찾는 것도 없었고, 해안 끝까지 간 것도 아니었다. 나는 아무것도 없는 평평한 들판과 거대한 잿빛 하늘을 바라보고 싶었다. 어느 순간 나는 지도에서 나오지 않은 길을 달리며 기분 좋은 아늑함을 느끼고 있었다. 30분 동안 나는 그곳이 어디인지 알 수 없었고 알고 싶지도 않았다. 이따금 내 차의 엔진 소리에 놀라 속도를 줄이며 창밖을 두리번거렸다. 이윽고 나는 도로에서 멀지 않은 곳에 차를 세웠다.

낡은 나무집과 바람을 막아주는 가림막이 있는 황량한 들판이었다. 서너 그루의 나무들을 등지고 꽁꽁 언 거친 내 손을 비비며 아이폰으로 사진을 찍었다. 이곳은 내가 끝내 찾아오지 않을 공간이다. 난 잠시간 환상에 가까운 상상을 하기 시작했다. 이 낯선 공간이 나와 연계된 그 순간을 느낄 수 있었다. 이쯤이면 유럽 대륙과 근사한 이별을 고한 셈이다. 다시 차로 돌아간 나는 잠시 타이어를 살핀 후 좌석에 올랐다. 그리고 헤드라이트와 반사된 검은 유리창 속 나를 응시했다. 이곳에서 얼마나 행복한 시절을 보냈는지 미처 다 깨닫지 못한 채 급히 차를 출발시켰다.

일상을
소홀히 할 순 없지

×

오늘은 어버이날이다. 매해 이날을 마주할 때마다 뭔가 해야 한다는 압박을 받는다. 그래 봤자 고작 얇은 봉투를 내밀며 멋쩍은 효도를 흉내 내는 것뿐이다. 늘 미덥지 못한 얼굴로 두 분 앞에 서야 한다는 것이 어색하다. 일 년에 한 번 효자 역할을 맡기엔 내 얼굴이 두껍지 못하다. 두 분의 얼굴을 바라보며 내 짧은 인생에 그들이 미쳤던 무수한 보살핌을 떠올린다. 부디 크게 맘 쓰는 일 없이 오랫동안 내 곁에 머물길 바랄 뿐이다.

어제는 대전에 결혼식을 다녀왔다. 어렵사리 시간 맞춰 도착한 호텔 예식장에서 못지않게 얇은 봉투를 내밀고 식권과 주차쿠폰을 받는다. 휘황찬란한 식장 안에서 매번 같은 레퍼토리의 예식을 구경한다. 짝다리를 짚고 선 나는 사회자의 민망한 발언과 오그라드는 축가에 비실비실 웃음을 머금는다. 예측 가능한 감정들이 넘실거리는 이 행사를 난 백 번 이상은 보아왔던가. 주말이면 빼곡한 일정으로 식을 진행하는 예식장 풍경이 기시감을 부른다. 그 곁에 분주한 직원들은 업무용 미소로 식의 진행을 서두른다. 누군가에겐 인생의 큰 변곡점일 단 하나뿐인 결혼이 그들에겐 매주 마주해야 하는 업이다. 조금은 식어버린 가슴으로 제 일을 마주하는 그들의 얼굴이 낯설지 않다. 주말마다 무수한 부부들이 자동화 공정의 생산설비처럼 차질 없이 영원한 사랑의 서약을 맺는다. 그 대열에서 멀찍이 떨어져 선 나는 삼 할의 염세와 칠 할의 관조로 그들을 바라본다. 부디 잘살길 바랄게.

식이 끝나갈 즈음 슬슬 지겨워지던 차, 피로연장으로 향하는 내 시선을 붙잡은 것은 신부 어머님의 눈물이었다. 보기 드물게 서글프게 우시는데 맘이 짠하더라. 늘 신부 측의 어머니만 우신다. 수많은 결혼식을 가봤지만, 시어머니가 우는 건 보지 못했다. 대부분 친정어머니만 눈물을 훔친다. 아직도 신부에게만 출가외인이라는 태그가 붙는 걸까. 그건 한국 유교 문화의 관성적인 양태로 봐야 하나. 아니면 여자와 여자 사이에 맺어진 모녀간의 정서라는 게 있는 걸까. 그 옆에서 무표정으로 앉아 계신 친정아버지는 멀리 허공만 응시한다. 물론 속마음은 못지않게 복잡하시겠지. 그런 생각도 잠시 무수한 인파의 등에 떠밀려 유유히 뷔페식 만찬장에 들어선 나. 내 잔치국수는 어디에 있는가.

어릴 적 〈신부의 아버지〉라는 영화를 좋아했다. 전형적인 가족영화인 이 작품에서 아버지 역할을 맡은 스티브 마틴의 연기를 기억한다. 착잡함과 불만, 안타까움, 분노 등이 복잡하게 얽힌 딸 가진 아비의 마음을 코믹하게 표현했다. 애지중지 키운 22살 외동딸을 갑작스럽게 외간 남자에게 뺏기는 기분은 어떤 걸까. 그 당시의 아버지상은 가정과 자녀 양육의 책임은 어머니에게 맡기고 멀찍이 떨어져서 바깥일을 관장하는 존재로 한정되었다. 요즘 영화들에서는 어머니 이상으로 친밀한 존재로서 아버지가 등장하기도 한지만, 현실의 아버지는 여전히 자신의 역할과 자리에 대해 고민하는 바가 없지 않다. 가까운 예로 병원에서 아이가 바뀌었다는 설정을 가진 고레에다 히로카즈 감독의 〈그렇게 아버지가 된다〉가 있다.

료타는 능력 있는 부자 아빠의 전형이다. 아들 케이타를 사랑하는 방식으로 그가 택한 것은 윤택한 환경과 엄격하게 규칙을 적용하는 교육이다. 하지만 그렇게 6년간 공들여 키운 아들이 출산 과정에서 뒤바뀐 사실을 알게 되면서 혼란에 빠진다. 하루아침에 아들이 내 핏줄이 아니라는 통보를 받은 료타는 잠시 운전석에 앉아 생각을 가다듬는다. 그러고는 아내에게 이렇게 말한다. "역시나 그랬었어. 이제 이해가 됐어." 이게 무슨 말인가. 평소 자신의 지도방침을 제대로 이행하지 못하는 아들에게 의구심을 가졌던 료타는 이번 계기를 통해 자신의 '진짜' 아들을 찾고자 한다. 청천벽력의 소식 앞에서 절망하는 아내와 달리 료타는 침착하고 냉정하다. 그가 별다른 망설임도 없이 자신의 진짜 아들을 찾는 시점부터 영화는 복잡해진다. 자신이 6년 동안이나 키워온 아들은 '가짜' 아들이 된 건가. 그런 의구심도 잠시 영화는 빠른 속도로 진행된다.

결국 서로의 아이를 돌려받는 것으로 합의를 본 두 집안은 잠시 유예기간을 갖기로 한다. 아이들이 받을 충격에 대비하여 서로의 집을 오가며 적응을 돕는다. 이 과정에서 자신과 아들이 뒤바뀐 상대측 아버지 유다이가 등장한다. 료타와 같은 경제적 능력은 없지만, 시간이 많고 가정적인 사람이다. 손이 많이 가는 아이들의 틈바구니를 파고들어 같이 목욕을 하고 장난을 치며 아이들의 마음을 얻어낸다. 그는 규칙과 성취를 강조하는 료타와 정반대로 아이들에게 관대함과 시간을 선물한다.

고레에다 히로카즈 감독의 필모그래피 대부분은 딜레마 앞에 멈춰 선 인간을 다룬다. 서서 숨을 고르고 곰곰이 생각해봐도 결론에 다다르기 어려운 것이 인간의 삶이다. 감독의 세심한 관찰력은 그 순간에 위력을 발휘한다.

"'병원에서 아이가 뒤바뀐다'는 선정적인 사건을 플롯에 넣으면 관객의 시선과 의식은 아마 '부부가 어느 아이를 선택할까'라는 질문 쪽으로 향할 것이다. 그러나 그쪽으로 '이야기'를 풀어가는 힘이 너무 강하면, 그 이면에서 숨 쉬게 마련인 그들의 '일상'이 소홀해진다. 그래선 안 된다. 끝까지 일상을 풍성하게, 생생하게 보여줄 필요가 있다."(고레에다 히로카즈의 수필 『걷는 듯 천천히』 중)

아이들의 일상 안에서 머무는 아버지의 존재를 비춤으로써 부성이 자리하는 곳을 의식하는 것이다. 〈그렇게 아버지가 된다〉는 누군가의 가정을 목격하는 착각을 불러일으킬 만큼, 아버지가 집에서 머무르는 자리를 지근거리에서 관찰한다. 목욕을 마치고 아이의 머리를 어떤 식으로 말려줄까. 침대 위에 어떤 순서로 나란히 누워, 어떤 식으로 손을 잡을까. 이런 세심한 관찰을 통해 가장으로서의 아비가 아닌, 생활 속의 아버지를 의식하게 하는 것이다. 언뜻 봐도 일상에서 볼 수 있을 듯한 생활을 충실하게 묘사함으로써 진짜 아버지라는 것이 과연 핏줄과 관련지을 수 있는지 묻는다.

〈그렇게 아버지가 된다〉는 중대한 딜레마 앞에서 비교적 쉬운 답을 내놓는다. 영화는 극적인 설정으로 '낳은 정, 기른 정' 얘기를 하는 것처럼 보인다. 하지만 정작 귀 기울여 이야기를 들어보면 방점은 시대의 아버지상에 맞춰져 있다는 것을 알게 된다. 아이와 한 몸이었다가 분리되는 모성과는 달리 부성이라는 것은 늘 거리감을 전제로 한다. 그 거리감을 극복하지 못하고 구시대적 아버지상에 머무르는 남자는 아버지가 되지 못한다. 특히 여전히 핏줄을 운운하며 일상과 시간을 등한시하는 가족들을 경계한다.

이 영화를 처음 보았을 때 난 어릴 적에 읽었던 한 자기계발서 『부자 아빠 가난한 아빠』가 떠올랐다. 노골적인 제목을 한 이 책은 당시 무척 많이 팔렸다. 부끄럽게도 나 역시 제목에 혹해 이 책을 읽었다. 책의 홍보문구는 제목보다 더 자극적이다. 이 책을 읽으면 부를 얻을 수 있는 비밀을 얻을 수 있을 뿐더러, 가난한 아버지에서 벗어나 돈 많은 좋은 아버지가 될 수 있다는 식의 문구다(이런 비슷한 광고로 많은 이들을 현혹했던 책이 『시크릿』이다). 책에서 말하는 부자가 되는 비법이라는 것이 간사하고 조악하다. 구체적인 방법론도 없이 적은 돈이라도 투자해서 사업을 하라는 내용을 조언이랍시고 늘어놓는다. 사실 이보다 더 날 분노케 했던 내용은 아버지가 가난하면 가족에게 어떤 방식으로 무시당하는지 묘사하는 내용이었다. 아버지가 능력이 없으면 노년에 자식에게 잊히고, 결국엔 쓸쓸하게 죽음을 맞이하게 될 거라고 말한다. 그래서 저자는 돈 많은 아버지를 자신의 진짜 아비라 칭한다. 저자는 자본주의 시대의 아버지상에 대해 말하고 싶었을까. 정말 세상이 그렇게 생겨먹은 걸까. 이 책의 저자가 일본계 미국인이던데, 기타노 다케시나 마루야마 겐지에게 걸렸으면 등이 터질 때까지 등짝을 맞았을 거다. 확실한 건 아버지는 날 그런 세상에서 키우지 않았다.

난 〈그렇게 아버지가 된다〉를 부산영화제에서 봤다. 그것도 아역 배우들과 감독님이 모두 참석한 GV를 새벽부터 줄을 서서 예매했다.

영화의 전당의 이 층 구석 좌석에서 쏟아지는 플래시 앞에 쑥스럽게 움츠리던 감독님이 생각난다. 비가 오는 날이어서 극장의 공기는 눅눅하고, 난 새벽부터 표를 구하느라 잠을 거의 자지 못해 하품이 나왔다. 그래도 극장의 대부분의 사람은 심상치 않은 영화를 본 감흥에 젖어 감독님과 배우들을 환대했다. 지구를 먼지로 만들어버리는 영화가 전국 대부분의 상영관을 잠식하는 이곳에서 아버지의 의미를 찾으려는 어수룩한 남자를 반겼다. 낡은 단어에 먼지를 털어내고, 곡진한 문장을 새겨 넣은 영화를 보고 있자니 불현듯 잊고 살았던 것들이 떠올랐다.

현실과 영화
그 사이 어디쯤

×

지난여름 이탈리아 유레일을 타고 열흘간 온 도시를 돌아다녔다. 잊을 수 없는 혼자만의 시간이었다. 어려서부터 늘 이런 시간을 꿈꿔왔었다. 철없는 생각이지만 세상사 그저 떨쳐버리고 혼자 빈둥대고 싶었다. 그런 내게 이탈리아는 가장 적확하게 나의 이상을 자극하는 판타지였다. 여행을 다녀와서는 한동안 혼자서 많은 생각을 했다. 그건 뭔가 이루고 섭취했다는 포만감을 되새기고 싶어서였다. 느낄 만큼 느꼈고, 볼 만큼 봤다고나 할까. 기차 안에서 이런저런 생각도 많이 하고, 여러모로 이탈리아 여행은 날 온전하게 해주었다. 바로 여행에 대한 후기를 남기고 싶었지만, 머릿속에 떠오르는 생각이 정리가 안 됐다. '역시 실시간 메모를 해야 했어. 이건 뭐 호스텔에 들어가면 잠부터 처 잤으니.' 그러던 중 아름다운 그녀가 내 앞에 나타났고, 난 다른 생각할 겨를 없이 풍덩 빠져버렸다. 그렇게 이탈리아 여행은 내게 잊힌 기억이 되었다.

그러던 중 이탈리아를 향한 그리움이 다시 피어오른 건 영화 〈투스카니의 태양〉을 보면서다. 이 영화는 이탈리아를 향한 노골적인 동경이 영화에 진득하게 배어 있는 작품이다. 맹목적 이상향을 숨기지 않다 보니 때론 '어, 저건 너무 미화하는 거 아냐' 싶은데, 그게 또 매력이기도 하다. 마치 이탈리아 관광청이 돈 주고 제작한 홍보 비디오처럼 보인달까. 이혼하고 집까지 빼앗긴 여인 프랜시스가 남은 돈을 탈탈 털어 이탈리아 투스카니에서 충동적으로 집을 산다. 기대와 달리 어려워만 보이던 그녀의 이탈리아 라이프는 마을 사람들과 공동체를 형성하며 술술 풀려나가기 시작한다. 이후 고난과 역경을 극복하며 행복하게 잘 살았다는 이 영화의 스토리에 특별함은 없다. 그저 아름다운 투스카니 지역의 풍광과 유쾌한 이탈리아 사람들의 기질을 한껏 즐기기에 적합한 작품이다.

투스카니는 피렌체와 가까운 작은 마을이다. 내가 들렀던 피렌체는 두오모가 모든 것을 압도하는 공간이었다. 만약 거기서 투스카니를 찾았다면 이색적인 경험이 되었을 것이다. 가죽 시장에서 장갑을 사려고 들락거리는 시간에 버스를 타고 영화 속 전원주택 '브라마솔레'를 찾았다면 어땠을까. 뭐 여행이 그런 아쉬움 하나 없을 수 있나.

아쉽지만 고개를 끄덕인다. 사실 피렌체 여행은 날씨 때문에 꽤 고생했다. 두오모의 붉은 돔을 배경으로 내리는 추적추적한 비는 내심 근사했지만, 그래도 이탈리아는 햇볕 쨍한 맛이 아닌가. 남편과 이혼을 하고 비참한 생활을 하던 프랜시스가 처음 여행차 찾은 곳도 피렌체 두오모였다. 이 장소는 〈냉정과 열정 사이〉를 통해 아시아인들에게 유독 유명하다. 그래서인지 한국인들도 자주 눈에 띄었다. 여기가 마치 천안문 광장이라도 되는 듯 압도적인 중국인의 숫자는 말할 것도 없다. 옆에서는 여자 친구의 인생 사진을 남겨주려고 바닥을 기며 몸을 웅크리고 사진을 찍는 백인 커플도 보였다. 그래, 다 용서한다. 또 우산을 파는 아랍계 남성은 손끝에 우산을 올려놓고 세상을 놓아버린 표정으로 구매를 촉구했다. 영화의 프랜시스 역시 양산을 펴고 피렌체의 비를 피한다. 어쩌면 여행이라는 건 대상을 향한 환상을 철저하게 파괴하며 만들어지는 실감일지도 모르겠다. 이탈리아를 향한 내 기대는 추적거리는 비와 함께 급히 들이마신 공기로 전환되어 다시금 새로운 형태를 갖추었다.

베키오 다리에서 사진도 좀 찍고, 우피치 미술관을 둘러보았다. 10월이지만 너무도 많은 관광객이 있어 끝내 미술관에 들어가진 못했다. 혼자 찍는 셀카는 늘 어색하다. 셀카봉을 들고 포즈를 취하다가 어느새 쑥스러워 그저 주변을 두리번거린다. 좀 더 걷다가 시뇨리아 광장을 찾았다. 반갑게도 어느새 돌아온 햇볕이 날 마주했다. 햇살을 즐기는 무수한 사람들 틈에서 나 역시 이탈리아의 낭만을 만끽할 수 있었다. 그들은 모두 행복해 보였고, 내가 그들의 틈에서 같이 웃을 수 있다는 것이 벅찼다. 날씨가 사람의 기분에 미치는 영향이 바로 이런 거겠지. 날씨가 우중충하면 잘 만나던 연인과 헤어질 맘이 들고, 늘 믿어오던 가치에 균열이 보이기도 한다. 하물며 여행자의 기분은 어떨까. 바로 몇 분 전까지 고독과 외로움에 떨던 나는 이 태양이 날 위로하고 있음에 살짝 찡해졌다. 프랜시스 당신도 이런 기분을 느꼈겠지? 수십 년을 함께한 배우자에게 헤어짐을 통보받고, 도망치듯 미국을 떠나온 당신의 마음은 어땠을까. 주제넘게 조금은 이해할 수 있다고 생각했다. 영화를 볼 땐 몰랐는데, 지금은 처절하게 동감한다며 말을 건다. 아마도 지금 비 와서 그런가 봐. 훌쩍. 영화의 투스카니는 프랜시스가 바라보는 창밖 풍경으로 처음 드러난다. 비바람이 몰아쳐 그녀를 당혹하게 한 첫날 밤이 지나가면 투스카니는 프랜시스에게 아름다운 붉은 지붕의 풍경을 선사한다. 근처의 다채로운 꽃들과 굳이 마셔보지 않아도 알 수 있는 맑은 공기의 감흥이 영화를 색칠한다. 프랜시스의 충동적 집 구매는 비현실적인 선택으로 보였지만, 막상 영화 속에서 풍광과 마주하자 이해가 되는 건 왜일까. 나라도 투스카니에 간다면 기꺼이 지갑을 탈탈 털리오(그 정도 돈은 있겠지?). 어쩌면 이 영화가 수많은 관객의 마음을 사로잡을 수 있었던 건 완성도와는 별반 상관이 없을지도 모른다. 프랜시스라는 사람이 궁금하거나, 인생의 역경과 같은 서사적 설정은 사실 눈에 들어오지도 않는다. 이탈리아의 투스카니가 주는 풍경, 그 자체가 모든 것을 압도했다. 내가 카프리와 포지타노를 찾았을 때 느꼈던 벅찬 감흥을 우리 프랜시스도 느낀 것이다. 그녀는 투스카니에 정착하기로 한 이후 우선 집부터 수리한다. 지극히 이탈리아인의 특징을 가진 몇몇 젊은이와 일꾼을 모아 집을 살 만한 곳으로 바꾼다. 사실 난 이 지점부터 이 영화가 지극히 판타지로 보였다. 한국의 서울에 거주하는 나는 기껏 살아봤자 아파트인데, 이런 전원주택이란 도시 생활에 익숙한 내가 감당하기에는 너무나 먼 곳이다. 나는 오늘도 대형마트와 고급스러운 커피숍, 대중교통의 속도감을 가지고 사는데. 이런 저택을 가지려면 직장을 은퇴해야 가능하다. 내게 이탈리아는 그저 일 년에 몇 번 주어지는 휴가 기간, 여행사의 팸플릿에서나 나와 마주할 것이다.

투스카니 주민이 된 프랜시스는 이 시점부터 그저 부러운 당신으로만 보였다(몰입도 훅). 영화 속 프랜시스는 가끔 세상 불쌍한 처지로 보이지만, 알고 보면 그녀는 내가 어려서부터 원했던 작가라는 꿈을 이룬 사람이다. 게다가 그녀는 이탈리아에 큰 저택을 산 후 집필에 전념할 여유도 있다. 이탈리아 남자와 불꽃같은 사랑도 하고, 이웃과 근사한 식사를 즐긴다. 낯선 이웃들과 친해지고, 오래된 친구의 방문에 환히 웃기도 한다. 영화는 영화일까. 부러우면 지는 건데.

그렇지만 세상일이라는 것이 그저 낙담하기엔 이르다. 이건 뻔히 하는 말이 아니다. 비루한 내게도 선물 같은 순간이 찾아왔으니까. 낯선 프랑스 땅에서 한 여인과 사랑에 빠지고, 생각지도 못한 순간을 만끽했으니까. 다국적의 친구들과 포커를 치고, 부모님께 평생 못 했던 유럽 여행을 시켜드릴 수 있었으니까. 불과 1년 전만 하더라도 내가 예측하지 못한 미래였다. 프랜시스에게도 그런 순간이 찾아온 것이다. 그것이 영원하지 않더라도, 평생 추억으로 그릴 수 있는 순간이 온 것이다.

내 최고의 여행지는 이탈리아 남부였다. 소렌토에서 이어지는 해안 절벽 길은 그야말로 평생 잊지 못할 절경이었다. 특히 아말피와 포지타노 주변은 최고의 드라이브 코스. 운전하는 사람에겐 그저 고역이지만, 옆에 타고 가는 사람에겐 꿈결 같은 황홀한 순간들이다. 굽이굽이 이어지는 길과 대비되는 절벽 위의 아기자기한 집들, 레몬색 모래사장과 담백한 바람이 날 사로잡았다. 프랜시스는 이곳에서 한 남자를 만난다. 이름마저 크림 범벅 스파게티 같은 마르첼로와 낭만적인 결혼을 꿈꾼다. 누구라도 이곳에서 이성을 만난다면 1.5배쯤 예뻐 보이니까 충분히 가능해 보이는군. 최악의 상황에서 중년의 여인에게 기적이 일어나는가 싶지만, 다행히 영화는 뻔한 지름길로 빠지지 않았다. 유부남 이탈리아 놈은 그녀에게 결혼 사실을 들켜버리고, 뒤늦게 자신의 판단 착오를 깨달은 그녀는 가차없이 다시 혼자의 삶으로 돌아온다. 그녀의 곁에는 한 마리의 개와 오래된 친구가 고개를 끄덕여준다. 그러고 보니 샌드라 오는 위로하는 친구 역할에 참 잘 어울려.

영영화에서는 리몬첼로라는 술이 마르첼로의 작업 도구로 쓰인다(이름이 비슷한 게 뭔가 통하나 보다). 나 역시 이 설탕 덩어리 음료수에 흠뻑 취했다. 첫맛은 달콤한데, 끝이 씁쓸하다. 그래서 더 중독성이 있다. 술을 잘하지 못하는 내게도 처음의 달콤함은 계속 술잔을 들게 하고, 뒷맛의 강렬함은 약간의 후회를 동반한다. 사는 게 잘못된 선택과 후회의 연속인 걸 생각해보면, 끝의 비극을 알면서도 '한 잔 더'를 외치는 내 어리석음과 잘 어울리는 술이라고 자평해본다.

내 기대대로 프랜시스는 모든 역경을 이겨낸다. 거듭 사랑을 빼앗겼지만 끝내 떨쳐낸다. 이국의 한 마을에서 새 인생을 찾아낸다. 난 이 영화를 보는 내내 나와 같이 영화를 본 사랑하는 여인의 눈을 살폈다. 하트 뿅뿅. 그녀는 이 영화에 흠뻑 빠져 있었다. 뻔히 예상되는 시나리오는 개의치 않는 것처럼 보였다. 이상적 삶을 향한 그리움이 영화를 보는 이유가 되기도 하니까. 그렇다면 난 무슨 생각을 했을까. 아마도 난 저런 삶을 선물할 수 없는 사람이라는 깨달음이다. 모험과 낭만을 원하는 사람에게 난 턱없이 못 미치는 사람이다. 난 안정감과 반복되는 일상을 옹호하는 사람이니까. 난 그런 내 모습을 사랑하지만, 누군가에겐 하품을 자아내는 지루함이라는 것을 알고 있다. 유레일 기차 안에서 가장 마음에 들었던 것은 이탈리아 사람들의 표정이다. 그들은 옆자리에 앉건, 저 앞에 앉건 미소와 농담으로 주변 분위기를 경쾌하게 하는 재주가 있다. 조용하고 개인적 울타리가 분명한 프랑스인과는 조금 다른 느낌이었다. 서서 마시는 에스프레소와 파스타, 포도주가 그리워지는 밤이다. 언젠가 꼭 다시 찾을 것이다. 투스카니의 태양을 찾아서.

그들에게
봄날이 있었을까

허진호의 영화를 떠올릴 때면 큰 빌딩 안에 들어선 기분이 든다. 어느 방에 뭐가 있을지 모르는 들뜬 기분과 어디부터 건드려야 할지 모르는 막막함이 공존한다. 마치 『모비딕』에서 가스등을 들고 허우적거리는 캡틴 에이허브가 된 기분이다. 허진호의 여자와 남자는 더는 서로를 필요로 하지 않을 때 행복할 수 있다. 우리 자신만의 삶, 우리 자신에게 속한 삶, 다른 이들과 상관없는 삶을 살 수 있을 때, 비로소 자유라는 착각을 손에 쥘 때 행복을 말한다. 남자와 여자가 처음 만날 때는 사랑이라는 관념에 빠져서 서로가 희미해진다. 사랑하는 내 모습에 취해서 사랑한다는 말을 반복한다. 하지만 조금만 거리를 두면, 둘 중 하나라도 서로에게 냉정해지면 그 착각을 되돌려야 하는 시점이 온다. 그때 현실과 믿음의 차이를 인정하지 못하는 사람은 이별 앞에서 거치적거린다. 그러면 이제 희미한 희망과의 투쟁이 시작된다. 사랑을 구걸하는 자에게 자비는 무가치한 언어 남용이다.

음향 녹음 엔지니어로 일하는 상우(유지태)는 강릉으로 작업을 나갔다가 은수(이영애)를 만난다. 은수는 지방 방송국 아나운서로 무기력한 얼굴에 권태에 찌든 표정을 하고 상우를 맞는다. 어울리지 않을 것처럼 보였던 두 사람은 대밭을 휘감는 바람 소리와 절간의 풍경을 녹음하며 사랑에 빠진다. 그들은 같이 자고, 먹고, 사랑하며 짧은 시절을 보낸다. 그리고 당연하게도 이별이 그들에게 다가온다. 이혼녀인 은수는 자신에게 구애하는 남자를 잔인하게 끊어낸다. 서울에서 바다가 보이는 강릉의 아파트를 거의 매일 찾던 상우는 무덤덤하게 이별을 받아들이기 힘들다. 두 사람은 별다른 계기 없이 사랑에 빠졌고, 싱겁게 분리됐다. 빠른 사랑과 코앞에 닥친 권태가 믿기지 않을 정도로 자연스럽게 귀결된다. 상우는 사랑을 착각했고, 사랑에 닳을 대로 닳은 은수는 사랑의 소멸을 촉구했다.

〈봄날은 간다〉의 어린 남자는 여자 친구가 자신을 사랑하길 멈추고 떠났다는 자명함을 받아들이지 못한다. 아니, 받아들이지 못해서 영화는 특별해졌다. 영화 말미에 은수는 상우를 찾아온다. 잔혹하리만치 상우를 밀어냈던 그녀가 다시 상우 앞에 선다. 이건 남자 감독이 가진 판타지일까? 헤어진 연인이 다시 자신을 찾는다는 게 가당

키나 할까. 화사한 벚꽃을 배경으로 이 영화는 마침표 앞에 선다. 하지만 내 예상과 달리 상우는 은수를 받아들이지 않는다. 은수가 '우리 같이 있을까?' 묻지만, 상우는 고개를 푹 숙이고는 작게 웃어 보일 뿐이다. 그저 고개만 끄덕이면 다시 예전처럼 사랑할 텐데, 상우는 그간의 마음고생에서 얻은 귀결을 받아들인다. 영화는 맥없이 은수를 보내는 상우의 손짓을 비추고, 보리밭 한가운데 서 있는 상우에게 화면을 옮긴다. 무표정으로 서서 소리를 따는 상우의 얼굴. 말로 설명할 수 없는 많은 것들을 암시한 채 영화는 끝이 난다.

난 최근 이 영화를 십 년 만에 다시 본 후, 며칠간 그들의 좋았던 시절에 관해 생각했다. 낯선 역에서의 첫 만남부터, 처음 그녀의 집을 찾았을 때의 긴장감, 그녀의 귀가를 기다리느라 지칠 대로 지친 얼굴, 같이 먹었던 라면, 포개어 잤던 낮잠, 첫 여행의 달뜬 감정 같은 것들. 내가 스무 살 초입에 보았던 느낌과는 아주 달랐다. 난 상우에게 '왜 결합하지 않았느냐'는 원망 섞인 질문을 던졌다. 상우는 은수에게 이렇게 말하지 않았나. "사랑이 어떻게 변하냐"라고. 그런 생각을 하는 청년이라면 그녀를 잡았어야 이야기의 핍진성에 걸맞은 게 아닐까. 그리고 시간이 좀 더 지나니 이런 장면들이 떠오르더라. 그들이 이별하기 전, 남자는 여자가 너무 사랑스럽다. 한없이 좋아져 가족에게 소개하고 싶다. 무엇보다 그녀와 결혼하고 싶다. 지인에게 그녀를 말하고 싶다. 그때부터 여자는 주춤거린다. 전과 다르게 남자를 대하고, 짜증 섞인 목소리로 그를 멀리한다. 고민이 있다며 오늘은 오지 말라고 종용한다. 남자는 여자가 너무 보고 싶어서 견딜 수 없다. 일방적인 거리 두기에 화도 난다. 그는 무리해가며 여자의 집 앞에 덜컥 찾아간다. 여자는 화를 내며 더는 그를 집에 들이지 않는다. 그리고 여자는 '헤어지자'라고 말한다. 남자는 아무런 준비가 안 됐는데, 그녀는 그를 끊어낸다. 남자의 일상은 무너지고, 더딘 시간과 좀먹는 순간을 견뎌낸다. 여자는 다른 남자에게 눈을 돌린다. 남자는 그걸 알게 된다. 머리보다는 몸과 마음이 여자를 부른다. 객기를 부리고 마음대로 연락을 한다. 혼자서 감상에 빠져 오열하고, 봄날이 가는 것도 모르고 헤맨다. 너무나 구태의연하고 자연스러운 흐름이다.

수많은 멜로 영화에서 주인공들은 수많은 역경과 장애물을 넘어서 사랑을 쟁취한다. 〈봄날은 간다〉의 상우와 은수에겐 어떤 장애물이 있었을까. 나이 차? 성향의 차이, 경제적 문제, 은수의 과거? 생활 패턴이 다르고, 직업적으로 지향하는 목표가 다르다? 결혼관, 자녀관, 습관. 꼽아보자면 수없이 많은 걸림돌을 떠올릴 수 있다. 그저 딱 봐도 두 사람은 무척 다른 사람처럼 보이니까. 그렇지만 그건 통속적인 것들 아닌가. 세속적 가치에 짓눌린 제멋대로의 판단 아닌가. 두 사람에게 결정적으로 영향을 미친 장애물이라는 게 내겐 떠오르지 않았다. 그저 시간이 지나고 무언가가 사라져버린 것이다. 그저 이별이 다가왔고, 더 사랑하는 쪽은 더 고통받는 것이다. 그래서 가슴이 무척 아팠고, 다시는 이 영화를 찾지 못하리라 생각했다.

영화는 사랑 이후의 삶을 자세하게 묘사하지 않는다. 상우는 사랑 그 후의 고통을 삭이는 사람이지 표출하는 사람이 아니다. 그에겐 이별 이후의 삶이 그대로 남겨져 있다. 매일 하던 일을 하고, 가족과 밥을 먹는다. 좀 더 굳은 표정과 억지 미소로 시간을 견딘다. 아마도 그래서 내가 이 영화를 좋아하는 게 아닐까 생각한다. 사랑의 생애주기는 저마다 다르고 시간이 한참 흐른 후에야 이유를 가져다 붙일 수 있다. 그리고 삶 속에서 그런 이별 따위야 기억으로 남겨두고 다시 오늘 할 일을 챙기는 것. 〈봄날은 간다〉는 누구나 겪어봤을 통속극이지만, 누구도 들여다보지 못했던 성숙한 시간을 견지한다.

요즘엔 은수는 어떤 사람일까 생각해본다. 내가 상우에게 치우친 생각만 한 것을 깨닫는다. 장편 소설을 조금씩 써보고 있는데 그럴 때마다 은수에 관한 이야기가 떠오른다. 누굴 좋아할 때 느껴지는 불안과 거리감. 지금 분명 내 침대에서 곤히 잠든 그녀를 보면서도 조바심 나는 감정. 솔직하겠다며 상처를 주는 실언. 은수는 누군가를 떠올리게 하는 사람이다. 현실과 괴리된 사랑 타령을 그녀는 거부했다. 그녀는 아마도 상우보다 더 많은 상처와 그 후의 고달픔을 아는 사람일 것이다. 사랑의 생리를 꿰뚫고 있으며, 더는 복잡한 현실의 벽 앞에서 주저앉고 싶지 않았을 것이다. 다시는 실패하고 싶지 않고, 안정되길 바란다. 그녀가 제 소망대로 삶을 얻어갈 수 있길 기도한다.

상우는 어떨까. 그는 아마도 이제 다른 사람일 것이다. 이별 후의 그는 전과는 다른 체취(體臭)를 가진 사람일 것이다. 여전히 보리밭에 서서 소리를 채취(採取)하고 있지만, 그의 속마음에 든 것들은 다른 색을 띠고 있을 것이다. 그래서 난 이 영화를 소년의 성장기라 칭한다. 이 영화의 잔혹한 귀결에 마음을 못 주고, 끝내 볼 용기를 내지 못했다. 하지만 결국 난 다시 보았고, 사무치는 위안을 얻었다. 그건 소년은 좀 더 나은 사람이 되었고, 은수 역시 그의 기억 속에서 미소를 짓기 때문이다.

첫 문장을 되뇐다

첫 문장을 기억하는 소설이 있다. 건널목에서 신호를 기다릴 때, 점심을 먹다가 문득 창밖을 올려다볼 때 불현듯 생각나곤 한다. 카뮈는 『이방인』의 첫 구절을 "오늘 엄마가 죽었다. 아니, 어쩌면 어제"로 시작했다. 이 선언적 문장을 기점으로 극은 맹렬히 몰아친다. 마치 〈보헤미안 랩소디〉의 불현듯 고백, "엄마 나 사람 죽였어"처럼 뇌리를 떠나지 못한다. 오늘도 서점을 서성이며 매대에 깔린 무수한 책들의 첫 문장을 읽는다. 날 사로잡을 한 권을 건지기 위해, 작가가 심어놓은 주술 같은 문장을 구해주려고.

첫 문장과 믹스커피의 정서

몇 년 전 한창 사무실에서 바쁘게 일할 땐 늘 아침을 굶었다. 매일 아침 광인처럼 뇌까리는 알람 소리가 두려웠다. 당시 과장은 유독 날 힘들게 했다. 옆자리에 앉은 그의 얼굴을 보는 것만으로도 인생의 무게를 느낄 수 있었다. 오로지 날 휘감는 파티션을 벗 삼아 그 시절을 버텼던가. 추운 겨울, 난 여느 때처럼 무거운 몸으로 출근했다. 강렬한 허기를 머금고 책상에 앉자마자 의식처럼 믹스커피를 휘휘 젓는다. 담배를 피우지 않음에도 뜨끈한 종이컵을 들고 애연가들을 따라 옥상에 오른다. 아, 정말 오늘 아침이 싫구나.

옥상의 동료들은 알 수 없는 미소를 머금고 나를 바라본다. 커피와 담배를 손에 쥐고 '넌 이 맛을 모르는구나' 하는 표정이다. 난 옥상에서 보이는 황량한 사무실 인근의 풍경을 종이컵과 함께 삼켜버린다. 의미 없는 한숨과 별 탈 없는 웃음들이 꽤 즐겁다. 평소에 흡연자들이 만드는 연대를 시기했다. 같은 연기를 마신다는 이유로 그들은 서로를 위했다. 그러던 차 믹스커피 하나로 그들 사이에 낄 자격을 취득한 셈이다. 그렇게 우스운 시간을 보내고 사무실로 들어가면 어김없이 담보할 수 없는 하루가 시작됐다. 그럴 때 종종 『이방인』의 첫 문장을 떠올렸다. 왠지 그렇게 중얼거리면 난데없이 단편 하나를 떡하니 쓸 수 있을 것 같았다. 삭막한 사무실을 벗어나 문예창작과 학생처럼 온갖 미사여구를 동원해서 혼돈을 적으리라. 당시 블로그를 들춰보면 온갖 우울한 상념이 가득하다. 매일 밤 노트북을 붙잡고 문학에 가닿기 위해 낑낑거리던 그 시절을 난 믹스커피의 시간이라 칭한다.

말 많은 우리 부서장은 다짜고짜 차를 한잔하자고 제안한다. 그러고는 온갖 신변잡기를 동원해서 얘기를 이어나간다. 할 일은 산더미인데 회의라는 명목으로 세상 어마무시한 허튼소리를 해댄다. 저녁이면 홀로 남아 야근을 하며 잔업을 했다. 그러니 다음 날 출근길이 망가지지 않고 배기나. 그럴 때마다 버스 안에서 김훈 작가의 『칼의 노래』를 여는 첫 구절을 읊는다. "버려진 섬마다 꽃이 피었네." 난 꽃은 아니더라도 오늘 하루 무구한 평온이 서리길 기대하며 비탈진 삼각지역에 내린다. 사람이 무언가에 시달리면 일상이 뒤틀린다. 피로와 굵주림, 괜스레 퍽퍽해진 피부와 침침한 눈. 난 난생처음 직장생활에 슬럼프를 맞이한 상태였다. 딱히 하고픈 일도 없으면서 딱한 생각으로 하루를 흘려보냈다. 당시 날 지켜봐 주던 친구에게도 별말을 못 했다. 그녀의 눈에는 '너만 힘든 게 아냐. 나도 할 얘기가 산더미인걸' 하고 적혀 있어 몸서리쳤다. 고개를 들고 차마 그녀의 눈을 바라볼 수 없었다. 당시 아침을 여는 알람 소리가 존 콜트레인의 〈블루 트레인〉이었다. 내가 정말 좋아하는 그 곡을 지금은 듣지 못한다. 난 끔찍했던 시절을 소환하는 그 음악을 내 멜론에서 삭제했다. 고달픈 삶에 벙벙거리는 웨스트코스트 재즈가 비집고 들어올 턱이 있나.

행복은 다 비슷하고 불행은 제각각이다.

요즘엔 도통 믹스커피를 찾아보기 힘들다. 단단하게 조여진 하루, 오늘 해야 할 일을 목록에 넣고 처리해가는 긴장감. 내 책상엔 건강 생각한답시고 원두커피가 있지만, 종종 믹스커피가 그리울 때도 있다. 빈속에 식도를 타고 흐르는 믹스커피의 걸쭉함을 떠올린다. 이나영의 얼굴이 새겨진 노란색 맥심 모카골드, 김연아의 얼굴이 그려진 맥심 화이트 골드, 김태희의 미소가 무색한 프렌치카페. 세 가지 옵션을 앞에 두고 마치 오늘의 운세를 점치듯 뽑아 들던 시간. 구취와 텁텁함을 부르는 이 음료는 종이컵의 매끈한 모양새와 후후 불어 마시는 아늑한 입 모양이 합쳐져 먹고 살기의 형태를 완성한다. 톨스토이는 『안나 카레니나』를 "행복한 가정은 다 고만고만하고 불행한 가정은 제각각이다"라는 문장을 적고는 대장정을 시작했다. 난 종종 이 경구를 노트에 끄적이며 곰곰이 생각한다. 행복한 녀석들은 저마다 결여 없이 평균 이상의 충족된 삶을 산다. 내가 불행했던 시절을 떠올려보면 대체로 나사 하나가 빠진 때였다. 즉 불행은 저만의 이름으로 명명된 결여에 노출된 시간이다. 마음 한쪽이 휑뎅그렁한 틈을 보이면 온갖 잡념이 비듬처럼 솟아난다. 그럴 때마다 난 신용카드를 무기 삼아 구멍을 매우듯 기성품에 목을 맨다.

난 꽤 긴 시간 혼자 살았지만, 집에 식기류와 주방 도구가 거의 없다. 귀찮으니 세끼를 밖에서 때우니 챙기니 주방은 늘 무색하다. 하지만 커피 도구만큼은 완벽하게 갖췄다. '비알레띠 모카포트' '바덤 프렌치프레스' '칼리오의 드립 커피 세트'가 다 있다. 어느 순간부터 믹스커피 대신 공을 들여 커피를 내리고 마시는 게 좋다. 밥은 대충 때워도 드립 커피의 풍미는 포기할 수 없달까. 점점 증세는 더 심해져서 신선하게 로스팅 커피를 찾아 서울 시내의 유명한 커피집과 공방을 돌아다녔다. 황동 그라인더를 사고 값비싼 포트를 집에 들였다. 커피 애호가의 고상한 취미라고 할 수도 있지만, 내가 느끼기엔 일종의 분리 의식이 생긴 건 아닐까 의심한다. 커피를 갈고 여과 용지에 담아 커피를 천천히 내리고 나면 나만의 테두리가 만들어진다. 맹목적으로 통합과 집단의 가치를 중시하는 사회의 틈바구니에서 내 결여를 메운다. 단 하나만이라도 내 영역을 확보하기 위해 돈과 시간을 투여한다. 군중이 가득한 스타벅스에서 회색 소음에 섞여 책을 읽는 즐거움처럼 일상 속에서 개인주의의 만용을 부린다.

설국

가와바타 야스나리의 소설 『설국』의 첫 구절은 행복했던 시절을 떠올리게 한다. “국경의 긴 터널을 빠져나오자, 설국이었다. 밤의 밑바닥이 하얘졌다. 신호소에 기차가 멈춰 섰다.” 이탈리아에서 열흘간 유레일 기차여행을 하던 때 종종 호스텔 숙박비를 아끼기 위해 야간 열차를 애용했다. 새벽을 달리는 기차에서 가방을 끌어안고 쪼그려 자는 건 낭만과 거리가 있다. 경험이라며 스스로 위로했지만, 잘 씻지도 못하고 딱딱한 침대에 눕는 게 유쾌할 리 없다. 하지만 기찻길을 비추는 따스한 햇볕과 주위 여행자의 담백한 표정은 평온 그 자체였다. 입에서 썩은 냄새가 나고 옷은 얼룩덜룩하지만, 다른 여행자와 섞여 농을 주고받다 보면 바다가 들린다. 여행한다는 사실 그 자체, ‘여기가 그 유명한 살레르노라니!’ 그 기분 하나만으로 몸은 가뿐해진다. 지금 이곳이 나와 일면식도 없는 타지라는 감회에 젖어 아무 역에나 내린다. 『설국』의 첫 문장은 마법처럼 나를 다른 공간으로 인도했다. 터널을 빠져나오는 기차의 풍경을 떠올리며 결여를 잊었던 여행길을 생각한다. 속된 흔적을 뒤로하고 타자의 낯선 거리감을 즐긴다. 가와바타 야스나리는 터널을 빠져나와 맞이하는 낯선 마을을 설국이라고 불렀다. 신호소에 멈춰 선 기차는 나를 이전과는 조금 다른 여행자로 만들어줄 것이다.

이탈리아 기차역의 낙은 작은 에스프레소 바의 향이다. 에스프레소의 향이 온 기차역에 퍼지면 사람들이 모여든다. 그들은 앉지도 않고 작은 커피잔을 손가락에 끼우고 실없는 농을 한다. 그들이 만든 일상의 문턱이란 세상 앞에 나서기 전에 마음을 가다듬을 수 있는 틈이다. 그들과 섞여 커피를 마시다 보면 세상의 온도가 2도쯤 오를 것만 같다. 낙천적이고 유머러스한 이탈리아인의 기질에 맘을 놓는다. 난 뭔 말을 하는지도 모른 채 고개를 끄덕이며 에스프레소를 수십 모금으로 나눠 마셨다.

일본의 소설가 무라카미 류는 자신의 소설 『69』에서 이렇게 말했다. "즐겁게 살지 않는 것은 죄다. 누군가에게 할 수 있는 유일한 복수는 그들보다 즐겁게 사는 것뿐이다. 즐겁게 살려면 에너지가 필요하다. 지겨운 사람에게 나의 웃음소리를 들려주기 위한 싸움을, 나는 죽을 때까지 멈추지 않을 것이다." 처음 이 문장을 읽었을 땐 긍정을 강요하는 요새 흔한 자기계발서처럼 조악하게 느껴졌다. 뭐든 즐기려 애쓰는 젊은이의 객기랄까. 하지만 이탈리아 사람을 구경하고 돌아오니 이 문장이 더없이 적절해 보인다. 잘난 척과 허세로 휩싸인 문장 속에서 투스카니의 태양을 떠올린다. 이탈리아인은 자신이 얼마나 즐거운지 보여주기 위해 온 힘을 다한다. 마치 즐거움이야말로 모든 근심을 없애는 비법이라도 되는 듯 손가락을 모으고 침을 튀긴다. 그 오버액션에서 즐겁게 사려는 자의 승리를 본다. 나도 질 수 없다. 어떻게든 즐겁게 살 수밖에. "웃어라. 온 세상이 너와 함께 웃을 것이다. 울어라. 너 혼자만 울게 될 것이다."

요즘 내가 느끼는 가장 큰 고민은 유머다. 웃기는 사람이 되고 싶다. 나한테 "잘생겼다, 일 잘한다"는 말보다 더 중요한 건 "저 친구 참 유머러스해. 말하는 표정만 봐도 웃겨." 같은 말이다. 난 웃는 얼굴에 늘 고프다. 누구에게나 웃기는 사람이 되고 싶지만 어릴 때부터 하지 않던 농담이 이제야 늘 리 없지. 그래서 요즘엔 타율은 애당초 포기하고 열심히만 한다. 아재 개그라는 비난을 뒤로하고 말장난에 목숨을 건다. 물론 분위기는 예상대로 삭막하다. 그런 개그 하지 말라고 진지하게 충고하는 사람도 있다. 그래도 난 한다. 골은 거의 없더라도 풀타임을 뛰어다니는 박지성처럼 쉼 없이 허튼소리를 뱉는다. 어릴 땐 과묵하고 조용한 사람이 가진 미덕이 좋았다. 조용한 사람이 미녀와 사귄다는 속설에 솔깃했다. 하지만 세상은 소문처럼 흘러가지 않더라. 과거에 이상형은 말 없고 사연 있어 보이는 여자였다. 나이를 좀 더 먹어보니 내 썩은 개그에도 미소 짓는 여자가 좋다. 말은 할수록 실이 많고, 말실수는 연이어 당혹케 하지만 그래도 웃어주는 사람 옆에 있고 싶다.

결국
당신 인생의 이야기

×

좋은 기회가 생겨 세계적인 기업의 인공위성 생산 공정을 견학하고 왔다. 건물 입구에서부터 복잡한 과정을 거쳐, 이것저것 다 뺏기고 겨우 진입했다. 철저한 보안 감시 속에 드디어 공정이 거의 완료된 인공위성과 마주했다. 거대한 위용을 자랑하는 위성이라는 실체는 얼핏 보면 고철 덩어리 그 이상도 아니다. 하지만 막상 공정을 이곳저곳을 돌며 세계 각국의 엔지니어들이 하는 설명을 듣다 보면 뭔가 깨달은 듯 고개를 연신 끄덕이게 된다.

사실 그들을 보는 내 무표정과 다르게 난 큰 감명을 받았다. 한국인들은 자국의 인터넷 속도에 취해 세계의 인터넷 보급 환경에 관해서는 무심하다. 막상 유럽만 와도 답답하기 이를 데 없다. 한국처럼 국토가 집약적인 곳이 아니고, 드넓은 영토를 쓰기 때문이다. 하다못해 아프리카, 중남미, 몇몇 아시아 국가의 상황은 우리가 전혀 상상하지 못할 만큼 인터넷 환경이 낙후되어 있다. 이런 고민 속에 세계의 유수의 기업들이 눈을 돌린 건 우주다. 상대적으로 저렴한 저궤도 위성을 수백, 수천 개 우주에 띄워서 도달 범위를 전 세계 곳곳으로 뻗치려고 한다. 아직 인터넷이 보급되지 않는 세계 영토의 60%를 위한 사업이다. 누군가 공장과 연구소를 떠올릴 때 오로지 돈만을 생각하는 차가운 기업가의 손아귀를 생각했다면 다시 재고해볼 문제다. 내게 그들의 프로젝트는 공익성과 세계 영향성을 동시에 잡겠다는 목적의식이 뚜렷했다. 그리고 문득 내가 동경하는 문학적 세상은 과연 이들의 취지와 전혀 무관한 건지 궁금해졌다.

인류가 과학기술이라는 돌멩이들을 통해 쌓아 올린 바벨탑은 결코 내가 쉬이 넘볼 수 있는 것이 아니다. 늘 부수고 새로운 걸 만들기 좋아하는 변덕스러운 인간에게 우주라는 보이지 않는 대상은 늘 동경의 대상이었다. 그것은 인류가 풀지 못한 마지막 수수께끼이자, 형이상학적 목표를 수치로 증명하는 유일한 길이었기 때문이다. 우주의 고아는 고매한 표정을 하고 저 위에 떠 있지만, 그들과 함께하기 위해 엔지니어들이 쏟아부은 노력엔 책상물림의 지난한 과정들이 있었을 것이다. 그래서 인공위성을 말할 때 학술서에는 인류가 가진 과학기술의 총체라 칭한다. 하지만 문학을 사랑하는 나 같은 사람은 인간에게 주어진 마지막 낭만으로서 우주를 떠올린다. 그때부터 이 고철 덩어리는 하나의 물리적 실체가 아닌, 인류 문명이라는 관념을 등에 진 소크라테스가 된다. 난 겸허한 마음으로 그 성취를 즐기며 멍하니 바라볼 뿐이다.

나 같은 공돌이 출신에겐 '인문학'은 어쩌면 잔인하게 나를 차버린, 멋모르던 시절의 여자 친구 같은 존재다. 잠 못 드는 새벽이면 떠올라 정체 모를 그리움을 불러일으키고, 알 수 없는 열등감에 늘 심기를 불편하게 한다. 그래서 늘 소설책을 읽고 싶어도 인문학 서적을 사러 교보문고로 갔다. 세상이 극찬하는 인문 서적을 손에 들어 올리곤 "그래, 이런 걸 읽어줘야 어디 가서 아는 척이라도 하지" 하며 우쭐한 표정으로 근처 카페를 찾곤 했다. 없는 흥미를 만들어냈기에 졸음과 지루함은 교차 편집처럼 화려하게 날 우롱한다. 그렇게 참고 읽은 인문학 서적들이 축 늘어진 어깨로 내 책장에 고이 꽂혀 있다. 이런 인문학을 향한 알 수 없는 내 불안은 그저 나만 혼자 느끼는 감정은 아니었던 것 같다.

최근 몇 년간 팔린 인문학 열풍은 감당도 되지 않는 책을 등에 짊어진 직장인들의 축 처진 어깨를 불러왔다. 그중에서 가장 잘 팔린 인문학 서적의 책 제목이 히트다. 『지적 대화를 위한 넓고 얕은 지식』. 작가 채사장의 이 책은 현대인이 가진 지적 허영과 실용주의 노선을 잘 읽어냈다. 뭔가를 읽고 느끼고 지적 상태를 고양하고 싶은

데, 저녁에 책을 들고 침대 한 귀퉁이에 기대면 졸음이 쏟아진다. 그리고 다음 날 아침 눈을 뜨면 세상이 한없이 공허한 것이다. 이런 '깊이에의 강요'는 삶에 지속하는 권태를 불러오고, 지구라는 문명의 쇼윈도에서 먼지보다 못한 존재감으로 자신을 옥죈다. 불편한 진실을 피하고자 도리질을 치며 와인 한잔하고, 클럽에서 춤을 춰도 지독한 권태감은 풀리지 않는다. 『지적 대화를 위한 넓고 얕은 지식』은 그런 현대인의 마음을 위로하려고 다가왔고, 판매량은 예상치를 웃돌았다. 자매품으로 〈알아두면 쓸데없는 신비한 잡학사전〉이라는 TV 프로그램이 있다.

최근엔 이렇게 인문학에 치우쳤던 관심이 점점 사회과학 및 순수과학으로 옮겨붙는 모양이다. 대중 과학 저술가들의 책들이 사회적 영향을 가진 이들에 의해 재조명받는 현상이 계속되기 때문이다. 리처드 도킨스, 스티븐 핑커, 칼 세이건, 유발 하라리, 제러드 다이아몬드의 책들이 서점 베스트셀러 순위에 속속들이 올라오기 시작했다. 3년 전 여름 영화 〈인터스텔라〉를 자녀에게 보여주기 위해 평소 관심도 없던 크리스토퍼 놀런의 작품을 보러 온 가족 단위 관객들의 행렬을 기억하는지 모르겠다. 최신 SF 걸작 3선으로 꼽히는 〈인터스텔라〉 〈마션〉 〈그래비티〉는 모두 한국에서 대히트를 기록했는데, 그 이면에는 우리 애들을 어떻게든 과학 영재로 키워보려는 학부모들의 영향이 컸으리라. 그리고 작년엔 전설적인 현역 SF 작가 테드 창 원작의 영화 〈컨택트〉가 개봉했다.

유사 이름의 영화 〈콘택트〉는 내가 학창 시절에 봤던 근사한 SF영화의 제목이다. 〈콘택트〉 역시 여주인공이 중심이 되는 서사이고, 외계의 알 수 없는 접촉에 대응하는 과학자의 이야기를 다룬다는 점 역시 두 영화는 유사하다. 총명하고 당찬 표정이 돋보이는 배우 조디 포스터의 열연이 눈에 선하다. 아마도 한국 배급사 측에서 이 점을 노려 이 영화의 제목을 '컨택트'로 선정했으리라 유추할 수 있다.

영화 〈컨택트〉의 원제는 Arrival이다. 누가 도착한 건가? 그렇다. 외계인이 지구로 왔다. 느닷없이 길고 거대한 타원형의 물체가 지구 곳곳에 도착하고, 각 분야 전문가들이 모여서 왜 그들이 왔고, 지금 이 현상이 위기인지 파악하기 위해 모든 노력을 쏟는다. 난 이 작품을 테드 창의 원작 소설과 같이 읽었다. 소설집의 제목은 『당신 인생의 이야기』이다. 이 중 영화 〈컨택트〉의 원작이 표제작인 「당신 인생의 이야기」이다.

전설적인 SF 소설집으로 소문이 자자했던 『당신 인생의 이야기』를 난 오래전에 구입하고도 읽지는 못하고 있었다. 보통 어려운 책이 아니라는 소문과 각 소설에 속하는 전문지식을 사전 학습하지 않으면 즐기기 어렵다는 리뷰를 읽었기 때문이다. 그런 이유로 테드 창의 소설은 SF 소설 덕후들의 전유물처럼 소비되어 왔던 게 사실이다. 근데 이런 작품을 고맙게도 드니 빌뇌브 감독이 각색하여 영화로 발표

한 것이다. 그것도 잘 빠진 웰메이드에, 서사의 복잡성을 어느 정도 유지한 채 말이다. 난 가끔 원작에 대한 존경이 없는 영화의 각색을 보며 불쾌함을 가지곤 한다. 영화와 소설은 다른 매체지만, 각색에는 원작이 가진 기조에서 벗어났을 때 지켜야 하는 예의가 있다. 완전히 다른 얘기로 태어나든지, 원작 특유의 기조를 훼손하지 않고 만들어야 한다는 것이다. 드니 빌뇌브는 이 지적 탐험을 납득할 수 있는 수준으로 만드는 데 성공했고, 난 갑자기 이 고단한 여행을 같이할 동반자를 만나 신이 났다.

한국에는 SF 장르 마니아층이 꽤 두꺼운 편이지만, 아무래도 메인스트림에서 이 정도로 팔려나간 SF소설은 테드 창의 작품이 처음일 것이다. 내가 이 책을 읽고 가장 놀랐던 지점은 문학이 과학기술 관련 학문과 만나서도 서사의 흐름이 끊기지 않는다는 것이었다. 보통 우리가 상상할 때 SF 소설에 이론적 복잡함이 들어가면 마치 중간에 틈입한 잡생각처럼 각주가 자리하게 된다. 하지만 테드 창은 각주를 최대한 줄이고, 과학이론이 플롯과 맞물릴 수 있도록 공을 들인다. 그 이론이 이야기를 끌어가는 핵심이 되는 것이다. 그 결과 테드 창의 소설집에 등장하는 이야기들은 배경지식을 학습하면 재미가 2배가 되고, 그 어디에서도 읽어본 적 없는 당대의 이야기를 만날 수 있다.

곰곰이 생각해보니, 이 어려운 SF 소설과 영화를 즐기는 메커니즘에는 내 지적 허영을 채워주는 으쓱함을 부인할 수 없다. SF 소설 특유의 복잡스러운 이론을 인터넷으로 열심히 찾아가며 이야기를 꿰매어가는 건 마치 추리극의 탐정과 같은 기분을 자아낸다. 난 그래서 이 책을 구글링의 소설이라고 부르고 싶다. 구글로 검색하고, 이해하고 다시 책장을 펴는, 말 그대로 광대역 시대의 작품이다. 관람 중간 정보를 찾아볼 수 없는 영화 〈컨택트〉의 경우에는 이런 더딘 진행을 방지하기 위해 대화체의 서술과 암시적인 장면을 통해 최대한 쉽게 풀어내려고 노력한 점이 눈에 띈다. 드니 빌뇌브 감독은 늘 복잡한 플롯을 꼼꼼하게 다루는 것으로 전작부터 정평이 난 감독이다. 〈그을린 사랑〉 〈시카리오: 암살자의 도시〉 〈에너미〉 〈프리즈너스〉 모두 마찬가지로 서사의 복잡성이 러닝타임을 압박하는 구조로 되어 있다. 그는 이 장기를 〈컨택트〉에서도 어김없이 보여준다. 우선 인물을 최소화한다. 언어학자와 물리학자가 손을 잡고 사건을 해결하는 방식으로, 언어 결정론과 비선형적 구조를 파악하면 영화는 거의 모든 부분에서 막힘없이 이해가 가능하다. 언어 결정론이란 간단하게 말하면 그들이 사용하는 언어가 그 존재의 사고를 규정하고, 사고의 방식을 통해 시간의 흐름까지 뒤틀 수 있다는 식의 전개다. 원형적 시간 구조는 곧 이 작품이 복잡하게 보이는 원인이 되기도 하지만, 결국 이 작품이 그 여느 작품과 다르다는 인상을 주는 핵심이다. 소설이 여러 가지 이론적 배경을 통해 사건을 입체화시켰던 것에 비하면, 영화는 로맨스와 서스펜스, 반전까지 꼼꼼히 챙기는 여유를 보여준다. 이 영화는 결국 내 재관람을 불렀고, 소설을 꼼꼼하게 뜯어보고 나서야 작품이 말하려고 하는 온전한 실체를 감당할 수 있었다.

〈컨택트〉는 많은 이들에게 그해 최고의 영화로 꼽혔다. 한국의 인문학 관련 열풍이 과학기술로 옮겨붙는 데 한몫했다. 사회과학을 위시한 대중과학 역시 인문학 못지않게 흥미로운 분야라는 것을 증명했다. 그리고 무엇보다 우주를 건너가지 않고는 우리가 사는 실체를 온전히 볼 순 없을지 모른다고 생각했다.

최근 비트코인 투기 광풍에 대한 사회적 논의가 활발했다. 투기 형태의 자본 흐름에 대해 우려를 보내는 시선이 하나 있고, 블록체인과 연계된 기술적 메커니즘에 대한 이해 없이 시류를 거스르는 정부의 제재에 반발하는 세력이 있다. 이는 뜻하지 않게 인문학 대 과학기술의 모양새로 갈등이 심화하는 모양새다. 그 시작에는 과연 전문기술에 대한 지식이 없이 지금 드러나는 현상으로 이 사회적 의제를 해결할 수 있는가의 논의로 발전 중이다. 우연히 TV를 보다가 유시민과 정재승이 JTBC에서 늘 꼿꼿하신 손석희 사장을 가운데에 두고 이 문제에 관해 토론하는 모습을 흥미롭게 지켜봤다. 두 지적인 양반은 서로 날 선 주장을 했고, 우리는(적어도 나는) 당연한 귀결을 받아들이게 됐다. 한 가지 사회 현상에 대해 인문과 과학으로 양분하는 사고란 얼마나 부박한가. 결국 하나의 온전한 결론에 도달하기 위해서는 지적 영역의 구분을 무화하고, 사항을 다각도로 받아들이는 시각이 필요하다. 난 최근 이처럼 발전적인 논의를 하는 TV토론을 본 적이 없다. 모두에게 보여줘야 마땅한 지적인 토론이었다고 생각한다.

굳이
그렇게까지 해야 해

×

최근 몇 년간 한국 독립영화는 저조한 관객 수를 기록했다. 손에 꼽을 수 있는 작품이 다섯 손가락을 채우지 못한다. 이러다가 독립영화라는 말 자체가 없어지는 게 아닌가 하는 위기감마저 든다. 5명 스태프와 디지털카메라 하나 들고 영화를 촬영하는 홍상수의 극단적 미니멀리즘밖에 대안이 없다는 생각도 했다(뭐 지금도 그렇게 다르지 않지만). 최근 몇 년간 등장한 한국 독립영화 중 가장 좋아하는 작품은 〈초행〉이다. 김대환 감독의 〈철원기행〉을 좋아했던 분이라면 그의 후속 작품을 기대했을 것이다. 관조적인 카메라와 마치 그 자리에서 같이 있는 것 같은 현장감. 자신의 정년퇴임 날에 느닷없는 이혼을 선언하는 아버지라니. 철원의 2박 3일은 길고 지난하다. 김대환 감독은 한 가족의 식사 자리에서 가족의 역학을 조명한다. 이어 개봉한 〈초행〉은 비슷한 장력을 가지고 영화의 초점을 7년차 연인에게로 옮겨간다.

이 영화에 대해 얘기를 하기에 앞서 우선 한국 독립영화에 대해 짧게(?) 얘기해보자. 인디영화Independent Film라는 말로도 불리는 독립영화는 일반 상업 영화의 체계, 영화의 제작 · 배급 · 선전을 통제하는 주요 제작사의 소수 독점의 관행에서 벗어나 제작된 영화를 의미한다. 마치 부모 말 안 듣는 가출 청소년처럼 모든 지원이 끊긴 상태에서 빈곤한 상태로(혹은 스스로 자초한 제한된 영역 안에서) 영화를 만든다. 이들의 가치는 그 제한성에서 나오는 현실성에 기인한다. 사실 현실성이라는 건 돈이 적은 영화가 가진 제한된 선택의 폭과 같은 의미다. 그렇기 때문에 독립영화의 최대 강점이 현실 속에 만연한 문제들을 끄집어내는 데 있다고 말하는 것이다. 그걸 알아봐 주고(돈이 안 될 걸 알면서도) 돈을 대주는 소규모 투자자(영화제, 국가지원 프로젝트, 개인 투자자 혹은 자비)에게 고마울 뿐이다.

영화가 현실에 가까우면 어떨까. 공감이 솟아나 관객이 몰릴까. 그렇게 생각하기 쉽지만, 대부분의 경우 반대다. 한국의 무수한 TV 드라마들은 왜 이렇게 인기가 많을까. 그것이 현실에 가까워 수많은 어머니가 일일 연속극을 보기 위해 곡기를 끊고 TV 앞에 시간 맞춰 앉는 것일까. 어머니 그 드라마 나중에 다시 보기로 봐도 되잖아요. 아무리 말을 해도 그녀는 듣지 않는다. 과거 드라마를 나보다 더 좋아했던 내 여자 친구는 퇴근 후 나와 있는 단 두 시간의 시간에도 조바심을 내곤 했다. 그녀는 나와의 시간보다 드라마 본방사수에 더 큰 가치를 뒀다. 재벌 2세, 출생의 비밀, 비현실적인 세트, 모두가 실장님 아니면 이사님, 가난에서 벗어나는 유일한 수단은 돈 많은 재벌에 기대는 것뿐이라니. 최근엔 제작 채널의 다양화로 인해 많이 나아졌다지만, 이런 막장 스토리들이 끊이지 않고 드라마에 등장하는 건 왜일까. 그건 현실과 거리가 있기 때문이다. 하루의 지리멸렬과 이별하고, 퇴근 후에 피곤한 머리를 식히기 위해 단순한 캐릭터들이 급전직하를 반복하는 단순한 이야기를 찾는 것이다. 당의정에 쌓인 이야기에 돈이 몰리고, 그 껍질을 벗기려는 자는 시스템 밖으로 내몰린다. 그것이 TV 드라마가 매번 똑같은 얘기만 하는 이유다.

그렇다면 독립영화는 왜 이렇게 인기가 없을까. 일일 드라마처럼 만들면 될까. 물론 그러면 영화관에 안 가고 TV로 보지. 독립영화는 대부분의 경우 그 이야기들이 현실과 밀접하고, 우리가 삶에서 무수하게 접하는 딜레마에 빠진 상황에 몰두한다. 사는 것도 복잡해 죽겠는데 영화까지 그렇게 고민에 싸여 있으면 자연스럽게 눈길이 멀어진다. 투자를 받을 재간이 없다. 나는 또 다른 말로 이것을 예술적 심미안의 부족이라고 말하기도 한다. 제대로 된 질문을 지켜보지 못하는 건 현실을 회피하는 태도다. 삶을 향해 예술가가 던진 질문은 답을 찾기 위한 것이 아니다. 예술이 일률적으로 되고, 형태가 느슨해지면 비슷비슷한 사람들이 사는 세상이 된다. 심미안이란 남들이 모른 척 지나간 삶의 누추함을 들추는 것이다. 굳이 대답하고 싶지 않은 질문들과 눈을 마주치는 일이다. 예술가가 공들여 만든 창조물이 가리키는 방향은 저마다 다르지만, 결국 세상의 아름다움이 다채로운 결로 빚어진 것을 발견하는 행위다. 지구를 가루로 만드는 영화만 보다가는 우리는 영영 독립영화가 추구하는 현실 세계의 디테일에 무감해질 것이다.

이제 〈초행〉에 대한 얘기를 시작하려 한다(서두는 왜 이렇게 길어졌을까). 이 영화는 내가 앞서 말한 독립영화의 특징들을 고스란히 가진 작품이다. 이야기의 시작은 침대다. 남자는 고양이에 대한 사진을 보다가 그것을 키울지 말지 이야기한다. 여자는 이에 대해 '우리가?'라고 반문한다. 그리고 작심한 듯 남자에게 팩트 폭행을 가한다. 우선 여자는 생리가 2주 늦어진 상태다. 둘째로 그들은 곧 월세가 올라 이사를 해야 할 형편이다. 셋째로 '이 망할 놈아, 그 고양이는 누가 밥을 주고, 누가 똥을 치우냐. 그리고 양육비가 한두 푼 드는 줄 아냐'라는 말이 여자의 표정에 서려 있다. 남자는 이내 견디지 힘들었는지 물을 마시겠다며 자리를 피해버린다.

김대환 감독은 이 오프닝 신으로 이들이 처한 상황을 축약해서 보여준다. 하지만 아직 끝이 아니다. 남자의 아버지는 곧 환갑을 맞는다. 결혼을 염두에 둔 두 사람은 시댁을 찾아가야 할 참이다. 서울에서 삼척까지 경차를 몰고 가야 한다니 생각만 해도 피곤하다. 여자의 어머니는 남자가 맘에 들지 않아 헤어지기를 바라는 눈치다. 영화의 모녀는 대화를 통해 여성만이 가진 긴밀한 연대와 배반의 공기를 집요하게 훑는다. 그 숨 막히는 투 샷을 멀찍이서 바라보는 난 도리질치며 안도했다. 여자의 아버지는 정년퇴임이 가까워 결혼을 종용하길 서슴지 않는다. 영화의 표현대로라면 스스로 악역이 되어서라도 그들의 결혼을 독촉해야 한다. 영화는 잔인하게도 이에 그치지 않는다(김대환 감독은 천생 독립영화 감독이다). 여자는 방송국에서 잡일을 하는데 비정규직이라 언제 쫓겨날지 모른다. 남자는 미술학원에서 강사를 하고 있지만, 더 나은 미래는 보이지 않는다. 돌파구를 찾으려 없는 살림에 대학원에 진학하려고 하지만, 이마저도 현실의 조건들에 치여 요원해 보인다. 자신이 그린 그림을 그럴싸한 말로 포장해야 살아남을 수 있다는 미술계의 현실에 남자는 낙담한다. '나 그런 거 못하는데'라고 말하고는 고개를 숙인다. 남들이 의례 한다는 체면치레와 아부, 뇌물 공여 등을 서슴지 말라는 친구의 조언은 어떤가. 그런 능력도 안 되고, 그렇게 할 만큼 절박하지도 않다. 왜냐하면 '아직은'이라는 단서가 붙지만, 여전히 그는 미혼이고 결혼만 하지 않는다면 그럭저럭 살 만한 상태이기 때문이다. 그래서일까, 여자가 심각한 문제를 말할라치면 회피하기 바쁘다.

자, 이기적인 남자의 입장을 뒤로하고 여자의 입장으로 들어가 보자. 앞서 말했듯이 여자는 안과 밖으로 압박을 받는 중이다. 임신에 대한 불안감과 부모의 결혼 독촉, 직장에서의 고용 불안. 하지만 이제 유일하게 몸을 기댈 수 있는 남자마저 그녀에겐 골칫거리가 된다. 그녀는 한번 잘해보겠다고 남자의 아버지 환갑잔치에 간다. 남자의 부모는 아버지의 음주 문제로 이혼한 상태이다. 거친 주사를 부리며 욕지거리를 하는 남자의 아버지. 결혼은 지옥이니 꼭 살아보고 하라며 조언을 건네는 어머니. 그들의 누추한 생계와 꼴에 시댁이라고 명절마다 여기 와서 익숙하지도 않은 명태전을 부칠 것을 생각하니 끔찍하다.

이건 우리가 모두 속에 염두에 둔 생각하기 싫은 문제들의 집합체이다. 이 차분하고 정적인 영화에서 숨을 트일 공간이 아예 없는 건 아니다. 극 안에 가득 채워진 긴장감 속에서도 두 사람이 탕수육과 짬뽕을 먹는 장면은 포근하다(하지만 이는 꿈처럼 보인다, 아이의 울음소리가 꿈에서 깨어나게 한다). 광화문 광장에서 어묵 국물을 먹는 장면들은 슬며시 미소를 짓게 한다. 그 아늑함이란 일상에 치인 문제들에서 빗겨 날 때 나오는 행복이다. 이 잠시간의 망각은 그들이 아직은 하나라고 말할 수 있는 이유다. 이불 안에서 저마다의 고민에 몰두하더라도 서로의 눈을 죄의식 없이 볼 수 있는 이유다.

내가 보기엔 이 커플은 결혼, 직업, 주거, 돈, 가족 등의 현실적인 문제들을 제거한 상태에서만 행복해 보인다. 이쯤에서 우린 묻지 않을 수 없다. '굳이 그렇게까지 해야 해?' 늘 목젖 부근에 이 질문을 달고 다니는 난 이 영화가 건네는 질문에 고개만 끄덕인다. 이 거친 초행길을 걸어야 하는 걸까. 작은 소형차는 타이어에 문제가 생기고, 내비게이션마저 성치 않다. 이제 그들은 더 좁은 집에서 등을 맞대고 고민할 것이다. 소주 한잔하고 자빠져서는 해결될 리 없는 문제다. 이제 다시금 돌아와서 왜 독립영화를 봐야 하느냐고 물어야 한다. 왜 결혼을 하고, 왜 아이를 가지려고 하느냐. 깊은 고민과 사색의 시간이 없이 살다가는 하루도 버티기 힘든 날이 다가올지 모른다. 제대로 된 질문이 없는 곳에 정답이 있을 리 없지 않은가.

마릴린 먼로와 함께한 일주일

1956년 런던 히스로 공항에 마릴린 먼로가 도착한다. 일순 기자들의 플래시 세례에 번갯불 같은 섬광이 지나가고 흰 드레스를 입은 세기의 섹스 심벌은 손을 흔들며 유유히 공항을 빠져나간다. 먼로가 영국에 이른 이유는 당대의 배우 로렌스 올리비에가 연출하는 〈왕자와 무희〉에 캐스팅되었기 때문이다. 벅찬 기대를 품고 촬영장에 도착한 먼로는 밤잠을 설쳐가며 촬영에 임한다. 하지만 기대와 달리 막상 촬영이 시작되자 먼로는 올리비에와 사사건건 부딪친다. 기술적인 영국식 연기론을 가진 올리비에는 메소드 연기를 한다며 까탈스럽게 구는 먼로를 고까워한다. 원체 섬세하고 여린 성격을 가진 먼로는 촬영장의 숨 막히는 분위기에 못 이겨 빈번히 스케줄을 어긴다. 그때마다 갈등을 수습하러 조감독이자 올리비에의 비서인 콜린이 투입되지만, 오히려 먼로와 사랑에 빠져 밀회를 즐긴다. 하라는 일은 안 하고 먼로와 눈부신 영국 해변을 거닌다.

이 일화는 영국 작가인 콜린 클락의 자서전 『My Week With Marilyn』에 등장하는 내용이다. 콜린은 이십 대 중반 영화 스태프로 일하던 시절을 술회하며 먼로와 보낸 일주일을 꺼내놓는다. 콜린은 먼로가 손가락 하나 까딱하자 모든 걸 버리고 그녀에게 뛰어든다. 당시 사귀던 약혼녀도 모른 척하고 영화 조감독까지 사임한다. 심지어 먼로를 따라 미국에 가겠다며 부모 맘에 대못을 박는다. 당시 먼로는 극작가 아서 밀러와의 세 번째 결혼마저 막바지에 이른 상태였다. 배우로서 인정받아야 한다는 압박감과 밤마다 찾아오는 외로움에 신음했다. 그녀로서는 낯선 타국에서 일주일 정도 자신을 위로해줄 다정한 남자가 필요했으리라. 어깻죽지를 내주고 다정한 말을 건네줄 단기 애인으로 콜린을 낙점한 셈이다. 콜린은 그 사실을 모르지 않았지만 어쩔 수 없었다고 말한다. 그야말로 무차별적 유혹에 저항하지 못했다. 콜린은 자서전에 당당한 어조로 적는다. 먼로를 행복하게 해주기 위해서라면 뭐든 다 했을 거라고. 환갑이 다 된 지금도 먼로와 보낸 일주일이 인생에 남긴 자국은 선명하다며. 이 흥미로운 일화는 영화 〈마릴린 먼로와 함께한 일주일〉로 만들어져 잠든 망자를 스크린에 재차 소환했다.

먼로는 보육원에서 자랐다. 학교에서도 늘 외톨이였다. 불우한 가정과 양부모의 폭력은 그녀를 옥죘다. 그녀의 인생이 바뀐 건 열세 살 무렵 꼭 끼는 스웨터를 입고 나서부터였다. 하루아침에 남자들의 관심이 쏠리자 인생은 굴곡진 비탈로 휩쓸려갔다. 먼로가 동네를 지나가면 남녀노소 가릴 것 없이 시선을 그녀에게 쏟았다. 집을 떠나 성공하고 싶었던 먼로는 할리우드에서 배우가 되기로 한다. 그녀는 자신이 가진 성적 매력을 깨닫고 이를 십분 이용해 성공 가도에 진입한다. 그건 유혹의 기술 따위가 아니다. 존재가 온 세포를 깨우는 위력이다. 브로드웨이 뮤지컬 〈캐멀롯Camelot〉엔 이런 대목이 있다. "잊지 마세요. 한때 그곳이 존재했었다는 사실을. 한순간의 청명한 빛이 비칠 때. 캐멀롯이란 곳이 있었답니다." 유혹이란 마치 다시는 존재하지 않을 캐멀롯처럼 한순간을 사로잡는 청명한 빛과 같다.

금발의 섹시 가수로 분한 〈뜨거운 것이 좋아〉에서 먼로가 엉덩이를 흔들며 기차역에서 짜릿한 포즈를 취할 때를 떠올려보라. 그녀는 평생 단 한 번의 섹스신 없이도 대중을 잠식했다. 얼마 전엔 십 대 시절 그녀가 해변에서 찍은 사진이 공개되어 고가에 거래되기도 했다. 놀랍게도 그녀를 영화에서 한 번 본 적 없는 요즘 녀석들이 그녀에 목맨다. 그녀를 언급하고 팔로우하고 해시태그를 단다. 그녀를 다시 작은 스마트폰 화면에 띄우고 침대를 달군다.

마릴린 먼로는 성적 이미지가 죽음을 잠식한 가장 극적인 경우다.

금발 머리에 풍만한 가슴과 잘록한 허리. 입가의 점은 반쯤 감은 눈이 열리면 더 도드라진다. 붉은 입술은 백색으로 재단된 옷과 절묘하게 어울리고, 일부러 한쪽을 깎아 만든 하이힐이 그녀의 굴곡진 몸매를 더 부각한다. 로버트 그린의 『유혹의 기술』을 읽어보면 마릴린 먼로처럼 성적 매력을 바탕으로 이성을 유혹하는 유형을 '세이렌'이라고 이름 붙인다. 남성의 욕망을 자극함으로써 지배하는 방법이다. 먼로는 자신이 어떻게 행동해야 상대를 매혹할 수 있는지 잘 아는 영리한 사람이었다. 그래서 부러 못 알아듣는 척 멍청한 표정을 짓고, 대중이 듣고 싶어하는 말을 눈치 빠르게 알아챘다. 먼로가 기자 회견에서 잘 때 뭘 입고 자느냐는 다소 무례한 질문에 샤넬 넘버 5라고 답한 일화는 유명하다.

유혹이라는 단어엔 부정적 뉘앙스가 있다. 정신을 혼미하게 해 이성을 마비시키고 나쁜 길로 빠지게 한다. 나 역시 극도로 아름다운 여성을 보면 위험 신호를 느낀다. 본능적인 위기감에 우선 피하고 본다. 내게 유혹이란 그런 무차별적인 속성이다. 일종의 습격처럼 훅하고 들어오는 식이다. 습득하고 숙달할 수 있다는 기술론으로는 정의가 불가능하다. 난 로버트 그린이 역사의 뒤안길에 새겨진 무수한 유혹자를 언급할 때, 어쩌면 유혹이란 온 심장을 뒤덮는 예술의 작동법과 다르지 않으리라 짐작했다. 육체와 음성 그리고 고유한 제스처가 당시의 분위기와 만날 때 고유한 순간을 선사한다. 그걸 아무리 언어로 재단해봤자 무력함만 앞설 뿐이다. 예술이 날 사로잡는 순간 붓을 쥔 화가에 관심이 쏠리는 건 당연한 이치다. 당대의 바람둥이가 훌륭한 예술가이기도 했다는 건 결코 우연이 아니다. 먼로 역시 섹스 심벌이라는 이미지에 가려 있지만, 결코 무시할 수 없는 필모그래피를 가진 위대한 배우였다.

먼로가 세상을 뜬 지 50년이 훌쩍 넘었지만, 여전히 대중은 마릴린 먼로를 회자하고 인용한다. 무수하게 쏟아져 나오는 책과 영화, SNS 게시글이 마릴린 먼로를 주목하는 이유는 뭘까. 그건 어쩌면 유혹의 본령으로서 사각형의 틀 안에 박제된 그녀의 운명 때문일지도 모른다. 내 맥북 바탕화면에 먼로를 새겨 넣었다. 생에 단 한 번도 진정한 행복을 맛보지 못했다고 울먹이던 그녀를 뒤로하고 새하얀 미소를 몇 번의 클릭으로 불러냈다.

깨끗하고
불빛 환한 곳

화성 연쇄살인 미제사건을 다룬 영화 〈살인의 추억〉엔 상반된 두 형사가 등장한다. 동네 터줏대감 박두만(송강호)은 직감과 발품으로 사건을 대하는 형사다. 투박한 말투로 동네 곳곳을 쏘다니며 시비를 건다. 반면 연쇄살인을 해결하기 위해 시골 강력계에 새로 부임한 서태윤(김상경)은 서류에 목을 매는 사람이다. 그는 남다른 분석력으로 미궁에 빠진 사건에 다가선다. 과학수사라는 말이 없던 시절임에도 범인의 패턴을 분석해 용의자를 추린다. 하지만 시간이 흐를수록 그 역시 박두만과 다를 바 없이 변해간다. 용의자를 증거도 없이 잡아들이고 사슴 같은 눈을 한 박해일을 윽박지른다. 서태윤이 직면한 어둠은 수치 바깥 존재다. 인간의 지성이 닿지 못하는 곳에 악마가 숨쉰다. 불가지론은 인간 문명을 냉소하며 우리 뒤에 우두커니 서 있다. 두 형사는 80년대, 막 저개발의 기억을 떨쳐내기 위해 온 힘을 다하던 당대를 표상한다. 영화는 시대의 미숙함과 더불어 인간이 맹신하는 지성의 무력한 몰골을 비춘다. 뭐든 다 알 수 있다는 사회과학이 판치는 요즘에도 여전히 서울 시내에 교회당이 그득한 이유다.

『아픔이 길이 되려면』『우리 몸이 세계라면』을 쓴 김승섭의 글은 단정하다. '서류는 거짓말을 안 하거든요'를 버릇처럼 되뇌던 서태윤처럼 논거를 바탕으로 한 저술이다. 김승섭은 사회역학자라는 직함처럼 수치 뒤에 숨겨진 아픔을 발굴한다. 기록과 표를 그려 넣고 반박할 수 없는 단단한 문장을 적는다. 그가 숫자와 씨름해서 다다른 타인의 고통은 엄연하다. 악화가 양화를 구축하는 특정 사안에 착안해 해법을 제시한다. 눈의 비늘을 벗겨주는 통찰을 좇기보다는 서류에 파묻힌 상처를 매만진다.

우리는 지난 몇 년간 가짜 뉴스에 얼마나 시달려왔던가. 거짓이 횡횡하는 광장에서 찾아낸 건 상식이 무너진 사회였다. 김승섭을 읽으며 마음이 편했던 건, 그가 오로지 사실만을 말한다는 신뢰 덕분이다. 김승섭은 속단하지 않으며 섣불리 낙관을 일삼지 않는다. 서태윤이 영화에서 절감한 서류의 한계를 김승섭은 겸허히 인정하며 글을 쓴다. 우린 결코 세상을 이해할 수 없으니, 딱 할 수 있는 만큼만 적는다는 식이다.

하지만 어쩔 수 없이 내내 옳은 얘기만 하는 작가에 의구심을 가졌다. 그가 추려낸 사실에 마음이 놓이면서도 어쩐지 미심쩍었다. 김승섭의 저서 두 권을 연달아 읽으며 그가 지나치게 천진하다고 느꼈다. 난 종종 인간은 다 틀려먹었다고 냉소한다. 기대할 게 없으니 나아지길 바라는 바도 적다. 난 그가 제시한 옳고 그름이 시시했다. 특정 귀결에 도달하기 위해 억지로 추린 데이터도 눈에 띄었다. 하지만 책 뒷부분에 가니 이런 문장이 눈에 들어왔다. 과학이란 불변의 진리를 찾아낼 수 있는 열쇠가 아니다. 시간에 켜켜이 쌓이고 수많은 노고가 모여 또 다른 진리를 생산한다. 중요한 건 해답에 다가서는 과정 그 자체다. 납득 가능한 근사치를 찾아내서 현실에 접목하는 과정이 과학이다. 오히려 상식이라는 이유로 의심하지 않고 안주하면 변화는 요원하다. 김승섭은 좋은 의미에서 순수하다. 젊은 학자 특유의 선의가 믿음직스럽다. 시대가 원하는 지식인은 어쩌면 앞날을 외면하는 비관주의자의 책상이 아니라, 그래도 커튼을 열고 창문 밖을 살피는 몸짓에 있지 않을까.

난 종종 특정 분야에 통달한 학자의 글을 읽는다. 호기로 시작하지만 결국 몇 장 읽다 포기하고 만다. 그러면 다시 검색을 통해 우회로를 찾는다. 해당 분야를 가볍게 쓴 교양서를 택해 문턱을 낮춘다. 학자 출신 작가는 종종 대중을 간과한 글을 쓴다. 스토리텔링을 등한시하고 문장을 다듬지 않아 읽기 어렵다. 김승섭은 전문가의 식견과 단아한 문장을 겸비한 부러운 사람이다. 좀 안다고 젠체하지 않고 겸손하다. 어떤 분야든 일정 수준에 다다른 사람은 핵심을 말한다. 본질을 꿰뚫은 사람은 장황하지 않다. 김승섭은 현대 지성이 사회에 기여하는 바를 적는다.

어릴 적 수학 문제를 풀며, 숫자놀음은 사는 데 도움 될 게 없다고 툴툴거렸다. 하지만 요즘엔 오히려 과학 서적을 더 사들인다. 진리에 닿고 싶어 여러 분야에 기웃거린다. 세상은 문학 외에도 첩첩산중에 놓여 있다. 요즘 서점을 둘러보면 한국 인문학 열풍이 과학기술로 옮겨 붙는 모양새다. 유발 하라리, 리처드 도킨스, 제러드 다이아몬드, 스티븐 핑커 책을 서점에서 쉽게 찾아볼 수 있다. 그들은 사회과학을 위시한 대중과학 역시 인문학 못지않게 흥미롭다는 사실을 증명했다. 그리고 무엇보다 우주를 건너지 않고는 인류의 실체를 온전히 알 수 없음을 설득한다. 빅뱅과 블랙홀을 슈퍼히어로 영화에서나 보던 이들이 이제 〈인터스텔라〉에서 양자역학을 논한다. 인터넷은 브리태니커 백과사전을 통째로 손바닥에 불러왔고, 정보의 양보단 쓰임을 더 생각하는 시대에 도래했다.

책이 세상을 향해 일갈하면 더 잘 팔린다. 인류를 비관적으로 바라볼수록 인기가 많다. 학자가 희망을 얘기하기란 얼마나 어려운가. 세상은 돼먹지 못한 꼴로 뉴스를 더럽히고, 책에다 희망을 얘기하면 네티즌은 책상물림이 속 편한 소리나 한다며 냉소한다. 세상은 서로

믿는 바가 첨예하게 대립한다. 아무도 쉽사리 낙관할 수 없다. 성경의 시작은 우주 창조, 이스라엘 민족 태동이라는 두 가지 내용이다. 신이 아담과 하와를 만들었으니 우리는 태초를 손에 쥔 채 이 책을 읽는 셈이다. 하지만 서점에서 발길을 돌려 사회과학 코너에 다다르면, 우리 조상이 물고기이며 온갖 복잡한 우연을 통해 호모 사피엔스로 살아남았다고 말한다. 이런 양상에서 학자의 글은 자그마한 위로가 된다. 값싼 동정이나 위선이 아닌 사무실 가득 쌓인 서류에 안도한다.

누군가 동네 길고양이에게 밥을 주는 이웃을 비난하는 방송을 본 적이 있다. 지금 지구 반대편에는 아이들이 죽어가고, 한국에서도 밥 한 끼 해결하기 벅찬 노숙자가 태반인데 기껏 고양이한테 비싼 밥을 주냐는 타박이다. 어찌 보면 맞는 말처럼 들린다. 지구 반대편을 생각해주는 사려에 감복할 수도 있다. 하지만 작은 존재에 긍휼을 품지 못하는 사람이 과연 지구 반대편을 떠올릴 수 있을까. 네덜란드의 화가 렘브란트는 17세기 의료 시술 과정을 〈툴프 박사의 해부학 강의〉라는 그림에 새겼다. 네덜란드 실존 인물 툴프 박사는 시체를 해부하고, 주변 학생들은 이를 '뚫어져라' 구경한다. 은은한 조명 주위로 그들의 얼굴이 섬뜩할 만큼 또렷하다. 근엄한 얼굴을 한 박사와 뼈가 고스란히 드러난 환부가 적나라하다. 난 그림을 보며 내 시선을 의심한다. 난 어디에 서서 이 그림을 보는가. 구경꾼인가 아첨꾼인가. 짐짓 이 그림을 살피다 집도하는 의사 뒤로 의료 서적을 펼친 또 다른 학생을 본다. 다시 한 번 물어본다. 난 어떤 표정으로 타인 앞에 서 있는 걸까. 알 수 없는 노릇이다.

권태가 일상을 잠식한다

며칠 전 사무실에서 문득 일을 마치고 퇴근하려는데 '내가 지금 하고 싶은 건 책 한 권 읽는 것뿐인가?' 하는 생각이 들었다. 단순히 책과 영화밖에 즐길 줄 몰라서 그러는 건 아닌지 짐짓 심각해졌다. 커피 한 잔 들고, 영화관에서 영화를 고르고, 상영 대기시간 동안 카페에서 책을 읽는 것이 온전한 행복이라 믿었다. 하지만 오늘은 그 행복의 순수함을 의심하기로 했다. 사무실 창밖으로 테니스 채를 들고 웃으며 걸어가는 후배들을 본 건 그때였다. 나도 다른 걸 좀 하고 싶었다. 이제 나도 테니스 채를 구입하기로 한다.

난 무언가 달라져야 한다고 느끼는 압박을 견딜 수 없다. 그저 남들이 하는 것이니 나도 할 줄 알아야 한다고 믿어버린다. 난 직업 선택에서도 이런 영향을 많이 받았다. 난 최대한 빠르게 돈을 버는 사람이 되고 싶었다. 돈을 버는 사회인이 주는 안정감이 있어야 좋아하는 걸 할 수 있는 구실이 생긴다. 내 직업은 모험이 적고, 자유시간이 많은 안정적인 직업이 되길 갈망했다. 난 최대한 빠른 속도로 대상을 찾았고 안착했다. 하지만 그것이 끝이 아니었다. 직업이 안정되자 다양한 취미를 원했고, 취미가 정해지자 그럴싸한 차를 가지고 싶었다. 이제 어느 선배는 십 년 후의 너를 보며 고삐를 늦추지 말라고 조언한다. 어느 후배는 결혼해야 마땅한 인생이라고 말하기도 한다. 난 듣고 고개를 끄덕일 뿐 아무것도 하지 않는다.

일상이 반복되면 권태가 찾아온다. 이 친구는 이름처럼 애처로운 모습을 한다. 모른 척하기 힘들어 조금만 대화를 나누다 보면 날 초라하게 만들어버린다. 어떤 물건, 음식, 삶의 패턴, 사람까지도 반복되면 지루해지고 더 새로운 자극을 원한다. 처음엔 욕심 없이 접근했던 그 무언가에 더 큰 매혹을 요구한다. 일상에서 반복은 행복을 불러오지만, 그 반복에 권태도 섞여 들어간다. 난 권태 씨가 내 집 문을 두드리면 어김없이 무언가를 찾아내서 줘야 한다. 이것만 사면 더 행복할 거야. 이것만 이루어지면 내 삶은 풍성해지겠지. 커피를 처음 마실 땐 그 씁쓸한 맛에 거부감이 들지만, 한 잔 한 잔 마시다 보면 커피가 주는 그 씁쓸한 맛이 어느새 싱겁게 느껴진다. 그러다 보면 에스프레소를 찾게 되고, 커피 한 잔으로는 양에 차지 않아 몇 잔을 마셔도 부족함을 느낀다. 인생이란 그런 익숙함과 싸움일 것이다. 옷장 속 입지 않은 옷들이 그런 나를 대변해준다.

일생을 오직 '존재의 의미'에 대해서만 사유하는 데 보냈던 독일의 철학자 마틴 하이데거(1888~1976)의 저서 『형이상학의 근본 개념들』을 대학 교양 시간에 배운 것이 어언 10년이 되어간다. '삶의 무의미성'과 그것의 극복을 '권태'의 문제와 연관하여 다루고 있음에 난 열심히도 이 지루한 책을 읽었다. 권태란 자신의 '존재의 의미'에 대해 끊임없이 염려하는 '인간'으로서의 가장 근본적인 기분이다. 그것은 삶이란 그저 공허한 시간 속에서 삶을 견뎌내는 자의 초조한 마음과 같다. 인간은 죽음이라는 종착지를 앞에 두고, 한없는 기다림으로 단순히 시간을 때우는 존재가 아닌지 하이데거는 평생을 거쳐 고민한 흔적을 책에 새겼다.

영화 〈레볼루셔너리 로드〉는 첫눈에 서로에게 이끌린 두 남녀가 주인공이다. 보수적인 에이프릴과 그에 못지않게 보수적인 프랭크는 곧바로 결혼해서 행복한 가정을 이룬다. 뉴욕 맨해튼에서 한 시간 정도 걸리는 교외 지역인 레볼루셔너리 로드에서 가장 아름다운 집에 보금자리를 꾸리게 된 두 사람. 모두가 안정되고 행복해 보이는 길, 레볼루셔너리 로드에서 그들은 중산층의 삶을 이룬다. 하지만 잔잔한 호수엔 돌을 던지고 싶은 법이다. 반복되는 일상에서 질식할 것만 같은 권태를 느낀 에이프릴은 꿈을 찾아 프랑스 파리로 떠나길 원한다. 모든 것을 버리고 파리로의 이민을 꿈꾼다. 새로운 삶을 찾게 되는 것에 들뜨고 행복하기만 한 두 사람. 하지만, 회사를 그만두려는 찰나 프랭크는 승진 권유를 받게 된다. 그리고 현실에서 좀 더 안정된 삶을 살고자 생각한다. 떠나려는 에이프릴에게 우리는 머물 것이라 통보하는 프랭크. 서로를 너무 사랑하지만, 현실과 이상 사이에서 갈등하는 두 사람은 그 간극을 지우지 못해 파국으로 치닫는다.

하이데거는 권태를 '표면적 권태'와 '깊은 권태'로 분류했다. '표면적 권태'는 자기 자신이나 혹은 내 앞에 있는 상대 때문에 생기는 어떠한 상황에 잡혀 공허해지는 것을 말한다. 이는 '비본래적 권태'라는 말과 같이 쓰는데, 원래는 권태롭지 아니한데 외부적 영향에 의해 지루함을 느끼게 되는 것이다. 이런 권태는 어떤 식이든지 간에 그것에 대항하는 시간 보내기가 가능하다. 비본래적 일상생활에 몰두하여 진정한 자기 자신으로부터 도피해서 권태를 잊어버리는 최면 효과가 있기 때문이다. 이런 권태는 삶의 일시적 변화를 끊임없이 추구하여 여러 가지 취미와 인간 관계를 통해 극복할 수 있다. 비록 자신이 간절히 원하고, 진실하게 추구하는 것이 아니라 하더라도 일종의 긍정이라는 혹은 일시적 일탈이라는 최면을 통해 시간을 때울 수 있다. 요즘 사람들이 자주 말하는 '긍정의 힘'이란 바로 긍정할 수 없는 것을 일반적으로 사람들이 즐겁다고 말하는 것을 취함으로써 얻는 환각 작용인 셈이다. 그저 호기심 가는 대로 인터넷, 쇼핑, 관광,

패션, 레저, 관음을 마구 섭취하고, 뒤로는 상대와 잡담이나 하면서 시간을 죽인다. 사회문제와 같은 자기 밖의 문제는 물론이고 제 문제마저도 스스로 선택하고 결정하는 대신 잡담이나 호기심에 의존하여 '원래 사람은 다 그런 거야'라며 세상 다 아는 표정으로 대충 결정하면서 살아간다. 물론 이러한 '시간 죽이기'는 그 대가로 허무의 퇴락을 반드시 치르게 된다. 이에 반해 내 삶은 지금 이 상태로는 살아갈 수 없을 만큼 지루하고, 죽어 있다고 믿는 '깊은 권태'가 있다. 이는 '본디 권태'라고도 말하는데, 이 권태는 시간을 보내는 것이 불가능하다. 아무리 일상의 신변잡기에 몰입하려고 해도 깊은 권태는 언제나 뾰족한 가시처럼 당신의 일상을 피투성이로 만들어버린다. 이에 대해 하이데거는 이 무조건적인 깊은 권태를 벗어날 수 있는 유일한 방법은 '실존'하는 것뿐이라고 말한다. 실존이란 단독자로서 자기의 존재를 재차 물으면서 존재하는 인간의 주체적인 상태를 말하는데, 스스로 자신이 진정 원하는 것을 추구하는 상태다. 자신의 존재가능성을 끝까지 탐구하여 본래의 자기를 완전히 찾아내는 삶이다. 삶의 개혁 욕구는 깊은 권태에서 출발하고, 신변잡기와 호기심의 충족으로는 해결할 수 없는 깊은 슬픔이 가리키는 바가 본래의 삶이라 말한다.

남편 프랭크는 전형적인 표면적 권태에 익숙한 사람이다. 그는 에이프릴이 임신하자 그것을 빌미로 현실적 무게를 강조하며 파리로

가는 계획을 일방적으로 취소해버린다. 그에겐 눈앞의 승진, 안정된 집, 경제적 풍요로움, 마약, 불륜, 술, 담배 등의 크고 작은 가치판단의 요소들이 있다. 하지만 에이프릴은 그와 다르게 깊은 권태를 가진 사람이다. 에이프릴은 자신의 삶을 개혁하길 원한다. 그는 자신의 남편이 자신과 같은 깊은 권태를 느끼며, 새롭게 시작할 힘을 가진 동반자라고 믿었다. 그녀는 자신의 실존을 찾아내길 원해 그를 설득했지만, 임신한 아이 때문에 그 계획이 망가졌다고 생각하자 아이를 유산한다.

프랭크의 모습은 마치 나를 보는 것 같았다. 자신을 자극하는 외부적 요인을 끊임없이 찾으며 삶의 지루함에서 벗어나려는 표면적 권태를 가진 남자. 내가 진짜로 원하는 것보다는 삶의 호기심을 통해 영원히 치유되지 않을 권태라는 병에 진통제를 투여한다. 테니스를 하고, 골프를 치고, 좋아하는 글을 쓰고, 맛있는 음식을 먹어도 일상의 고약한 악취는 계속해서 날 권태롭게 할 것이다. 난 에이프릴과 같은 사람을 견딜 수 없다. 하이데거가 말한 실존이라는 것이 에이프릴이 말한 꿈을 찾아 떠나는 파리행 비행기라면, 당연히 그다음은 무엇인가라는 물음이 뒤따른다. 그에 대한 대책은 전무한 상태에서 변혁하길 원하는 상대는 버겁다. 난 결과적으로 〈레볼루셔너리 로드〉를 프랭크의 입장에서 고통받으며 에이프릴의 존재를 견뎠다. 과거 연인이 내내 떠오르며 근심했던 기억이 다시금 떠올랐다. 죽음이라는 종착지는 정해져 있고, 이대로 살다가는 난 전락하여 헤어 나올 수 없는 지루함에 빠질 것이다. 권태와 일탈의 행위가 자아내는 허무를 견딜 수 있는 뾰족한 수를 알지 못한다. 항상 나는 내 삶을 가엾게 여긴다. 오늘도 신문을 펼쳐 꼼꼼히 기사를 살핀다. 날 바꿔줄 길이 나타날지 몰라 손톱을 뜯으며 빼곡한 글자를 더듬는다.

우연과 죽음을 상상하는 밤

아이가 내 가슴에서 숨을 쉰다. 쌕쌕거리는 것 같기도 하고, 세상 침묵을 온전히 품은 듯 고요하다. 오랜 친구의 집에 놀러 갔다가 아가를 품에 안았다. 낯선 내게 안겨 조용히 잠든 아이를 슬슬 흔들어 보았다. 조금 들썩거리다가 다시 잠으로 빠져든다. 아이의 몸이 이렇게 따듯한지 전에는 알지 못했다. 내가 안긴 건지, 내게 안긴 건지 알 수 없는 오묘한 기분이었다. 그날 종일 그 온기와 감촉에 떠올렸다. 다시 안아보고 싶었다. 표정도 좀 살펴보고, 숨소리는 어떤지 듣고 싶었다. 생각해보니 난 아이를 안은 적이 없다. 아이를 안 좋아한다고 생각했다. 지나가는 아가를 보면 귀여운 마음이 들기는 하지만 짐짓 다가올라치면 흠칫거렸다. 그런데 어제는 두 아이를 제 몸처럼 품고 나타난 친구의 모습에 경외감을 느꼈다.

그날 장례식장에서 밤을 지새웠다. 중간에 가끔 졸기도 하고, 지친 친구와 오래전 이야기를 나눴다. 우린 공통의 화제를 찾기 어려웠다. 서로의 일상에 같은 색으로 처진 빗금이 없다는 사실이 새삼스러웠다. 그래도 지천으로 깔린 시간을 등에 업고 서로의 이야기를 했다. 죽음에 관해, 결혼에 관해, 오늘 안은 아이에 대해, 아까 본 한 친구의 얼굴에 대해서. 그렇게 길게 이야기를 나누고 보니 학교 다닐 때는 미처 느끼지 못했던 내밀한 감정을 느꼈다. 매일 붙어 다니던 시절보다 더 많이 이 친구를 알게 되었다고 생각했다. 정적의 공간에서 무표정한 얼굴로 그런 이야기를 나누다 보니 주변에 아무도 없었다. 새벽에 아이를 생각하며 잠시 졸았다. 불현듯 세상이 내가 생각하는 것과는 전혀 다를지도 모른다는 생각이 들었다. 내가 전혀 보지 못하는 곳에도 세상은 잘 돌아간다. 마치 평행우주에 뜬 달빛처럼 영롱한 빛으로 존재한다. 난 방 한쪽에서 웅크리고 뜻 모를 소외감을 느꼈다. 불안한 마음에 구겨진 옷을 털고 밖에 나가 오래전 사진들을 넘겨 봤다. 마치 내 존재의 증거를 찾으려는 듯 아이클라우드를 휙휙 넘겼다.

홍상수 감독의 영화 〈클레어의 카메라〉에서 영화사 직원인 만희는 칸 영화제 출장 기간에 회사에서 잘린다. 이유는 알 수 없다, 그저 추측할 뿐이다. 회사 사장 양혜는 그저 "순수하지만 정직하지 않아 함께 일할 수 없다. 정직함은 노력해서 얻는 것이 아니니까 이유는 알 필요 없다"라고 말해 만희를 아연하게 한다. 아마도 자신의 애인 소완수와 하룻밤을 보낸 만희의 얼굴을 볼 수 없었으리라. 영문을 알 리 없는 만희는 출장지인 칸을 서성인다. 그리고 양혜가 자신에게 한 말을 떠올린다. 순수하지만 정직하지 않다는 것, 자신을 감싼 그 문장이 의미하는 바를 곰곰이 생각한다. 홍상수의 여타 다른 영화처럼 술 한잔하며 떠올리는 생각들은 지친 현재와 오버랩되어 허공을 응시하게 만든다.

한편 아마도 비슷한 시간, 영화제에 놀러 온 프랑스인 클레어는 소완수와 양혜, 만희를 차례로 마주친다. 클레어는 레이먼드 챈들러의 소설에나 나올 법한 바바리코트를 입고 파란색 폴라로이드 카메라를 들고 다닌다. 클레어는 우연한 기회에 세 사람에게 영향을 끼친다. 그들을 피사체로 삼고 찍은 사진의 가치를 논한다. '사진을 찍으면 찍은 사람도 찍힌 사람도 이전과는 달라진다.' 세 사람은 폴라로이드를 통해 달라진 자신의 모습을 본다. 사진이 발하는 빛의 인상은 과거에 벌어진 일을 새롭게 느껴지게끔 한다. 클레어는 모든 것을 찬찬히 보는 사람이다. 그건 그녀만의 예술론이기도 하며, 특정 대상을 사랑하길 주저하지 않는 사람의 태도다. 폴라로이드가 포착한 한 인간의 변화란 시간을 박제함으로써 생기는 작은 틈이다. 클레어의 손안에서 고개를 살짝 돌리고 렌즈를 응시하는 만희의 표정은 지우기 힘든 아름다움이다. 끝내 어두컴컴한 해변 굴로 걸어 들어가는 클레어는 그런 의미에서 이 세상 사람이 아닌 것처럼 보인다. 마치 영화라는 막에 현실이라는 빗금을 치고 발을 내딛는 사람일지도.

장례식장에서 꼬박 밤을 새우고 발인까지 자리를 지켰다. 관이 화장장에 들어가고, 난 그것에 힘을 보탰다. 어렵사리 집에 도착한 후 무거운 몸을 뉘고 눈을 붙였다. 오후 한 시, 도통 잠을 이루기 힘든 시간이다. 두 시간 정도 눈을 감고 있었지만 잠이 들었다는 감각을 갖지 못했다. 몸을 일으키기 위해 멜론을 켰다. 에이미 와인하우스의 〈리햅〉이 들린다. 그녀의 짧은 생과 지옥 같은 삶의 궤적이 떠올랐다. 죽음이 도처에 깔린 일상이란 어떤 것일까. 내 좁쌀 같은 슬픔을 그녀의 비극과 대입해 스스로 위안했다. 난 가슴 아픈 일이 생기면 더 큰 슬픔과 고통을 상상하는 버릇이 있다. 에이미 와인하우스는 27살의 인기 최정상의 가수였을 때 자살로 생을 마감했다. 자신의 침대에서 누구의 방해도 받지 않고 조용히 죽음을 택했다. 그건 불행이라고 감히 정의하기 어려운 끝이지만, 인생의 반도 살지 않은 이 여인이 겪었을 고초는 날 침울하게 한다. 난 그녀가 경험하지 못했던 가능성의 삶을 상상했다. 그녀는 사랑하는 이에게 몸을 안착시키고 싶은 감정을 가져봤을까. 부모님께 하고 싶은 이야기를 모두 하고 죽었을까. 누군가 미워하는 마음을 삭이지 못해 에둘러 표현한 건 아닐까. 자신이 부르는 노래를 진정으로 구원이라 믿었을까. 스스로 누군가에게 얼마나 영감을 주는 사람인지 알고나 있었을까. 그녀가 가닿았을 세상의 어둠에 난 내 불행을 금세 잊었다.

홍상수의 또 다른 영화 〈그 후〉에 이런 장면이 있다. 우연히 자신이 하루 일했던 출판사를 찾은 아름에게 사장 봉완은 나쓰메 소세키의 책 『그 후』를 선물한다. 홍상수 감독은 처음엔 소세키의 또 다른 소설 『마음』을 쓸 생각이었지만, 막상 출판사에 있는 책이 『그 후』 뿐이어서 이 책을 선물했다고 한다. 그러면서 영화 제목 역시 〈그 후〉가 되었다(물론 〈마음〉 역시 무척 잘 어울리는 제목이다). 이런 우연을 적극적으로 수용하는 방식엔 예술을 바라보는 관점이 담겨 있다. 드러나는 구조의 이야기가 아닌, 현실에 지속해서 영향을 받는 생물과 같은 예술을 지향하는 마음이다. 계획과 규칙으로 이뤄진 일상에서 틈을 발굴하는 홍상수식 연출 방법이다.

아름은 중국식당에서 봉완에게 믿음에 관해 이런 말도 했다. "저는 저 자신이 주인이 아니라는 걸 믿어요. 주인공이 아니라는 걸 믿어요. 절대로 아니라는 걸. 그리고 두 번째로는 언제도 죽어도 된다는 걸 믿어요. 정말로 괜찮다는 걸 믿어요. 셋째로는 모든 게 다 괜찮다는 걸 믿어요. 모든 게 다 사실은 아름다운 것일 거라는 걸 믿어요. 영원히. 이 세상을 믿어요." 이 무책임한 단언은 얼핏 들어보면 종교적이며, 순수한 의미의 탐미주의로 보이기도 한다. 하지만 이는 전적으로 우연을 긍정하는 자의 고백이다. 봉완이 우연히 집어 건네준 책을 들고 눈 덮인 연남동을 걸어가는 아름의 걸음은 유려하다. 거치적거리는 우연의 사슬을 떨쳐내고 가뿐히 발을 내디딘다.

살면서 우린 어떻게 만났고, 왜 이다지도 소심했는지 생각할 때가 있다. 이렇게 시간이 지난 후에야 고개를 떨군 채 발을 땅에 비빈다. 운명은 낯간지러운 생각이지만, 때론 우연이 지금의 나를 만들었다는 생각을 견딜 수 없다. 수백 가지의 작은 사건들과 선택들에 의해 좌우된 내 인생은 그저 받아들이는 것밖에 도리가 없다. 정해진 일상의 루트를 벗어나 목격한 생경한 광경들은 그래서 마음을 쓰리게 한다. 내가 가지 못한 길을 염원하는 마음을 멈출 수 없다. 누군가는 수많은 선택 끝에 세상을 등졌다. 난 오늘도 갈팡질팡하다가 남루한 침대에서 잠을 청한다.

PART 3

나만 혼자가 아니라는 위로

양면의
삶

×

우리는 늘 믿는 바와 실제 삶의 모순에 직면한다. 목구멍은 포도청이라 맘 같지 않은 선택을 반복한다. 이런저런 핑계로 적당히 타협한다. 영화 〈논-픽션〉의 프랑스 원제는 '이중생활'Doubles vies이다. 영화는 이념과 실제 사이 딜레마에 선 이들을 무대에 세운다.

출판사 편집장 알랭(기욤 까네)은 전자책의 비중이 날로 커지는 게 못마땅하다. 지나친 디지털화가 삶에 끼치는 영향에 부정적이다. 하지만 출판사 실적을 위해 전자책 사업을 고민해야 하는 처지다. 배우 셀레나(줄리엣 비노쉬)는 예술적 자의식에 목마르면서도 인기에 영합해 작품을 고른다. 소설가 레오나르(빈센트 맥케인)는 픽션과 논픽션의 경계에서 외줄 타기를 하듯 글을 쓴다. 무엇보다 앞서 열거한 이들 모두 결혼생활에 애착을 보이면서도 불륜을 저지른다. 체면치레에 바빠 배우자의 외도를 눈치채고도 묵인한다. 현실에서는 변화를 꾀하는 지성인을 자청하면서도 자신에겐 한없이 무디다.

〈논-픽션〉을 '무엇'에 관한 영화로 특정하긴 어렵다. 디지털과 SNS가 잠식한 삶을 반추하다가 어느새 자리를 옮겨 예술이 삶에 끼치는 영향에 대해 논한다. 삶에서 발생하는 의문을 일상 속에 전시하듯 늘어놓는다. 그러니까 〈논-픽션〉은 대화의 양상 그 자체를 주요 모티브로 삼는다. 마치 〈100분 토론〉처럼 서로 주장이 아슬아슬하게 부딪쳐 시종일관 흥미를 자아낸다. 가령 전자책은 종이책을 대체할 수 있을까. 누구나 글을 쓸 수 있는 인터넷 환경이 인류에게 이로운 걸까. 소설에 타인을 고스란히 옮기는 건 윤리적으로 타당한가. 과연 온전하고 지속 가능한 관계란 존재할까. 소셜미디어에 적힌 짧은 글이 문학을 대체할 수 있을까. 영화는 시의적인 질문을 쏟아내지만 정작 답을 구할 생각은 없어 보인다. 어차피 삶은 그 자체로 모순덩어리고 그걸 껴안고 살 수밖에 없으니까. 영화는 외려 인물 간의 갈등을 촉진제 삼아 대화의 질에 공을 들인다. 별다른 기승전결이나 눈에 띄는 사건 없이 오로지 주고받는 대화로 지적 유희를 자아낸다. 물론 거기에 프랑스 지식층의 속물적인 면모를 엿보는 재미는 덤이다.

우리 삶은 끝없이 변한다. 다가오는 것에 대응하느라 사라지는 것을 의식하지 못한다. 첨단 기술은 삶을 풍요롭게 하지만 그로 말미암은 축약은 상실을 자아낸다. 누군가와 끊임없이 연결되어 있지만 무엇을 주고받는지 깨닫지 못한다. 속도전에 올라타 어디론가 향하지만, 맥락은 거세된 양상이다. 어느새 온 일상은 네트워크가 거미줄처럼 영향력을 행사하기 시작했다. 올리비에 아사야스 감독은 이런 변화에 대응하는 사람들에 주목한다. 〈클라우즈 오브 실스마리아〉가 저열한 인터넷 문화가 자아내는 참을 수 없는 예술의 가벼움을 논하고, 〈퍼스널 쇼퍼〉가 스마트폰을 통해 죽음을 애도하는 시대의 자화상을 그린 것처럼 〈논-픽션〉은 테크놀로지가 지닌 양면적 의미를 짚어낸다. 어느 한쪽에서는 지나친 디지털화로 우리 삶이 후퇴했다고 주장하고, 다른 한편에선 오히려 삶의 저변이 된 네트워크가 소통의 벽을 허문다고 평한다. 디지털 시대에 여전히 종이책을 찾는 이가 있고, 아날로그는 다시금 취향의 산물로 주목받는다. 과거와 미래가 뒤섞인 현재의 과도기는 혼란스럽지만, 그 자체로 좋은 이야깃거리다. 어쩌면 질문에 답을 구하기보다 질문 그 자체가 핵심일지도 모른다. 관성처럼 흘러가는 일과에 제동을 걸고 다시금 삶이 부딪친 모순을 되짚어 볼 때 비로소 디지털 시대도 재정의할 수 있을 것이다.

〈논-픽션〉의 가장 큰 재미는 올리비에 아사야스가 쉼 없이 포개놓은 대사의 향연이다. 프랑스를 대표하는 명배우들은 마치 어제 술집 한 귀퉁이에서 본 사람들처럼 자연스럽게 대화를 나눈다. 아사야스는 스펙터클이 영화의 모든 게 되어버린 요즘 드물게 영화가 삶에 끼치는 영향을 시험하는 감독이다. 〈논-픽션〉은 대체로 어두운 분위기였던 감독의 전작과 달리 욕망에 충실하고 어느 자리에서건 삶을 되묻는 프랑스적 삶을 코믹한 분위기로 펼쳐놓는다.

서울을 걷는 영화들

×

서울에서는 운전이 버겁다. 비좁은 골목길은 주차하기 버겁고 꽉 막힌 도로에 서면 식은땀이 흐른다. 그래서 역설적으로 서울은 걸을 때 살 만한 도시로 탈바꿈한다. 주말 오후 선선해질 무렵 이어폰을 귀에 꽂고 꽉 막힌 차로를 굽어보자. 걸을 때야 비로소 보이는 것들이 있다. 지금 소개하려는 세 영화는 종일 걸어 다니며 각기 다른 서울을 담아낸다.

〈멋진 하루〉

스모키 화장을 한 희수(전도연)는 옛 남자 친구 병운(하정우)을 보러 경마장을 찾는다. 별다른 직업도 없이 이리저리 전전하던 병운은 의아한 얼굴로 그녀를 마주한다. 잔뜩 날이 선 희수는 병운에게 다짜고짜 돈을 내놓으라며 으름장을 놓는다. 1년 전에 헤어진 두 남녀는 이처럼 어처구니없이 재회한다. 난데없는 빚 독촉에 병운은 당황하지만, 희수는 막무가내다. 티격태격하던 두 사람은 결국 함께 돈을 꾸러 다니기로 한다.

일본 작가 다이라 아즈코의 동명 소설을 원작으로 한 이윤기 감독의 〈멋진 하루〉는 서울을 배경으로 한 로드무비다. 종일 눈에 익은 거리를 누비며 다양한 이를 만난다. 담배를 멋스럽게 피우는 여성 사업가, 고급 아파트에 사는 호스티스, 형편이 넉넉지 않은 대학 후배, 연락이 끊긴 사촌까지. 심기가 불편한 희수와 달리 그녀의 은색 승용차를 얻어 탄 병운은 태연자약하다. 병운은 시종일관 웃는 얼굴로 너스레를 담보 삼아 쉽게 돈을 꾼다. 희수는 집도 절도 없이 떠돌아다니는 옛 연인을 보며 복잡한 상념에 젖는다.

영화에서 공간 전환은 대부분 차로 이뤄진다. 하지만 두 사람이 감정을 드러내는 순간은 길을 걷다 문득 멈춰 설 때다. 서울 곳곳에 묻은 두 사람의 흔적이 미처 의식할 새 없이 스친다. 삼각지 근처에 자주 갔던 식당과 부암동 어느 버스정류장에서 우산을 나눠 쓴 기억이 아련하다. 가슴 아팠던 이별은 한남동의 한 햄버거 가게에서 손을 씻다 문득 틈입한다. 영화는 용산을 지나 이태원과 종로 뒷골목까지 거닐며 그들의 기억에 얼핏 기웃거린다.

〈멋진 하루〉의 매력은 애매모호함이다. 멜로 영화처럼 다시 뜨겁게 사랑하지도, 로맨틱 코미디처럼 죽일 듯 싸우다가 느닷없이 키스하지도 않는다. 그저 어떤 하루가 지나갔을 뿐이다. 서울은 부지런히 걷는 두 사람 곁에 우두커니 서 있다. 영화는 이 삭막한 도시가 때론 그 익숙함에 위로가 될 수도 있다고 말한다. 그 증거로 볼 일을 마친 두 사람은 기약 없이 헤어졌지만, 운전대를 톡톡 두드리던 희수는 사라진 병운의 자취를 한동안 놓지 못한다.

돈을 받으러 다니는 그들의 걸음이 경쾌해 보이는 이유는 음악의 몫이 크다. 다소 각박해 보이는 서울을 부드럽게 감싸주는 재즈 선율이 인상적이다. 국내 퓨전 재즈 밴드 푸딩Pudding 김정범의 오리지널 스코어는 탁구 복식조처럼 호흡이 척척 맞는 두 배우와 함께 멋진 앙상블을 만든다.

〈최악의 하루〉

서촌을 걷던 은희(한예리)는 우연히 길을 잃은 료헤이(이와세 료)를 안내하며 가까워진다. 잠시 커피를 마시며 복잡한 생각을 잊어가던 은희는 급히 남자 친구 현오(권율)의 연락을 받고 남산으로 향한다. 아침드라마에 출연하는 연예인 현오는 온갖 허세를 떨며 화를 돋운다. 설상가상으로 그녀의 SNS를 보고 찾아온 헤어진 연인이자 유부남인 운철(이희준)을 만나 고약한 말을 듣는다. 최악으로 치닫는 그녀의 하루는 어떻게 마무리될까.

영화는 짤막한 산문을 읽는 기분을 안겨준다. 어느 장을 펼치면 일기처럼 감정적이고, 다른 장으로 훽 넘기면 시처럼 산뜻하다. 운율이 없이도 머리를 질끈 묶은 은희의 부지런한 걸음걸이가 리드미컬한 기분을 안긴다. 최악의 하루는 서촌에서 남산으로 이어지는 아기자기한 풍경이 싱그럽다. 감독 김종관은 기획 단계부터 이 영화를 걷는 영화로 생각했다고 밝힌 바 있다. 낯선 남자와 만나 설렘에 말을 더 듬고, 오래된 연인에겐 익숙함과 권태를 헷갈리는 은희의 감정은 자리를 박차고 나간 걸음걸이에 선명히 새겨져 있다.

은희는 한국 영화에서는 보기 드문 지질하고 감정이 너저분한 여성이다. 그녀는 세 남자 사이에서 고통받는 듯 보이지만 그저 곤경을 모면하기 위해 분주할 뿐이다. 은희는 남자들의 거짓말에 분노하지만, 그녀 역시 입에 침도 바르지 않고 거짓을 뱉긴 마찬가지다. "저는 당신이 원하시는 걸 줄 수 있어요. 하지만 그건 진짜가 아닐 거예요. 진짜가 무엇일까요. 사실 다 솔직했는걸요." 은희의 능청스럽고 사뭇 당당한 태도는 거짓을 연기하는 연극배우라는 그녀의 직업과 조응한다. 한예리의 천연덕스러운 연기가 시종일관 코믹해 심각하기보다는 유쾌하게 극을 이끈다. 거기에 김종관이 포착한 미세한 일상의 조각들이 우디 앨런을 연상시키는 재즈풍 연주곡과 만나 멋들어지게 어울린다.

신선한 바람이 부는 남산 풍경과 비좁은 골목길에 아기자기하게 자리 잡은 서촌과 익선동의 카페들이 사랑스럽다. 김종관 감독은 단편 〈폴라로이드 작동법〉부터 장편 〈더 테이블〉까지 인물의 대화 사이로 비어져 나온 감정을 포착하곤 했다. 그는 기억과 풍경, 계절과 사람, 그 모든 아름다움, 혹은 외로움처럼 일상에서 건져 올린 특별한 순간을 영화에 녹인다. 은희의 하루는 누군가 알아봐 주지 않았다면 길 위에서 뒹굴다 사라져버렸을지도 모른다. 하지만 우후죽순 피고 진 관계 속에도 위안은 있게 마련이다. 작은 골목길 어스름한 저녁 빛과 다정스럽게 사라지는 가로등 불빛처럼 소곤거리는 감정에 지친 마음을 의탁한다.

〈북촌 방향〉

대구에 있는 대학에서 강의하는 성준(유준상)은 며칠간 서울에 머문다. 말은 선배 영호(김상중)를 만나고 커피나 마시다 내려가겠다지만 어쩐지 속내는 달라 보인다. 북촌 일대를 거닐며 여배우와 우연히 세 번 마주치고, 고갈비와 막걸리를 마신 후 만취한 채 옛 애인 예전(김보경)을 찾아간다. 얼마나 시간이 지났을까. 어렵사리 성준과 그가 아끼는 후배 보람(송선미)을 만나 북촌 초입에 위치한 '소설'이라는 술집에서 밤을 지새운다. 그 자리에 성준의 첫 영화 주인공이었던 중원(김의성)과 옛 애인과 꼭 닮은 술집 주인(김보경)이 합류하며 이야기는 오리무중에 빠진다.

홍상수의 열두 번째 영화 〈북촌방향〉은 선비의 시처럼 묘하다. 반복과 차이를 만드는 구조에서부터 즉흥 연주처럼 이어지는 대사가 독특한 울림을 자아낸다. 별다른 서사가 없다는 점에서 홍상수 여타 작품과 다를 바 없지만, 시간의 선형성을 무너뜨리는 구조가 도드라진다. 영화를 다 보고도 이야기를 종잡을 수 없고, 얼마나 시간이 흘렀는지 예측할 수 없다. 오로지 잔상처럼 남은 건 북촌이라는 공간성이다. 우연에 기댄 플롯은 인과의 사슬에서 벗어나 성준이 걷는 골목에 다다른다. 성준은 몇몇 장소를 유령처럼 부유하며 속출하는 우연에 반응할 뿐이다. 우리는 매일 출퇴근을 하고 동네 어귀를 산책하며 관성처럼 하루를 흘려보낸다. 마치 우로보로스 문양처럼 제 꼬리를 물어 좀먹는 기분을 가질 때도 있다. 하지만 눈을 비비고 보면 비루한 하루에도 미세한 차이는 있게 마련이다. 홍상수의 북촌방향은 북촌을 부지런히 걸으며 우연과 반복이 진자 운동하는 생의 신비를 포착한다.

이 글은 인디포스트에 기고한 글입니다.

30

그들 각자의 사무실

09년 뉴욕, 추운 겨울날 허드슨강에 여객기가 불시착한다. 기체가 새 떼와 충돌한 탓에 엔진이 다 타버린 상태였다. 추락 직전 관제탑은 회항을 명령했지만 노련한 기장 설리는 이를 어기고 뉴욕 한복판으로 조종간을 튼다. 다행히 승무원의 침착함과 해양구조대의 즉각적인 대처로 모두 무사했다. 마치 동화 같은 이야기지만 미정부는 이를 엄연한 사고로 규정한다. 사건 이후 미국 교통안전위원회는 조종사를 비롯한 비행 과정 전체를 치밀하게 조사한다. 그들은 기적을 믿지 않았고 오히려 설리가 시스템을 이탈해 생긴 위험도를 측정한다. 한 개인의 영웅적 행위에 도취하기보단 시스템을 진단하는 수고다.

〈설리: 허드슨강의 기적〉은 2016년 말에 개봉한 작품이다. 여전히 대참사의 여파에 시달리던 내게 적지 않은 영향을 끼쳤다. 난 미국 사회하면 총기 소지에 따른 범죄와 부패한 물질주의를 떠올린다. 탐욕스럽고 제멋대로인 합중국은 고고한 유럽과 달리 천박하다는 편견이 있다. 하지만 〈설리〉를 보고 나면 미국이 인류에 기여한 바를 새삼 깨닫게 된다. 미국 수정헌법 제1조는 자유를 향한 예찬이다. 그들은 이 권리를 수호하기 위해 철저한 시스템을 구축했다. 미국은 기적과 온정을 믿지 않는 집단이다. 영화는 면밀한 개개인이 어떤 방식으로 사회의 빈틈을 메우는가에 집중한다. 그들의 주도면밀함은 명백한 우월이며, 눈꼴 실 정도로 아름다운 국가라는 체제의 작동이다.

2002년 보스턴, 지역 성직자가 30여 년간 수많은 아동을 성추행한 혐의에 몰린다. 하지만 가톨릭 교구는 쉽사리 사건을 무마한다. 지역 신문인 보스턴 글로브는 새로운 편집장을 기점으로 이 사건을 탐사 보도하기로 한다. 영화 〈스포트라이트〉는 지역사회 카르텔이 한 언론사에 의해 해체되는 과정을 차분하게 훑는다. 거짓과 위선을 폭로하는 언론사의 모험담은 요즘엔 그 자체로 신화다. 가짜 뉴스라는 말이 공공연해진 최근 보도는 사실관계 확인 없이 기사 한 줄도 믿기 어렵다. 언론사들의 클릭 장사에 날조한 보도가 낭자하다. 〈스포트라이트〉는 〈설리〉처럼 실화를 바탕으로 한 영화다. 이제는 먼지만 쌓인 언론윤리를 들춘다. 영화 속 기자들은 점진적 취재를 통해 진실에 접근한다. 저널리즘이 사회 문제를 취재하고 공공의 논의에 회부

한다. 편집장은 신부 한 사람이 아닌 교단 전체를 겨냥한다. 기자가 단일 사건 보도를 밀어붙이면 팀장은 뼈대를 잡으라고 타박한다. 감정은 최대한 억누르고 서서히 먹잇감을 향해 다가간다. 〈설리〉가 미국이라는 시스템을 조망한다면, 〈스포트라이트〉는 미 헌법이 보장하는 언론 자유의 구현을 실현하는 사례에 가깝다.

〈스포트라이트〉는 형식에서 두드러지는 바가 없다. 스타일을 누르고 지반을 다져 연출이 평이하다. 영화가 말하고자 하는 바가 '저널리즘' 그 자체이기 때문이다. 취재진의 멈추지 않는 진실 추구를 향한 움직임은 언론 자유의 부속물이다. 그 누구도 도드라지지 않고 궤도를 돌며 자신의 직무와 맞물린다. 마치 볼트와 너트가 맞춰지듯 정갈하다. 영화의 정점은 악을 폭로하는 순간에 있지 않다. 절차를 밟아 추스른 기사가 실린 신문이 인쇄되고 트럭에 실린 채 신문사를 떠나는 순간이다.

2019년 서울, 출근길에 어제 본 영화가 떠오른다. 〈스포트라이트〉의 탐사보도 팀 사무실의 친숙한 정경. 추레한 옷을 걸친 그들은 여느 직장인과 다르지 않다. 전화가 바삐 울리고 글자가 모니터에 빼곡하다. 비단 언론사가 아니더라도 나 역시 사무실에서 비슷한 아침을 맞는다. 파티션을 벗 삼아 메일함을 열며 커피를 따른다. 관성으로 말미암은 일과의 연속. 침묵을 선호하는 마음으로 맞는 회의. 업무 곳곳에 파헤치고 뒤엎지 못한 관행이 즐비하다. 하지만 퇴근을 위해서 심란한 마음을 묵힌다. 고민 없이 흘려보낸 하루는 불현듯 침대에 몸을 뉘었을 때 불편한 마음으로 찾아온다. 미세한 파열음을 외면하고 보낸 밤이 얼마던가. 요즘 지하철에선 신문을 펼치는 이가 드물다. 문자의 가치가 사멸해가는 이때, 난 강박처럼 주위를 두리번거리며 글을 찾는다. 서점에 들러 책장에 손을 뻗어 뭐라도 읽는다. 늘 읽으면서도 뭔가 놓치고 있다는 기분을 떨치지 못한다. 현대인이 앓는 신경증의 대부분은 자문하지 못해 생긴다. 시대의 소음에 뒤섞여 자성을 잊는다. 〈스포트라이트〉가 내 폐부를 찌른 건 기자정신 따위가 아니다. 직업윤리가 삐걱거리는 출근길의 뼈아픔이다.

'좋은' 사람과 좋은 '이야기'

×

평소 밝고 긍정하는 사람을 미심쩍어한다. 별난 이유가 있는 건 아니고 긍정주의라는 이데올로기에 휩싸인 사회에 반감을 갖는다. 철학자 한병철의 말처럼 20세기가 무엇을 하면 안 된다고 손사래 치는 금지의 시대였다면, 요즘은 뭐든 해야 한다고 스스로 옥죄는 자기 착취의 도시를 살고 있다. 긍정은 그 자체로 좋지만 의심하고 회의하는 자를 배척하는 분위기는 우려스럽다. 미소를 머금고 진취적인 자세로 뭐든 척척 해내는 사람만이 인정받는다면, 염세와 냉소의 가치는 소멸할 것이다. 회의하고 의심하길 주저하지 않는 난 긍정의 사회에서 눈치나 보다 꽁무니를 뺀다.

책과 영화를 볼 때도 비슷한 생각을 한다. 계몽적인 영화를 볼 때

마음은 개운하다. 온갖 인간사의 갈등을 깨달음이라는 깔때기로 오므리니까. 미처 돌아볼 새 없이 모두가 납득할 만한 결론을 향해 주저 없이 치닫는다. 이런 작품에선 눈앞의 난관이란 그저 극적인 반전을 위한 도약대일 뿐이다. 진실, 정의, 소통과 같이 듣기만 해도 굽은 등이 펴지는 가치를 숭배한다. 쉬운 깨달음과 반성엔 망설임이 없다. 하지만 이런 단선적 메시지는 입체감이 모자란다. 마치 자기계발서를 읽듯 현실의 척박함을 외면한 채 능청을 떠는 꼴이니까. 어쩌면 좋은 이야기란 '세상은 네 생각처럼 그렇게 단순하지만은 않다'는 태도에 있을 것이다. 역사의 터널을 통과해 살아남은 고전 문학이 그리도 어려운 이유도 역시, 열띤 긍정의 유혹을 이겨낸 사색의 결과일 테니까.

영화 〈증인〉은 밝고 따듯한 영화다. 한때 민변 출신이었던 변호사 순호는 현재 대형 로펌에서 일한다. 한 사건을 맡으면서 범행 목격자인 자폐증 소녀 지우와 만난다. 지우는 살인사건을 목격하고 용의자를 지목하는데, 순호는 그녀를 통해 사건의 실마리에 접근한다. 영화는 세월의 풍파에 쫓기다 끝내 갈피를 잃은 성인, 학생들에게 따돌림당하는 장애인 소녀라는 소재로, 이 도시에서 갈피를 못 잡고 헤매는 두 사람이 세상과 화해하는 광경에 햇살을 비춘다. 성실한 연기를 펼친 배우들이 믿음직스럽고, 군더더기 없는 각본도 무난하다. 무엇보다 혹여나 내쳐진 사람이 없나 꼼꼼하게 살피는 따듯한 마음이 있다. 관객에 어느 짐 하나 맡기지 않으려고 신경 쓴 연출이 가진 힘이다. 이렇게 잘 차려진 밥상을 받고 나면 '웰메이드'라는 말을 떠올리게 된다. 하지만 영화를 보고 돌아오는 지하철에서 난 미심쩍은 기분이 들었다.

'전형성'이라는 낱말엔 게으름이라는 숨은 속뜻이 있다. 모두가 기대하는 귀결을 맞는 영화에서 복잡한 상념에 젖을 기회란 없다. 좋은 영화를 봤다고 스스로 다독여도 끝내 기억에 둥지를 틀긴 어렵다. 프랑스어인 '캠프Camp'란 기교를 통해 비자연적이거나 조악한 피사체를 즐기는 예술 사조다. 과장된 방식으로 자세를 취하는 연극배우를 떠올려보라. 예술작품을 볼 때도 '캠프적인' 뭔가를 의식할 때가 있다. 또렷하게 드러난 주제와 세상은 나아지고 있다는 식의 낙천성. 마치 앤디 워홀의 작품처럼 네온사인이라도 달린 듯 빛을 내뿜는 삶의 환희. 영화 〈증인〉에 등장하는 모든 사람은 마치 돋을새김을 품은 듯 유난히 착하다. 착한 일을 한 소녀는 행복을 쟁취하고, 뭔가를 깨달은 변호사는 뉘우치고 나아간다. 세상을 가지런히 정돈하려는 플롯엔 아무리 봐도 음습한 구석 하나 없다. 긍정을 강요하는 사회처럼 과장된 깨우침에 하품이 난다. 착한 사람은 좋은 사람일지 모르지만, 착한 이야기가 좋은 이야기가 되긴 어렵다.

낭만이 머물던
익명의 공간

×

금요일 늦은 저녁 집 앞에서 〈버닝〉을 보았다. 이번 주 개봉 영화치고는 극장은 한산한 편이었다. 좌석 중간쯤 앉아 허기진 배를 편의점에서 산 빵과 우유로 달랬다. 드물게 나처럼 혼자서 영화관을 온 사람들이 보였다. 이제는 어딘가에 혼자 있는 것에 익숙한 사람들이 든든하다. 마치 독서처럼 영화 역시 지극히 사적인 경험임을 의식할 수 있다. 1997년 PC 통신으로 만난 요즘 연인들의 풍속도를 세련되게 연출한 영화 〈접속〉을 기억하시는지. 이 영화의 시작과 끝은 서울 종로 3가의 피카디리 극장(지금은 피카디리 CGV다) 앞을 비춘다. 전도연은 비 내리는 날 혼자 극장에서 영화를 본다. 혼자 보러 왔다는 사실을 다른 이들에게 들키지 않도록 불이 켜지기 전에 슬그머니 나와

버린다. 당시만 하더라도 뭔가를 혼자 한다는 것이 남들의 눈을 의식해야 하는 행위였다. 혼밥, 혼술 등 다짜고짜 '혼' 자를 붙이며 홀로 되기를 유세하는 지금과는 다른 형상이다. 내겐 북적이는 도심에서 드물게 고독할 수 있는 극장마저 혼자일 수 없다면…… 갈 곳이 없다. 내게 극장이라는 암흑의 카타콤은 제한된 보폭이 유일하게 확장되는 영역이다. 몸을 뒤로 기대고 모르는 세상을 받아들인다. 뻔한 인생이 놓쳐버린 무수한 가능성을 타진하듯, 영화는 회한이라는 그물에 매달려 대롱거린다.

포크너 같은 작가가 되길 희망하는 종수는 아르바이트로 택배 일을 하고 밤에는 글을 쓴다. 비록 싱크대 옆에 변기가 붙어 있는 허름한 방이지만 개의치 않는다. 그에겐 노트북을 열고 이야기를 만들어낼 자기만의 공간이 절실했다. 종수에게 고향 집은 늘 벗어나고 싶은 곳이었다. 성마른 기질에 시도 때도 없이 화를 참지 못하고 일을 망치는 아버지. 그런 남편을 피해 일찍이 집을 나간 어머니. 때 이른 결혼으로 종수의 인생에서 사라진 누나. 종수는 성인이 되자마자 집에서 나와 자취방에 둥지를 틀었다. 가까스로 대학은 졸업했지만 밀린 학자금 대출과 막혀버린 취업 길은 담보할 수 없는 걸음을 불렀다. 종수에겐 아직 세상이 미스터리 덩어리 그 자체다. 해결 불가능한 문제에 아무런 답을 주지 않는 신은 의식할 수 없다. 거칠게 쌓아 올린 잿빛 도시는 난제를 암시하는 형상으로 비친다. 달동네 어두침침한 방에서 서울 시내를 바라보는 소년의 뒷모습은 이 영화가 내디딘 시선이다.

종수는 느닷없이 자신 앞에 나타난 해미를 사랑한다. 하루 벌어 하루 살기는 마찬가지인, 가족과 떨어져 사는 것이 속 편한 것도 다름없는 두 사람은 급속도로 가까워진다. 두 사람의 관계는 자신들에게 없는 것을 잊는 것이다. 음식이 있다는 것을 잊으면 배가 고프지 않듯, 고양이가 이 집에 살고 있음을 잊어버리면 외롭지 않을 수도 있을 것이다. 두 사람은 어릴 적 친구라는 유대감을 가지지만, 정작 그 유대를 이뤄낸 시간을 기억할 수 없다. 해미는 종수가 어릴 적 우물에 빠진 자신을 구해줬다고 말하지만, 종수에겐 없는 기억이다. 어릴 적 두 사람이 나눈 유일한 대화는 종수가 해미에게 기습적으로 던진 '넌 너무 못생겼어'라는 한 마디뿐이다. 그 기억은 해미에겐 상처로 남아 각인되었고, 망각하길 서슴지 않는 종수는 그녀 입술의 옅은 온기에만 온통 관심이 쏠려 있다.

영화 〈버닝〉을 보고 나면 세 명의 대문호를 떠올리게 한다. 윌리엄 포크너, 무라카미 하루키, 그리고 스캇 피츠제럴드. 포크너는 이 영화의 화자인 작가 지망생 종수와 겹쳐진다. 극 중에서 종수는 포크너의 소설을 좋아하는 이유로 자신의 삶을 연상하게 하는 지점이 있다고 말한다. 이 대사는 포크너의 소설 중 「Barn Burning」(「헛간 타오르다」, 『윌리엄 포크너 단편집』, 현대문학, 하창수 역)을 자연스럽게 불러

온다. 헛간 방화를 통해 신흥 귀족에 대항하는 가난한 백인들에 관한 이야기다. 종수는 저항이라고 할 만한 무엇도 할 수 없는 처지다. 기득권에 항거하기는커녕 본인의 거처를 특정할 수 없는 처지다. 종수는 겨우 꿈속에서야 비닐하우스(헛간)를 태운다.

해미는 그동안 모은 돈으로 여행을 간다. 방에 사는 고양이를 종수에게 부탁하고 아프리카로 떠난다. 몇 달의 시간이 그림처럼 침묵 속에 흘러간다. 그 사이 아버지는 또 사고를 쳐서 재판을 받고 있다. 아버지가 부재한 집에 방치된 송아지를 처분하기 위해 그토록 싫었던 고향 집에 방문한다. 글 쓸 시간이 도무지 나질 않는다. 아니, 무엇을 써야 할지 알 수 없다. 영화에서 종수가 글을 쓰는 장면은 아버지의 탄원서를 대필할 때뿐이다. 그가 글로 인정받는 유일한 사람은 종수가 벗어나려고 안간힘을 썼던 고향 마을의 유지다. 종수의 머리는 복잡하다. 구직도 해야 한다. 의지할 곳 없는 소년에게 생계는 감당하기 버거운 고난이다. 그보다 더 가혹한 건 본인이 해미를 사랑함을 깨닫는 것이다. 마치 해미의 부재가 자신이 미처 눈치채지 못했던 마음의 허공을 응시하는 것처럼 아프다.

이 작품에서 또 하나의 축을 이루는 것은 무라카미 하루키의 원작 「헛간을 태우다」이다(영화의 개봉에 맞춰 문학동네는 『반딧불이』라는 소설집을 통해 이 소설을 재발간했다). 영화를 본 이후 서점에 가서 이 작품을 바로 읽었다(책은 안 샀다). 이 짧은 이야기의 거의 모든 모티브는 영화에 대부분 인용되었음을 알 수 있었다. 소설에서 헛간은 물리적으로 타지 않는다. 소설에서 전소되는 것은 한 사내의 정신머리다. 그럭저럭 살고 있던 한 남자는 한 여자의 실종으로 자아의 함몰을 경험한다. 이는 종수가 처한 상황과 비슷한 선상에 있다.

해미가 돌아왔다, 벤이라는 남자와 함께. 이 남자의 정체는 모호하다. 지독한 부자인 것 같기도 한데, 도대체 젊은 나이에 어떻게 저런 부를 거머쥐었는지 알 수 없다. 그는 개츠비처럼 의심스러운 부를 과시한다. 파티를 열고, 사람들을 초대하여 요리한다. 종수는 벤이라는 남자 앞에서 어떤 표정을 지어야 할지 모호하다. 해미와 단둘이 있고 싶은데, 뭔가 얘기를 건네고 싶은데 늘 벤과 함께 있는 해미를 봐야만 한다. 유리구슬처럼 손에서 미끄러지기만 해도 깨져버릴 것 같은 해미는 단 하나뿐인 친구 종수 대신 벤과 함께 산다.

종수 앞에 불쑥 나타난 벤은 '위대한'보다는 '부유한' 개츠비에 가깝다(Great Gatsby에서 great는 '부유한'으로도 해석이 가능하다). 근본 없는 이 부유한 남자는 하는 일도, 정체도, 목적도 알 수 없다. 극을 이끌어가는 미스터리의 핵심이자 데이지(해미)의 온 맘을 앗아가는 부유한 선비다. 그가 종수 앞에 포크너의 단편집을 들고 나타났을 때 포크너와 스캇 피츠제럴드는 갑작스레 만난다. 〈버닝〉은 이처럼 세 대문호가 지닌 특질과 이미지, 문학의 장력이 넘실거리는 작품이다. 포크너 문학의 무력감, 피츠제럴드의 허무주의와 연정, 하루키 특유의 메타포가 그득하다. 문학의 모호함을 적극적으로 수용하며, 서사의 빈 곳을 매혹적인 하늘과 서정적인 음악으로 채운다. 이는 내게 독서 체험의 확장으로 느껴졌다. 영화가 문학을 수용하고, 서사의 빈 틈으로 문학이 미처 포괄하지 못한 정서를 불어오는 경험이다.

종수는 해미를 상실한 기분에 어찌할 바를 모른다. 집필은 여전히 미진하고, 늘 헛헛한 마음에 시달린다. 그러던 어느 날 해미는 벤과 함께 종수의 시골집(영화에서는 민통선에 근접한 파주의 한 마을)으로 불쑥 찾아온다. 해미의 고향이기도 한 종수의 고향 집은 그 자체로 잔혹했던 과거를 부르는 '메타포'다. 이곳에서 시작된 이야기는 이제 이곳에서 끝을 내려고 한다. 가끔 포르셰를 타고 시골의 헛간(비닐하우스 혹은 축사)을 태우는 취미를 가진 벤과 다시 죽고 싶다는 욕망을 상기하는 해미. 그런 그녀를 사랑하는 종수는 이 어둡고 깊은 우물을 차마 메우지 못한다.

벤은 종수에게 모욕적인 사람이다. 그가 선사하는 윤택한 삶의 전시는 도식적이고 지극히 전형적이다. 파스타를 삶으며 음악을 듣고, 파티를 열어 친구들과 지적 허영을 나누는 모습에서 알 수 없는 삶의 훼손을 감지한다(눈치챘겠지만 지극히 하루키스러운 인물이다). 벤은 종수에게 늘 친절하고, 종수를 불러 손수 요리해 먹이고, 그의 집을 찾아 술을 사준다. 이유를 알 수 없는 모욕감은 어디에서 기인하는 걸까. 종수의 복잡한 현실에 대비되는 열등감일 뿐일까. 빈집이 지천으로 깔려 있고, 인적이 드문 시골의 석양은 얼마나 아름답던가. 도시의 빼곡한 밀도를 제쳐두고 그곳에서 새처럼 춤을 추는 해미는 어디로 사라진 걸까. 청년들이 도시로 떠나버린 버려진 집에는 죽음을 기다리는 노인들이 작게 숨을 내쉬고 있다. 이곳에 페라리를 몰고 나타난 벤은 쥐도 새도 모르게 불을 지르고 사라진다. 그건 물리적인 방화가 아닌 정신적(혹은 상징적)인 훼손에 가깝다.

이창동은 연출하는 영화마다 매번 해독 불가한 딜레마를 던져주었다. 답은 고사하고 그 질문들에 숨이 막혀 미동조차 할 수 없게 몰아세웠다. 이창동은 지금의 청년들을 보며 어떤 생각을 했을까. 한심한 잔소리일까, 의심스러운 눈초리인가. 조롱하고 싶었던 걸까, 연민에 가득 찬 탄식일까. 이 세상은 너희가 생각하는 것처럼 단순하게 돌아가지 않는다고. 세상은 온통 질식할 것 같은 질문들의 연쇄작용일 뿐이라고. 그렇게 속 편히 웃다가 곤경에 빠질 게 분명하다며. 난 〈버닝〉이 언어로는 근접할 수 없는 곳에 이르는 게 좋았다. 극장을 나서는 발걸음이 의뭉스러운 기분에 휩싸였다. 누군가 왜 영화를 보냐고 묻는다면 한 번쯤 떠올리게 될 질문을 마주했다.

그땐
미처 알지 못했지

당연한 말이지만, 앞날에 무슨 일이 생길지 알 수 없다. 내가 국민학교를 다니던 시절엔 초등학교를 졸업할지 몰랐던 것처럼 말이다. 그저 막상 닥쳤을 때 애써 적응하며 아 이렇게 변해가는구나 읊조릴 뿐이다. 초등학교 시절 내가 울며 뒤로했던 서태지가 떡하니 돌아와 결혼도 하고 애도 낳을 줄도 몰랐다. 신격화가 깨어진 영웅을 보는 것만큼 시간이 애석해질 때가 있을까. 비루한 하루, 따분한 TV, 빌어먹을 인스타그램. 앞날은 알 수가 없다.

비슷한 예로 송강호라는 배우가 있다. 처음 송강호를 본 건 아마도 1990년대 중반 이창동 감독의 영화 데뷔작인 〈초록물고기〉였을 것이다. 깡패로 등장한 그는 이상한 제스처와 말투로 내 눈길을 확 끌어

당겼다. 단순히 웃기는 배우가 아닌 '아, 저건 정말로 칠성파든 서방파든 제대로 된 깡패를 캐스팅했구나!' 감탄했던 기억이 있다. 당대 최고의 스타였던 한석규를 다짜고짜 쥐어패고는 경박스럽게 웃는 그 첫인상의 강렬함이란. 이후 얼마 못 가 각목으로 뒤통수를 맞고 피를 철철 흘리며 쓰러졌지만, 작품 내내 그의 잔상이 떠나지 않았다.

조금 더 시간을 거슬러 가면 홍상수 감독의 불세출 데뷔작 〈돼지가 우물에 빠진 날〉의 한 장면을 떠올린다. 우연히 과거 대학 동창인 의성과 만나 담배를 피우며 안부를 묻던 그 친구. 뭔가 야비해 보이는 웃음을 짓던 그에겐 몇 마디 대사도 없는 쓸쓸한 출현이었다. 순수예술, 시대의 변혁이라는 화두를 지나 돈과 세속이 도시를 싸고돌 때 기민하게 움직일 줄 알아 여기까지 버텨온 그런 사람처럼 보였다. 그 특유의 제스처와 말투만으로도 그런 짐작을 불러일으키는 사람이었다. 기괴한 극의 분위기 속에서도 난 저 배우는 어떤 인생을 살았을까 궁금해졌다. 작은 단역이었지만 지금은 너무도 친숙한 송강호의 얼굴이 한국 영화판에 등장한 결정적인 순간이다.

그러니까 송강호가 90년대 후반 송능한 감독의 〈넘버 3〉의 깡패로 등장하기까지, 이상한 말투로 스타가 되기까진 그의 미래를 예측할 수 없었던 몇몇 장면이 있었다. 마치 파편처럼 흩어져 있지만 이제 시간이 지나 그의 과거를 이리저리 그러모아 의미를 부여한다. 그는 뭔가 달랐다며 이마를 '탁' 친다. 시간이란 게 그런 건가 보다. 결과론으로만 말하는 야구 해설자처럼 무력하다.

송강호가 대중들의 입에 오르내리기 시작했을 땐, 벌써 봉준호, 박찬욱, 김지운 등 주류 감독의 페르소나로 자리 잡고 있었다. 2013년, 가슴 설레는 풍경이 아닐 수 없다. 나는 〈올드보이〉 〈반칙왕〉 〈살인의 추억〉을 보며 충무로 키드가 되었으니 감회가 남다르다. 지금까지 이들은 현재 한국 영화의 거역할 수 없는 존재감이 되었고, 그 과정엔 송강호라는 얼굴을 거쳐간 수많은 몽타주가 존재한다.

어제 김지운 감독의 신작 〈밀정〉을 두 번째로 봤다. 처음엔 스토리에 집중해서 보았고, 두 번째는 송강호라는 사람의 연기를 즐기고 싶었다. 그의 표정, 말투, 제스처, 걸음걸이까지 보고만 있어도 좋았다. 간단하게 줄거리를 살펴보고 넘어가자. 일제강점기를 배경으로 한 영화답게 시작부터 총질이 시작된다. 종로경찰서에 폭탄을 투여한 의열단원 김상옥(박희순 분)을 끝내 포위한 총독부 경감 이정출(송강호 분)은 그를 회유하기에 이른다. 과거의 친구, 죽이고 싶지 않았을 터. 하지만 그를 쥐새끼라 칭하는 상옥에게 정출은 이내 실망한 듯 우선 살 것을 권한다. 그는 어쩔 수 없이 끝내 항복을 거부하는 친구를 저버린다. 영화의 중반 또 다른 의열단원 우진(공유 분)과의 술자리, 정출은 경부로 살기까지 과거의 일을 얘기하다 말고 이런 말을 한다. 사내는 자기를 알아봐 주는 사람에게 목숨을 바친다며, 친일파가 아닌 한 조직의 일원으로서 그저 입에 풀칠할 뿐이라고. 그는 조직과 생계라는 당위를 통해 죄의식을 씻고 싶어 술 한 잔마다 변명을 늘어놓는다. 조선과 일본 사이의 회색지대를 사는 이정출의 옆모습이 드러나는 장면이다. 그때마다 송강호는 속내를 읽을 수 없는 허스키한 말투와 표정으로 화면의 장력을 조정한다.

이정출은 조선이 독립할지 예상할 수 없었다. 의열단장 정채산(이병헌 분)이 그에게 도움을 청했을 때, 그는 그저 이 일들(의열단이 폭탄을 경성으로 반입하는 행위)을 묵인하면 되리라 생각했다. 취기인지, 상옥에 대한 미안함 때문인지, 치고 들어오는 후배에 대한 견제 때문인지 어떤 이유에서인지 몰라도 이정출은 모호하게 처신한다. 이어 정출의 과거(한국인, 의열단원과의 친분)를 문제 삼아 늘 의심의 눈초리를 거두지 않던 총독부장 히가시는 그를 감시할 인원을 추가로 배치함으로써 이정출을 더욱 옥죈다.

김지운 감독은 의열단원들을 영웅화시키는 작법에는 관심이 없다. 친일과 애국을 동시에 취해 회색지대에 머물길 원했던 이정출의 태도가 영화의 포인트다. 이는 에스피오나지 장르를 한국적으로 비틀려는 김지운이 택한 연출적 야심이다. 여기엔 두말할 것도 없이 이도저도 아닌 입장을 연기해야 하는 송강호가 있다. 이 캐릭터는 굳이 뭔가 하지 않아도 내면에서부터 갈등이 끓어오르는 방식으로 연기해야 마땅하다. 마치 〈팅커 테일러 솔저 스파이〉의 게리 올드먼이 연기한 노쇠한 요원 스마일리의 무심한 얼굴을 떠올리게 하는 지점이 있다. 정출은 조직의 논리를 믿었지만, 그에겐 친일과 애국이라는 코드가 마치 오래전에 제거한 암처럼 몸에 그 흉터를 남겼다. 왜인지 알 수 없지만, 그 부채감이 그에게 안일한 입장을 서게 했다. 우리는 모든 결말을 다 아는 상황에서 그의 선택을 그저 지켜볼 뿐이다. 한 인간이 최소한의 존엄을 가져가는 것을 목도한다.

정출의 얼굴에 스치던 무수한 번민과 갈등들을 비웃듯 역사는 아무도 예측지 못한 결과를 불러들였다. 영화 〈암살〉 〈덕혜옹주〉가 그랬던 것처럼 친일파라 불리던 이들은 제각기 살기 위한 선택을 했다. 더 가능성이 높은 세력에 줄을 서는 승진에 목맨 관료처럼 아주 당연하게. 결국 〈밀정〉이라는 영화가 비슷한 주제를 가진 영화보다 더 우위를 점할 수 있는 지점은 사실 그대로의 역사 위에 장르적 카타르시스를 섞어 넣었던 것에 있다. 역사의 거역할 수 없는 물줄기에 돌 하나를 건져 올린 사람들. 역사책에 단 한 줄로 적힌 한 남자의 군상. 그리고 그 중심엔 송강호가 빨아들인 시대의 공기가 자리한다.

우리는 역사에 어설프게 기재된 한 인간의 속내를 영화라는 프리즘을 통해 다각도로 살펴볼 수 있다. 송강호가 아무런 표정도 없이 스크린을 응시할 때 우리는 마음을 빼앗긴다. 그가 스쳐온 무수한 캐릭터들의 응축된 얼굴이 스크린을 응시하는 나를 관통하기 때문이다. 그 순간 영화 〈밀정〉은 우리가 사랑하는 송강호의 얼굴에 선사하는 일종의 경의처럼 보인다.

불안은
누구의 것도 아니었다

선배가 결혼한다. 선배는 훤칠하고 말솜씨가 좋아 인기가 많았다. 그는 취업 후에도 여전히 기회만 되면 밤거리를 쏘다녔다. 자유로운 연애관을 설파하며 애당초 결혼 생각이 없다고 속단했다. 어떤 문제든 늘 확고한 어조로 단정하는 그의 말은 듣는 맛이 있었다. 늘 불확실한 바에 매달려 빌빌대는 나완 달리 계산이 딱 떨어졌다. 미심쩍은 마음 한구석도 그의 화술에 언제 그랬냐는 듯 자세를 고쳐 잡고 맞장구를 친다. 맥주를 하염없이 마시며 나와는 다른 그를 구경했다. 아, 저렇게 사는 인생도 재밌겠구나. 일종의 경외였을까. 형과 나 사이에 놓인 맥줏집 테이블만큼 거리를 두고 그를 바라봤다.

청첩장엔 서울 외곽 결혼식장 약도와 촌스러운 신랑 신부 캐릭터가 그려져 있었다. 한복을 입은 두 사람은 어쩐지 못나 보인다. 참 전형적으로 가는구나. 순간 어안이 벙벙했으나 어색하지 않게 축하해줬다. 속으로는 영문 모를 분기를 품었으나 내색하지 않았다. 어떤 감정인지 모르므로 묵인했다. 언제 봐도 정이 안 가는 강남대로를 걸으며 생각해보니 내가 선배에게 일방적인 유대를 품었음을 깨달았다. 단독자의 삶 같은 거창한 말 따위를 늘어놓으며 구속받지 않겠다는 그의 호기를 따랐다. 나는 할 수 없기에 내심 응원했던가. 어떤 여자이기에 형을 변하게 한 걸까. 그의 단호한 일갈에 흥겨워하며 좋아했던 시간이 사그라듦에 처연했다. 그래 다 가버려라. 내 그 구태의연한 예식에 오만 원짜리 봉투를 내밀고 누구보다 태연하게 축하해주리라.

한때 철학에 빠져 몇몇 책을 홀짝일 때가 있었다. 이름 있는 책을 몇 권 사서 깊게는 엄두도 못 내고 멋있는 말이 나오면 밑줄을 치는 형편없는 독서였다. 그중에서도 쇼펜하우어는 왠지 괴팍해 보이는 말투로 날 사로잡았다. 그는 지독한 허무주의자였다. 부단한 욕망에 쫓기는 인간을 굽어보며 단호하게 응징했다. 언제나 이루지 못할 욕망에 갇힌 인간을 바퀴벌레 보듯 했다. 그런 쇼펜하우어도 사랑에 관해선 관대했다. "사랑은 성직자의 서류 가방에도 애정의 쪽지나 반지를 은근슬쩍 밀어 넣는 방법을 안다." 아무리 벗어나려 해도 이러면 안 된다고 타일러도 소용없다. 연애는 늘 지근거리에서 목 빠지게 기다리는 짓을 반복한다. 벗어나려 할수록 비루해진다. 또한 사랑을 삶을 향한 의지Wille zum Leben, Will-to-Life라 정의한 이 역시 쇼펜하우어다. 사랑은 벽을 향해 돌아누운 그에게도 번식의 욕구를 선물하니까. 사랑은 불가항력적이며 무능한 이에게도 주먹을 꼭 쥔 기분을 상기한다. 쇼펜하우어라면 결혼반지를 끼고 나타난 형에게 이런 말을 해주리라. 고통이 눈에 보여도 우리의 눈엔 콩깍지가 있기에, 평생 친구라고 생각한 여자와도 사랑에 빠져 식장에 제 발로 걸어 들어간다. 비이성적 생식조차 꿈을 꾸듯 해치운다. 평소 경멸하는 말투로 입에 올리던 허례허식을 눈 하나 깜짝하지 않고 일삼는다. 형처럼 전형적인 나쁜 남자에게 빠진 그녀 역시 사랑이라는 허울에 끌려 미처 돌아볼 새 없이 상처를 맛볼 테지. 유효기간이 가까워 옴에 내가 미쳤지를 반복하겠지. 난 조롱이 섞인 낄낄거림을 머금고 학동역 지하철에 올랐다.

결혼에 대한 무수한 글을 읽었다. 보편적 연인을 그린 소설부터, 인간을 고릴라 보듯 하는 사회과학자의 글까지 고루 찾았다. 쿤데라로 가벼움을 포크너로 불가해함을 맛봤다. 집 앞 공원에 가면 무수한 신혼부부가 서로를 바라본다. 내가 글에서 읽은 바와 다르게 권태와 허무는 멀어 보인다. 음, 저 부부는 결혼 이 년쯤 됐으려나. 작은 임대 아파트에서도 개의치 않고 신혼을 즐기는구나. 저분은 쫄쫄이를 입은 게 요가강사는 아닐까. 남자는 덩치가 좋은 게 물류회사에 다니진 않으려나. 그들은 날이 좀 더워져서인지 쭈쭈바를 먹으며 그네를 탄다. 서로를 바라보며 아파트 공원이 가진 아늑함을 즐긴다. 그 옆엔 자전거를 앞서거니 뒤서거니 타는 또 다른 부부도 보인다. 페달을 밟는 속도가 느슨하다. 날 좋은 밤 행복을 찾는 그들이 꽤 달갑다.

뜨거운 섹스와 달콤한 눈빛을 나누는 이들에겐 현실의 고민이 없을까. 아이를 가지는 생각에 이견은 없을까. 한 침대 위, 두 개의 마음에 신음하진 않으려나. 흔하디 흔한 생활고가 그들을 옥죄진 않을까. 출산과 양육이라는 일생의 과업이 자신에게 닥쳐올 때, 어떤 표정으로 서로를 마주할까. 아직은 사랑의 콩깍지가 온몸을 달구고, 일상에서 함께 걷는 것만으로도 벅차지만 정말 그게 다일까. 오늘 밤은 사랑이라는 대명제로 눙쳐도, 훗날 차갑게 식어버릴 걸 알기에 위태롭진 않을까. 매사 녹록지 않음을 모른 척하고 정말 떳떳한 표정일 수 있을까. 난 행복한 부부를 흉내 내는 이들의 판에 박힌 양태에 고춧가루를 뿌리며 자리를 뜬다.

내 저주와 같은 상상을 변주하는 건 문학이다. 비열한 추측이 난무하고 시끄러운 굉음이 가득한 내 침대에서 다시 책을 꺼내 든다. 훼손된 사랑의 두려움에도 서로 다른 꿈을 꾸는 두 사람을 그린 소설이다. 냉소에 스민 마음을 떨치고 연인을 그려본다. 여자는 불안한 마음에 퇴근하는 그를 마중하려 버스정류장에 나선다. 버스에서 내린 그의 까슬까슬한 손에 안도가 비어진다. 그는 아슬아슬함에 시달리던 그녀를 다독인다. 상사에게 부당한 대우를 당한 그의 숨통을 튼다. 밤새 뒤척이던 그는 제 옆에서 곤히 자는 그녀를 바라보며 맘을 쓸어내린다. 가까스로 밤은 문학이다.

세스 로건이라는 안티히어로

영화 〈우리도 사랑일까〉의 원제는 Take This Waltz다. 곡이 시작되고 머뭇거리던 두 사람은 왈츠에 올라탄다. 눈을 꼭 감고 못 이긴 척 몸을 맡기면 그만이다.

남부러울 게 없는 결혼생활을 하던 마고는 자꾸 옆집 남자가 신경 쓰인다. 가난하고 행색도 볼품없는데 눈빛이 아른거려 종일 일이 손에 안 잡힌다. 사랑의 신호는 마고를 잠식한다. 착하고 순한 남편 루를 떠올리며 자책하는 마음도 잠시, 마고는 다 버리고 떠난다. 흔히 보아온 것처럼 수순대로 흘러간다.

난 이 영화를 보며 운 기억이 있다. 아이러니하게도 지질한 배역에 익숙한 코미디 배우 세스 로건이 연기한 남편 루에 몰입하며 질질 짰다. 헤어진 지 얼마 되지 않은 시기였고, 그로 인해 철석같던 마음이 어그러진 상태였다. 새벽녘 뒤척이다 이 영화를 보던 휑뎅그렁한 당시 내 방이 떠오른다. 온전히 혼자 짊어진 짐짝처럼 보이던 내 남루한 세간이 눈에 들어온다. 루는 이후 영화에 등장하지 않지만 난 방 한구석에 쪼그려 앉은 그를 떠올렸다. 왠지 버려진 개처럼 보였고, 그게 나랑 다를 바 없다고 생각했다. 싸구려 감상에 빠져 접영을 쳤다. 메인 스토리에서 배제된 조연의 기분, 역사의 뒤안길에 잊힌 무수한 별거 아닌 놈들의 처지. 시작의 설렘은 익숙함이라는 함정에 빠져 섬세함을 잃는다. 사려하며 살피던 기분을 잊고 작은 동공을 응시한다. 평소엔 잠잠하다가 한 치라도 틈이 보이면 음습한 현실이 틈입한다. 늘 사랑에 거하길 바라면서도 언제든 왈츠에 올라탈 수 있다는 불안이 엄습한다.

〈우리도 사랑일까〉를 본 이후로 남편 루 역할을 맡았던 세스 로건이 달리 보였다. 전처럼 맘 놓고 웃지 못하고 자꾸 표정을 살피는 식이다. 세스 로건은 할리우드가 공인한 루저 코미디 일인자다. 여전히 더럽게 웃기지만 괜스레 마음 한구석이 서걱서걱하다. 자지러지게 웃다가도 방 한구석에서 웅크리던 그를 떠올리는 식이다. 어제 세스 로건이 주연을 맡은 〈롱샷〉의 시사회를 다녀왔다. 불의를 참지 못하는 열혈 기자 프레드를 연기한 세스 로건은 늘 하던 것처럼 능숙한 코미디를 선보인다. 파스텔톤 바람막이에 헐렁한 바지를 입고 쏘다닌다. 자신이 다니던 신문사가 거대 언론 재벌에 인수됐다는 사실에 분노해 사표를 쓰고 영웅적인 백수를 선언한다. 그는 얼토당토않게도 대통령에 도전하는 여성 샬럿과 사랑에 빠진다. 유능한 정치인이지만 유독 유머가 형편없는 샬럿에게 위트 넘치는 연설문을 써주다 사랑의 왈츠에 올라탄다. 세스 로건은 더는 배제되지 않고 무대에 서서 역사상 가장 볼품없는 신데렐라가 된다. 1990년대 전설적인 R&B 가수 보이즈 투 맨의 주옥같은 곡을 배경으로 백악관에서 승자의 미소를 날린다. 난 이 영화를 일종의 버려진 세스 로건의 회복기로 보았다. 어느 영화에서나 주인공의 괴짜 친구 혹은 스쳐 지나가는 조력자에 불과했던 세스 로건의 처지도 그때완 달라졌다. 내 처지가 더 나아진 것처럼, 기획자로서 감독으로서 시나리오 작가로서 세스 로건은 현재 할리우드에서 단연 도드라진다. 참신한 기획에 무수한 배우들이 그의 상대역이 되기 위해 줄을 선다.

'롱샷'이란 제목은 가당치 않은 도전이라는 의미다. 대통령 후보로 거론되는 유력 정치인을 언감생심 넘보는 캐릭터에 걸맞은 제목이다. 절친한 친구가 공화당 지지자에 독실한 크리스천이라는 사실에 한번 놀라고, 그 사실을 평생 몰랐다는 사실에 재차 절망하는 세스 로건의 연기가 일품이다. 정치적인 올바름을 자각하는 캐릭터와 미 사회에 가진 우려를 티 나지 않게 곁드는 대사가 인상적이다.

흠이라면 사랑에 빠지는 실마리가 없다는 점이다. 영화의 큰 얼개는 예측을 일체 벗어나지 않고, 루저에 가까운 남자가 샤를리즈 테런 같은 여신과 사랑에 빠질 만한 사건이 딱히 기억나지 않는다. 역시 로맨틱 코미디는 논리나 개연성을 따져선 안 되나 보다. 남자 신데렐라 스토리라는 점에서 〈노팅힐〉이 생각나기도 하고, 최근 젠더 이슈의 결을 짚어내는 발언도 웃음기를 머금은 와중에 비어져 나온다. 존경할 만한 여성을 내세우고 그것을 대상화하지 않는다는 점에서 결을 달리한다. 대체로 진보적인 시각을 가졌으며, 그런데도 누구도 불편하지 않을 코미디라는 점이 가장 큰 미덕인 작품이다.

홀로 영화관을 찾은 당신에게

첫사랑의 기억은 누구에게나 선명하다. 난 아직도 그 여름날의 아득함을 기억한다. 아버지는 말씀하셨다. "이건 보면 안 된다." 동네 산책하러 나가시며 내게 주의를 시키셨다. "뭔데 보지 말라는 거야?" 우유를 한 컵 따라 마시고 컵을 휘 헹궈 개수대에 놓고는 얼른 소파에 앉아 테이프를 재생했다. 비디오 라벨에는 '라스베가스를 떠나며'라고 적혀 있었다. 단골 비디오 가게에서 빌린 영화였다. 당시 초등학교 3학년이었던 난 아버지와 무수한 영화들을 섭렵했지만, 빨간색 영화는 처음이었다. 침은 꼴딱 넘어가고 몸은 떨렸다. 창밖을 보니 밖에선 해가 지고 있었다. 놀이터의 아이들이 하나둘씩 집으로 돌아가는 모습이 보인다. 고집스레 놀이에 집중하던 아이들은 창밖으로 몸을 내밀고 호통을 치는 어머니의 기에 눌려 고개를 푹 숙이고 급히 집으로 향한다.

비디오는 도대체 무슨 예고편이 그리도 많은지 빨리 감기를 눌러도 한참에야 본편에 접어들었다. 영화가 시작되고 검은색 자막들이 하나둘 점멸한다. 이것마저도 시간이 안 가는 느낌이다. 이어 한결같이 느끼한 얼굴을 한 니콜라스 케이지가 술을 진탕 먹은 모습으로 운전을 한다. 그는 라스베가스의 거리에서 한 여자와 마주친다. "한잔 할래요?" "음주운전은 불법 아닌가요?" "재미있네. 난 벤이에요." "난 세라예요. S-E-R-A 세라." 세라는 그를 유심히 지켜본다. 잠시간 대화를 나누다, 나쁜 놈 같진 않아 보였는지 차에 오른다.

사실 난 이 영화의 첫 장면을 보는 순간 영화와 사랑에 빠졌다. 그런 것 같다. 그 전까지는 단순한 놀이에 불과했던 주말의 명화가 이제는 사적인 영역으로 진입한 것이다. 이건 누군가에게 설명하기 복잡한 사랑이다. 마이크 피기스 감독의 유일한 히트작인 〈라스베가스를 떠나며〉는 '청불'이라는 딱지 이상으로 야하고 잔인한 영화다. 무엇보다 소재가 알코올 중독남과 매춘부의 사랑이었으니, 당시 내가 이해하기도 쉽지 않았다. 이후 난 이 영화를 다시 볼 때까지 영화의 줄거리를 정확하게 기억하지 못했다. 그저 그들의 사랑이 너무나 고통스러워 보였다는 거, 몰입을 너무 심하게 해서 아버지가 들어오셔서 내 목덜미를 잡는 것조차 느끼지 못했다는 기억이 있다.

이후 비디오로 보던 영화는 컴퓨터 랜선으로 들어오기 시작했다. 내가 중학교에 다닐 즈음 MP3의 보급과 함께 영화 역시 파일화가 이루어진 것이다. 인터넷이라는 바다에 떠다니는 영화들을 P2P로 낚아서 보는 게 내 어린 시절 가장 큰 취미였다. 밤새도록 켜놓은 컴퓨터로 세계의 영화들을 내려 받은 후, 방과 후에 라면을 먹으며 보았다. 맞벌이하는 부모님과 밖으로 도는 형은 내 외로움에 큰 도움이 되지 못했다. 갑작스럽게 기운 가세, 느닷없는 이사로 얼마 없던 친구들도 멀어져 갔다. 내향적인 성격을 가진 나는 영화를 벗 삼아 사춘기를 버텼다고 생각한다. 중2병이 중이염보다 무서운 건 치료제가 없다는 건데, 난 큰 방황 없이 영화에게 속풀이를 한 셈이다.

이쯤부터 책과도 조금씩 친해지기 시작했다. 당시 내가 가장 좋아한 곳이 학교 도서실이었으니까. 방과 후에 갈 곳이 없을 때 가장 들르기 좋은 곳이 학교 도서실이었다. 당시 사서 선생님은 늘 20대 여성이었고, 난 부끄러워 말도 잘 못 걸면서 그녀에게 잘 보이기 위해 세계문학 전집에서 두꺼운 책을 보란듯이 빼곤 했다. 그때 사귄 친구들이 '홀든 콜필드' '그웨잇 개츠비' '안나 카레니나(첫 챕터만 읽어서 안면만 익혔다)' '허클베리 핀', 벌레가 된 '그레고르 잠자' 같은 녀석들이었다. 결국 외로움과 혼자라는 느낌은 내게 인생에 있어 없어선 안 될 동반자를 선물해준 셈이다. 내게 고독과 정적은 편안한 쉼터다. 가끔 아름다운 그녀와의 이별로 낭떠러지에 몰려 박애주의자가 되기도 하지만, 거의 모든 생애의 내 삶의 조건은 고요함이었다. 그걸 인정하는 게 힘들 때도 있었지만, 이제 서른이 넘은 난 나에 대해 분명하게 말할 수 있게 되었다.

수전 케인이라는 사람을 아는가? 유튜브에서 TED 강연을 검색해 보면 잘 알 수 있다. 난 그녀를 책으로 먼저 알았다. 김영하 작가의 추천 도서 리스트에서 발견한 수전 케인의 〈콰이어트〉(원제: Quiet: the power of introverts in a world that can't stop talking)의 표지에는 이런 문구가 적혀 있다. 시끄러운 세상에서 조용히 세상을 움직이는 힘. 이 책은 늘 조용했던 내향적인 사람들에게 목소리를 좀 낼 필요가 있다고 말하는 책이다. 세상은 늘 시끄럽고 이곳에서 늘 주도권을 가져가는 건 외향적 인간들이다. 세상엔 외향적, 내향적 사람들이 섞여 사는데 내향적 사람들의 입장에 관해 설명한 책이 없었다는 게 수전 케인의 의견이다. 그녀가 말하는 내향적 인간의 입장, 장점, 삶의 계획들은 내게 큰 위로가 되어주었다.

조용한 사람들은 조직에서 살아남기 쉽지 않다. 이 책을 읽어보면 비단 그건 한국에서만의 일은 아닌 것 같다. 오늘 저녁 회식이라고 하면 한숨부터 쉬고, 우선 표정이 일그러진다. 세상은 처세의 중요성을 강조하는데, 사람이 본능적으로 무언가 싫으면 우선 표정 관리가 안 된다. 술자리 내내 혼자서 커피를 마시면서 책을 읽고 싶다는 강렬한 욕구가 있었는데, 막상 집에 오면 감정 소모로 인한 피로가 배가 된다. 이건 학교에서도 마찬가지였다. 교육 자체가 목소리 크고, 활달한 친구들에게 전인이라는 칭호를 부여한다. 교육 자체의 방향이 리더를 지향하기 때문이다(그 많던 대통령 지망생들은 다 어디 간 거냐?). 구석에 앉아서 조용히 다른 이들을 관조하는 친구들은 눈을 조용히 책장으로 돌린다. 왜냐하면 그들이 설 자리가 없기 때문이다. 그저 따라가면 그만인 삶에 익숙해진다.

저자 수전 케인도 그런 사람이었다. 학창 시절에도 다 소리 지르며 분위기를 낼 때, 구석에서 책을 펴 드는 그런 애였다. 옆에서 누가 왜 분위기를 깨느냐고 힐난하듯 물으면, 그제야 책을 가방에 넣는 소녀였다. 그녀가 학위를 마치고 변호사가 된 이후에도 상황은 다르지 않았다. 늘 고객과 상대하고, 상대측 변호인과 다툼을 벌이는 게 연속인 변호사는 수전과 맞지 않았다. 그녀가 원하는 건 퇴근 후의 책 한 권과 편안한 소파였다.

미국에서 가장 유명한 대중 연설가 중 하나가 데일 카네기다. 그는 사회관계 및 말하기를 집중적으로 강조한다. 핵심은 자신을 효과적으로 드러내는 방법이다. 그는 노골적으로 인격이 아닌 보이는 것에 포커스를 둔 연설가였다. 이 물질주의가 만연한 사회에서 남이 나를 판단하는 것이 모든 가치판단의 우위에 서 있다 보니, 더 많이 나서는 쪽이 많은 이득을 가져가는 것이 당연하다고 말한다. 수전 케인은 이런 외향적 인간을 위한 사회에 제동을 건다. 외향성이라는 허울이 사회적으로 높게 평가받는 건 다 착각에 불과하다는 것이다. 그녀는 사회 곳곳에서 발견되는 사례를 수치적 논증으로 분석하여 내향적 인간들의 장점에 대해 말한다. 이건 덮어놓고 내향적인 게 최고라고 말하는 것이 아니라, 외향성과 내향성이 공존하는 삶에 대한 가이드다.

난 이 책을 읽으며 일종의 카타르시스를 느꼈다. 왜냐하면 처음 조직 생활을 하며 느낀 스트레스가 고스란히 그녀에게 적용되어 감정이입이 되었기 때문이다. 다행히 난 10년의 조직 생활을 특유의 인내심으로 잘 적응한 편이다. 하지만 사회는 여전히 내향적 인간에겐 혹독하다. 내향성 인간은 사회, 타인을 혐오하는 것이 아니다. 마치 난초처럼 민감한 촉매를 가진 사람이다. 이는 연애와 사랑에서도 마찬가지다. 내향적 남자와 외향적 여자가 만나면 이런 상황이 벌어진다. 여자는 휴일만 오면 밖에서 친구들과 만나서 왁자지껄 떠들고 싶어 한다. 술도 한잔하고, 남들과 춤도 추며 스트레스를 풀고 싶다. 그녀는 그와의 사랑을 타인들 속에서 인정받길 원한다. 하지만 주 내내 타인들과 섞여 살았던 내향적 남자는 모처럼 휴일에 여자와 단둘이 오붓한 시간을 갖고 싶다. 그렇다면 쉽게 파열음이 생길 수밖에 없다. 이런 상황이 자주 벌어지는 이유는 남녀가 실제 자기에게 없는 것에 끌리기 때문이다. 나에게 없는 내향적 성향의 취미나 행동을 보고 반했는데, 막상 사귀고 보면 내 맘 같지 않은 모습에 지루함을 느낀다. 남자는 그녀의 밝고 활달한 모습에 반했는데, 막상 실제 사귀고 보면 둘이 있는 상황을 지겨워하는 그녀를 보고 당황하게 된다.

이는 그 누구의 잘못도 아니다. 사랑이라는 게 절충점을 찾는 것일 테니까. 누군가는 브로드웨이 뮤지컬을 좋아하고, 누군가는 홍상수의 지리멸렬한 세상을 동경한다. 그런 사람들이 모여 사니 세상은 즐겁고 신기한 것이다. 이쯤에서 다시 〈라스베가스를 떠나며〉에 대해 말하고 싶다. 이 영화에서 벤은 내향적 인간의 전형이다. 그는 알코올 중독과 이혼과 같은 중대한 문제를 겪었지만, 끝내 그걸 밖으로 내뱉지 않는 사람이다. 이건 그가 알코올 중독이 된 이유와도 일맥상통한다. 삶이 그를 속였고 그는 끝내 무너지는 걸 두려워 않는다(난 그를 보며 작가 레이먼드 카버를 떠올렸다). 이때 그의 앞에 나타난 세라는 외향적 인간에 가깝다. 당당하고 자존심이 강하며, 자신이 확신을 가지면 일단 행동으로 보여주는 사람이다. 세라는 벤을 이해할 수 없다. 사실 그녀는 그와 사랑에 빠진 것이 무엇 때문인지 알지 못한다. 감독도 모르는 것 같고, 시나리오도 설명하지 않는다. 하지만 나는 조금 알 것 같았다. 서로가 다른 것이 분명한 상황에서 우선 지켜보기로 한 것이다. 저런 인간도 있네. 나랑 완전히 다르고, 이해할 수 없음에도 그냥 곁에 있는 것이다. 두 사람은 서로의 다름을 계속해서 듣는다. 벤은 그녀에게 그냥 떠나지만 말라고 부탁한다. 세라는 그의 곁에 서서 더 설명하지 않아도 된다고 말해준다. 난 잘 알 수 없었지만, 내가 이 영화를 보며 왜 영화라는 매체와 사랑에 빠졌는지 추측할 수 있다. 그건 그 지켜봄의 자세가 내 이상적인 사랑의 모습이었기 때문이다. 조금 맞지 않고 지루하더라도 지켜보며 인정해 버리는 것. 믿기지 않더라도 조금 시간을 가지고 두고 보는 자세. 그것이 〈라스베가스를 떠나며〉가 전혀 의도하지 않게 나를 사로잡은 이유다.

두 달 정도 사귄 여자 친구와 헤어졌을 때를 기억한다. 혼자서 확 달아올랐다가 난데없는 이별 통보에 맘고생을 심하게 했다. 난 내 내향적 성격이 이때서야 힘을 발휘하겠구나 싶었다. "책과 영화로 이 모든 아픔을 치유할 거야!" 하지만 상황은 악화일로로 흘러갔다. 식음을 전폐하고, 매일 하던 운동을 할 기력을 잃어버렸다. 난데없는 우울과 맘고생이 살을 쪽 빠지게 했다. 지금 생각해보면 그녀는 내향적인 척하는 외향적 사람이었다. 그녀는 내 글 쓰는 모습을 사랑해주는 사람이었다. 늘 밝고 당당하며 사람과의 만남을 즐기는 사람이었다. 이런 그녀가 조용하고 정적인 나와 만났으니 스트레스가 이만저만이 아니었을 것이다. 지루하고 답답했을 것이다. 난 그걸 눈치채지 못했다. 그녀도 즐거운 거라고 믿어 의심치 않았다. 이건 사랑이라는 이름하에 가한 몰이해였다. 그녀를 더 잘 관찰하지 못했고, 그녀에게 맞는 연애를 선물하지 못했다. 그저 사랑한다는 말만 되풀이했을 뿐, 내 몸짓은 노력 없이 수그러졌다. 어쩌면 그녀는 내 기질과 사랑에 빠졌지만, 결국 내 기질 때문에 헤어짐을 택했을지도 모른다.

수전 케인이 정의한 내향적 인간이라는 테두리는 굳이 의식할 것 없는 하나의 개념에 불과하다. 내가 이 책에서 건져 올린 그녀의 메시지는 조금 다르다. 스스로 내향적이라고 규정하는 순간 변화는 요원하다는 것. 자신의 성향을 스스로 사랑하되, 남에게 강요해서는 안 된다는 것. 그렇게 되면 외향적 인간들이 만든 사회가 우리에게 가하는 폭력을 되풀이하는 일이 되기 때문이다. 이 조용한 밤 책을 읽으며 잠이 들고 싶다.

가지 않은 길에 대한 소고

밀란 쿤데라의 〈참을 수 없는 존재의 가벼움〉을 가끔 서점에서 들춘다. 출간 직후 단 한 번도 스테디셀러가 아닌 적이 없었던 작품이다. 잊힐 만하면 누군가에게 인용되어 판매량을 올린다. 이 책은 늘 교보문고 귀퉁이 같은 자리에서 날 반긴다. 어느 장을 휙 펼쳐도 의미심장한 구절이 튀어나온다. 읽었음에도 생경한 기분. 이 책을 손에 쥐면 세상살이가 깃털처럼 가벼워 보인다. 다 읽진 못해도 자투리 시간에 기대어 손에 집히는 대로 살짝만 엿보는 재미가 있다. 소설 속 네 남녀가 남루한 차림으로 동네 공원을 걷는 모습이 그림처럼 그려진다.

“모든 것이 일순간, 난생처음으로, 준비도 없이 닥친 것이다. 마치 한 번도 리허설하지 않고 무대에 오른 배우처럼. 그런데 인생의 첫 번째 리허설이 인생 그 자체라면 인생에는 과연 무슨 의미가 있을까? 그렇기에 삶은 항상 밑그림 같은 것이다. 그런데 '밑그림' 같은 용어도 정확하지 않은 것이, 밑그림은 항상 무엇인가에 대한 초안, 한 작품의 준비 작업인 데 비해, 우리 인생이라는 밑그림은 완성작 없는 초안, 무용한 밑그림이다."

오늘 펼쳐 본 곳은 17페이지(민음사 판) 한 구절이다. 소설 속에서 불쑥 나타나는 밀란 쿤데라는 허스키한 목소리로 내 귀를 울린다. 드넓게 펼쳐진 대지에 싱싱한 언어가 요동친다. 그는 자신을 뚫어져라 쳐다보는 관객 앞에서 초연하는 배우를 생각한다. 인생은 초행길처럼 당혹스럽다. 이 말을 통감할 수 있었던 건 20대 초반의 한 항구도시에서였다.

아무런 준비도 없이 살짝 취한 몸을 이끌고 벌건 살과 마주한다. 상상을 통한 사전 모의 시뮬레이션은 무용하다. 영상물을 통한 실전을 방불케 하는 연습도 소용없다. 온몸이 저리는 긴장감에 눈앞이 캄캄해진다. 무심코 나간 넋 없는 말은 이제 기억도 나지 않는다. 물론 훗날 그 순간을 추억하며 뭔가 아련함에 젖을 테지. 없는 사실을 보태며 한껏 멋들어지게 부풀릴지도 모르겠다. 하지만 그 순간 난 명백히 화이트 아웃이었다. 정작 무언가 놓쳐버렸다는 사실은 알지 못한 채 순간을 놓쳐버렸다. 인생의 통과의례를 겪어버렸다는 허탈함에 맥없이 손을 짚고 어색함을 감추려 창문에 몸을 내민다. 비릿한 바닷가 냄새가 진동한다.

체실 비치에서

이언 매큐언의 소설 〈체실 비치에서〉를 원작으로 한 동명의 영화 시사회에 다녀왔다. 영화는 1962년 여름, 결혼식을 막 마친 어린 부부와 동행한다. 두 사람에겐 둘만의 시간이 벅차다. 지나치게 고답적인 영국식 교육의 영향 때문일까, 서로를 극단으로 왜곡한다. 어느 순간 건너선 안 될 서로의 트라우마에 진입하고, 돌이킬 수 없는 파국에 치닫는다. 돌아선 그녀를 잡지 못한 그의 얼굴은 허공에 닿아 있다.

"그들은 젊고 잘 교육받은 사람들이었다. 그리고 둘 다 첫날밤인 지금까지 순결을 지키고 있었다. 물론 요즘에도 쉬운 일은 아니지만, 그 시절은 성 문제를 화제에 올리는 것조차 불가능하던 때였다."

〈체실 비치에서〉의 서스펜스는 섹스다. 두 남녀가 서로를 끌어안고 입을 맞추고 옷을 벗기고 눕기까지 과정이 모두 가시방석이다. 로맨틱한 감정에 한껏 달아올랐는데 섹스에 관해서라면 문외한인 두 사람의 신혼여행은 난관에 봉착한다. 작가는 미세한 감정 굴곡을 노골적 필치로 파헤친다. 드물게 뱉는 대사가 압권이다. 두 사람은 믿을 수 없다는 듯 말을 잇지 못한다. 소설과 다르게 영화는 교차편집과 날카로운 사운드 효과, 배우의 상기된 표정을 통해 객석을 얼어붙게 만든다.

이 젊은 부부는 책으로 배웠던 모든 지식이 실전에서는 전혀 통하지 않음을 깨닫는다. 아무도 그에게 섹스에 대해 가르쳐주지 않았다. 달뜬 감정에 언성은 높아져 가고, 휘두르는 몸짓은 관계를 망친다. 영화는 사소한 오해와 콤플렉스가 인간에게 가져다줄 여파를 잰다. 그는 뒤늦게 깨닫고는 되뇐다.

"한 사람의 인생 전체가 그렇게 바뀔 수도 있는 것이다. 아무것도 하지 않음으로써 말이다."

누구에게나 첫 경험은 당의정을 벗기는 과정이다. 첫 섹스란 살과 살을 맞댄 폭력과 다름없다. 분위기 있는 레스토랑과 녹음이 우거진 공원을 산책하는 게 상상과 다른 것처럼. 사랑이 위대한 이유는 다분히 동물처럼 느껴지는 본능을 연인은 품어주기 때문이다. 스산한 체실 비치에서 그들은 사랑이라는 그릇에 뭐 하나 담지 못하고 파국을 맞는다. 감정을 토로하는 법을 몰라 스러진다. 스스로 자괴하고 미안해하면서도 입에 내놓을 줄 모른다. 동물처럼 거친 눈으로 상대를 왜곡한다.

에드워드는 그날 왜 플로렌스를 다잡지 않았는가. 가장 먼저 떠오르는 대답은 시대의 여파다. 시대의 변곡점에 선 두 남녀. 전후 시대의 종말과 함께 개방이 시작된다. 두 남녀는 그 사이에서 어리둥절하던 희생양이다. 소설은 첫날밤 이후 급속도로 해방된 성문화를 기억한다. 혁명의 시간을 지나 모든 걸 깨부수는 시대가 왔다. 에드워드 역시 뒤틀린 시대를 겪어낸 후 파국의 밤을 회고한다. 연인에 대한 배려와 인내 없이 사랑이라는 관념을 통과해버린 자신을 떠올린다. 그땐 어쩔 수 없었다며, 그녀를 떠나보낼 땐 아무것도 몰랐다고 자책한다. 회한이란 시간이 흘려보낸 후 뭉쳐진 마음이다. 에드워드는 모든 게 금기에 휩싸인 시절의 잔재를 회고한다. 체실 비치에서 떠나보낸 그녀를 추억한다.

우드스탁의 시대

영국 1960년대는 비로소 먹고사는 문제를 벗어난 부흥의 시대였다. 말 그대로 마리화나와 로큰롤의 광란이다. 이즈음 공통으로 내포하는 화두는 해방이었다. 시대의 젊음은 마치 처녀가 순결을 잃듯, 자신이 그간 배워온 가치를 시대에 반납했다. 상실의 젊음은 얼마나 고운가. 그 누가 시킨 게 아님에도 젊다는 이유만으로 모든 기득권을 조롱한다. 하지만 오로지 성 문화만큼은 보수라는 미명에서 벗어나기 어려웠다. 참고로 저자 이언 매큐언은 62년 당시 14세 소년이었다. 그리고 68년 전 세계가 혁명의 불길에 닿을 때 20살을 맞았다. 세상이 전복되기 직전 소설을 쓰기 시작한 작가는 베트남 전쟁, 달 착

륙 등등 인지 부조화의 여러 갈래를 모두 지켜봤다. 〈체실 비치에서〉는 그 시대를 겪은 이들을 향한 소고다.

영화는 회고로 두 사람의 맥락을 쫓는다. 두 남녀가 같은 침대에 누워 있기까지 수많은 우연의 사슬이 작동했다. 이른바 코르셋처럼 꽉 조여진 성에 대한 인식. 저택을 배경 삼은 가족이라는 철옹성. 그 모든 과정을 목도하고 나면 시대의 비극엔 다 이유가 있다는 사실을 깨닫게 된다. 영화가 소설보다 쉬운 점은 바로 명확한 이유 제시에 있다. 소설이 불가해한 심적 상태에 초점을 맞췄다면, 영화는 비교적 명확한 이유를 제시하며 두 사람 사이에 선을 긋는다. 인물을 클로즈업해서 두 배우의 감정을 다 담아내려는 연출이 인상적이다. 영화가 대체로 두 남녀의 연애 감정을 파고드는 반면에, 이언 매큐언은 시대의 뒤안길에 사라진 가치를 살핀다. 난 소설을 더 좋아하지만, 영화는 성실한 각색과 매체가 가지는 이점을 최대한 살린다. 음악과 라디오 소리, 뉴스의 한 장면과 신문 귀퉁이에 그려진 옛 시절을 구경하는 재미가 쏠쏠하다. 이언 매큐언의 치밀한 문장을 영화화하기 위해 그려 넣은 디테일이 곡진하다.

파란 원피스를 입은 배우 시얼샤 로넌의 쓸쓸한 표정이 아른거린다. 아역부터 보아온 탓에 정도 많이 들었다. 최근 연달아 내놓은 작품들이 모두 훌륭하다. 영화는 그녀의 나지막한 정조를 최대한 활용한다. 하지만 이 영화는 결국 상대역으로 출연한 빌리 하울의 몫이다. 재밌게도 이 청년은 또 다른 영미문학의 거장 줄리언 반스의 작품 『예감은 틀리지 않는다』를 원작으로 한 영화에 주연배우로 출연했다. 어수룩한 표정이 매력적인 빌리는 얼굴에 당혹과 환희를 모두 담아낸다. 여러 번 서럽게 우는데 그게 지나온 인생처럼 처량하고 마음을 잡는 구석이 있어 알싸한 맛을 남긴다.

갈지자로 비틀거리는

×

건들거리는 걸음이 영 수상쩍다. 영화 〈무뢰한〉은 한 남자의 뒷모습으로 시작한다. 한쪽에 치우쳤다가 다시 자세를 바로잡으며 걷는다. 골목길을 따라 어딘가로 향하는 이 남자는 형사로 보인다. 그의 발걸음은 피로감과 함께 세상에 발을 딛는 걸 주저하는 자 특유의 가벼움이 공존한다. 끝만 살짝 대고는 까치발로 종종거린다.

나는 무뢰한을 세 번 보았다. 도대체 무엇이 날 이 영화로 이끌었는지 잘 모른다. 그저 육체에 관한 영화가 아닐까 생각하며 보았다. 첫 장면을 볼 때 늘 무뢰한이라 칭하는 형사 재곤의 걸음걸이를 떠올린다.

살인자를 추적하기 위해 애인의 집 앞에 차를 세운 재곤은 길고 긴

잠복에 대비하기 위해 편의점에서 도시락을 산다. 차 안에서 어느 중년 여배우의 이름을 딴 도시락을 무던히 씹는다. 그는 도청기로 그녀가 잠든 소리를 엿듣는다. 어느 순간 되새김질을 멈춘다. 육체가 부딪치는 소리가 들려오고, 그는 한 번 숨을 크게 쉬고는 딱딱한 밥을 목구멍으로 넘긴다.

영화의 줄거리는 단순하다. 조직폭력배인 준길은 경찰들이 쫓는 살인 용의자다. 형사 재곤은 준길을 추적하기 위해 그의 애인인 혜경에게 접근한다. 혜경은 술집에서 일하는 마담이다. 그녀는 한때 잘 나갔지만, 애인(준길)에게 배신당하고, 돈까지 모두 탕진한 채 지방 소도시의 작은 술집에서 일하고 있다. 치정, 복수, 배신이 난무할 것 같은 이 설정 속에서 인물들은 지극히 조용하다. 재곤은 속내를 알 수 없는 표정으로 일관하고, 해경은 세상사 굴곡진 자의 축 처진 목소리로 겨우 대답한다. 냉소와 염세로 숨쉬기조차 힘든 이 어두운 분위기 속에서 인간들의 육체는 선명한 냄새를 풍긴다.

영화는 유독 차 안이나 창문 안쪽에서 마치 관객과 같이 훔쳐보는 장면들이 잦다. 재곤이 혜경의 모습을 훔쳐보고, 혜경은 자신 주위를 부유하는 재곤을 의식한다. 인물의 움직임과 육체의 부딪힘이 만들어내는 긴장감은 영화의 마법이다. 난 그렇게 부를 수밖에 없다. 언어가 제 기능에 도달하지 못하고 절망하는 순간, 영화는 걸음걸이와 제스처의 분위기로 모든 걸 다한다. 끈끈한 육체 간의 움직임, 감정의 보폭이 출렁이는 말투. 살을 도려내고, 찌르고 짓이기면서 나아간다. 이 작품엔 술자리 장면만큼이나 많이 등장하는 신이 부지런히 걷는 사내들과 놓치지 않고 그를 응시하며 살을 드러내는 여성을 보는 즐거움이다.

준길을 잡기 위해 혜경의 집으로 진입한 재곤은 벌거벗은 두 사람을 마주한다. 그리고 맨몸으로 일어선 준길은 자신의 여자에게 이불을 덮어준다. 재곤은 수컷임을 드러내는 준길의 행동에 눈을 찡긋한다. 이어 재곤은 준길을 밖으로 이끈다. 그리고 시작된 격투, 몸과 몸이 부딪치는 두 남자는 방어 대신 서로 한 대를 더 때림으로써 파열한다. 피가 고이고, 육체는 부서질 듯 으깨진다. 파괴를 목적으로 하는 이 격투는 마치 동물을 사냥할 때처럼 피비린내가 진동한다. 경기도의 한 소도시의 낡은 아파트 단지의 눅눅한 공기가 손에 잡힐 듯 끈덕지다. 말이 적은 영화 〈무뢰한〉에서 인상적인 순간이 만들어내는 느낌들은 오로지 육체 간의 충돌에서 벌어진다. 작부와 살인자의 관계 역시 이성적으로는 이해되지 않는 몸의 관계다. 형사가 해경에게 마음을 빼앗기는 지점 역시, 그녀의 고단한 발걸음과 뒷모습 그리고 본능처럼 알아챈 땅을 딛지 못하는 자의 발걸음까지. 유의 깊게 살펴보지 않으면 놓쳐버릴 징후들뿐이다.

니체는 말했다, 어떠한 심오한 철학보다 더 큰 지혜가 육체에 담겨 있다고. 우리가 유일하게 확신할 수 있는 일은 몸을 움직이는 일뿐이라고. 매일 한 시간 체육관에 가서 학학 소리를 내며 아령을 들고, 철봉에 매달려 애처로운 몸부림을 하는 이유는 내 움직임의 유한함을 보고 싶어서다. 체육관 바닥에 주저앉아 물 한 잔 마시고, 주변 공기에 부유하는 먼지를 바라보는 것. 이 시간이 없다면 하루는 부유하는 물처럼 썩은 내만 가득한 곳이 된다. 아득한 형광등 불빛과 샤워를 끝내고, 허겁지겁 밖 공기를 찾아 한숨 들이마시는 저녁. 탈진한 상태를 즐기며, 내 몸은 물론 상대의 몸과도 완벽하게 호응하는 순간이 있다. 난 살아 있는 육체의 엄연한 존재감을 만끽한다.

난 〈무뢰한〉을 보며 영화가 육체를 품어내는 연출적 야심을 지켜봤다. 두 사람이 서로의 정체에 의심하며 혼란스러워하는 통에 서로를 잡아끄는 육체의 유혹을 마다하는 걸 보며 안쓰러웠다. 그들이 결국 파국이라는 종결로 다가갈 때 왜 서로를 붙잡지 않는지 이해한다. 육체 간의 느낌은 언어로 형언하기 어렵고, 그 느낌을 말하는 순간 소멸한다. 말로 설명하기 힘든 것이라면, 말로 뭉개버릴 수도 있었을 텐데. 두 사람은 어안이 벙벙한 채 결국 갈라짐을 막지 못한다.

하루키의 단편 중 내가 사랑하는 작품으로 「침묵」(『렉싱턴의 유령』 중 한 작품)을 자주 꼽는다.

「침묵」엔 대화하는 두 사람이 등장한다. 대화를 하던 두 사람 중 한 남자는 커피를 마시며 어색한 순간이 오자 이런 질문을 한다. 살면서 누군가를 때려본 적이 있냐고. 무심히 한 이 질문에 상대는 곤란한 듯 몸을 뒤척이다 결국 털어놓는다. 질문에 답하는 남자는 권투를 20년이나 배웠는데, 상대를 때린 건 그전에 단 한 번뿐이었다고 말한다. 그는 이 사건을 진심으로 뉘우치는 모양이다. 치욕으로 남은 기억이다.

이 사건은 학창 시절로 돌아간다. 두 사람은 엄연히 다른 사람이었다. 때린 남자는 내향적이며 독서도 많이 하는 자기 세계가 분명한 사람이었다. 말은 적었지만, 매사에 자신만만했다. 또한 그는 육체를 단련하는 기쁨에 심취해있다. 그가 때린 남자는 반대로 외향적인 사람이다. 같은 반에서 가장 공부도 잘했으며, 융통성이 있고 활발해 친구들과 선생에게 인기가 많았다. 바야흐로 현대사회는 외향적인 남자를 선호하는 시대가 아닌가. 그는 리더라 부를 수 있는 자였다(적어도 맞을 만한 짓을 하는 사람은 아니었다). 하지만 생각이 많았던 남자는 속으로 그를 질투했다. 다른 이들이 모두 존경해 마지않는 그의 외향적 장점을 그는 비열한 것으로 해석했다. 이유는 그저 느낌 때문이다. 그는 이 남자에게서 본능적으로 악한 기운을 느꼈다. 그의 몸짓과 말투에서 풍기는 냄새가 이해타산적이고 스스로 자부심이 강한 것을 오만하게 바라보았다. 말로 설명이 되지 않는 그 증오는 결국 폭력으로 표출되었다. 그는 이것을 잊을 수 없다. 자신이 이성적으로 해석되지 않는 행동을 한 것이다.

말 한 번 제대로 섞은 적 없는 두 사람이 서로를 행해 공유한 느낌은 불가해하다. 말로 할 수 없기에 소설에서도 적확하게 느낌을 짚어내지 못한다. 그저 우리는 경험으로 알고 있다. 필연적으로 부딪힐 수밖에 없는 사람이 있다. 그것은 통제되지 않는 육체의 끌림과 파편에 관한 것이다. 세상사 어느 곳에나 존재하지만, 말로 설명할 수 없다는 점에서 불가해하다. 형이상학적인 느낌을 스치듯 서술하는 소설의 분위기 역시 묘하다. 마치 도넛처럼 중심부에 둥근 여백을 남긴 채 주변부를 배회한다.

쳇 베이커의 연주를 종종 유튜브에서 찾아본다. 공연 실황에서 보이는 쳇 베이커의 모습은 마치 말기 폐병 환자와 같다. 축 처진 몸으로 트럼펫을 불다가 노래를 부를 땐 모든 힘이 소진된 듯 그을린 듯한 목소리가 나온다. 난 육체가 공연장의 모든 사람의 분위기를 휘어잡는 것을 목격한다. 이 노쇠한 남자에게서 뿜어져 나오는 것은 육체의 아우라다. 시들어버린 몸은 연주하는 곡 외에는 지탱하지 못할 것처럼 위태롭다. 암스테르담의 한 호텔에서 투신하여 생을 마감한 쳇 베이커는 평생 자신의 몸을 훼손하며 살았다. 관객들은 인간이라고 부르기 힘든 남자의 악행에 경악했다. 난 그럴 때마다 예술에 깃든 육체의 존재감을 상기한다. 말로 가닿지 못하는 곳에 깃든 매혹을 글로 적어본다. 꼴이 이래도 어쩔 수 없다. 그저 육체에 대해 애틋함을 평생 고백하며 사는 수밖에.

당신의 취향은 어떤가요

×

월요일, 퇴근 후 지친 몸을 이끌고 어렵사리 집에 들어왔다. 몸이 말이 아니었다. 1978년 프랑스 사회학자 피에르 부르디외가 쓴 『구별 짓기』라는 책을 읽다가 잠들었다. "우리가 취향이라고 부르는 건 사회에서 자신보다 밑에 있다고 생각하는 사람들과 자기 자신을 분리하기 위해 사용하는 상징이다." 침대에 누워서도 이 문장이 눈에 붙들려 사라지지 않았다. 이제 누구나 제 취향을 카톡과 인스타를 통해 공유한다. 어디를 갔는지, 무엇을 입는지, 어떤 식당에서 무얼 보는지, 지금 읽는 책이 뭔지 낱낱이 오픈한다. 각자 취향을 비교하고 그 우위를 점하기 위해 강도를 높여가는 경주 같다. 스스로 낮은 취향을 가진다고 여기면 온라인에 풀지 못한다. 누가 봤을 때도 내놓을 만한 고급 취향이라 여겨지면 오픈한다. 취향이야말로 인간이 가진 모든 것, 즉 인간과 사물 그리고 인간이 다른 사람들에게 의미를 가지는 통로다.

내가 이른바 콤플렉스에 가까운 역부족을 느끼는 건 클래식 음악이다. 없던 관심이 갑자기 생길 리도 없거니와, 최근 부쩍 관련 책을 읽어보아도 그 복잡한 맥락 앞에서 갈피를 못 잡는다. 카라얀의 열정적인 지휘를 유튜브로 봐도 여전히 베토벤 교향곡 번호만 보면 속이 울렁거린다. 난 클래식 음악을 좋아하지 않지만, 전인에 대한 맹목적 이상으로 껍데기뿐인 연주곡을 플레이리스트에 올린다. 누군가 호기심이 많은 사람이 인생을 행복하게 산다고 했던가. 난 이렇게 다시 고쳐 말한다. 지적 열등감이 당신의 취향을 고양한다. 남들보다 뭔가 잘 모른다는 인식이 내 지적 허영을 자극한다. 난 늘 책을 옆구리에 끼고선 열등감의 발현을 마주할까 두려워한다.

화요일, 과거 누군가 내 책장을 찍어달라고 요청한 적이 있다. 그 부탁은 결국 책을 좀 추천해달라는 요지였는데, 난 부탁을 단호히 거절했다. 누군가 내 가방 속 물건을 보자고 하면 순순히 열어서 보여줄 테다. 하지만 난 책장을 보여주긴 꺼린다. 내게 책장은 속내를 비치는 투명 거울과 같다. 그 자체로 나 자신이라는 말이다. 난 누군가와 몇 시간을 대화해도, 심지어 종종 만나 데이트를 해도 그 사람을 모른다고 말한다. 하지만 그의 책장을 본다면 난 그가 어떤 사람인지 알 수 있다고 믿는다. 난 지하철에서 누군가 책을 읽으면 책 제목을 보려고 몸을 이리저리 꼰다. 그가 읽는 책 제목으로 그 사람과 내 거리를 잴 수 있기 때문이다. 이런 손쉬운 단정은 책을 향한 무차별적인 애정이 불러온 착각이다. 근거도 미약하고 편협하기 그지없는 시각이지만, 내가 가진 취향이란 딱 그 정도다. 당신이 읽는 책이 당신을 말해준다.

내게 취향이란 '맥락'이다. 오늘날 지식이란 깊이와 넓이는 의미가 없어졌다. 브리태니커 백과사전이 인터넷에 버젓이 있으니까. 3초면 그와 관련된 모든 지식을 총망라할 수 있다. 인터넷은 지식에서 맥락의 중요성을 심화시켰다. 우리는 모르는 게 있다면 손 안에서 알아내고, 일반상식 책을 통째로 외운다. 이런 상황에서 지식을 제 방식으로 꿰맞출 수 있는 사람이 지식인으로 통한다. 어떤 상황에서도 서로 차이를 강조하는 취향의 시대에 한낱 정보의 흐름을 짚어내는 이가 독창성을 획득한다. 어제 본 영화의 주연배우가 생각이 안 나 구글을 검색해서 알아내는 건 쉬운 일이다. 하지만 그 영화가 지닌 장르 특성을 이해하려면 영화 역사의 흐름을 따라갈 수 있어야 한다. 누벨바그인지 페데리코 펠리니의 영향인지 판단하려면 흐름을 이해하고 차이를 짚어낼 수 있어야 한다. 지식을 꿰어 맞추는 능력이 뛰어난 사람은 그만큼 하나의 예술작품에서 더 많은 재미를 찾아낼 수 있다.

수요일, 영화 〈일일시호일〉을 보았다. 키키 키린 여사가 세상을 떠난 후 처음 뵈었다. 돌아가시기 전 최근까지 계속 투병 생활을 해오셨는데, 이 영화는 그녀의 건강한 모습이 느껴져서 오히려 슬펐다. 〈일일시호일〉 속에서 키키 기린 여사는 늘 여느 때처럼 밝은 모습이라 마음이 편했다. 몇몇 예술극장은 그녀를 추모하는 영화를 연이어 재개봉했다. 그녀와 함께한 시간이 주마등처럼 스쳐 지나간다. 주마등이라니, 요즘엔 그 누구도 말을 타고 환한 불빛을 스쳐 지나가지 않는데. 키키 키린 할머니라면 내 구질구질한 표현을 구박했을 테지. 조금은 뿌루퉁하고, 가끔은 얄미운 그녀의 말투가 무척 그립다. 그녀가 없는 고레에다 히로카즈의 영화는 과연 내 취향에 맞을까. 알 수 없는 노릇이다.

고레에다 히로카즈 감독의 영화 〈걸어도 걸어도〉에 나오는 작은 고택이 떠오른다. 능청스럽게 며느리를 구박하는 할머니. 적당히 때가 묻고, 난데없이 천진한 할머니. 〈태풍이 지나가고〉에서 설탕물을 얼린 아이스크림을 떠먹으며 아들의 가슴을 시리게 하는 잔인한 할머니. "떠나고 난 뒤에 그리워해봤자 소용없어. 도대체 언제까지 잃어버린 것을 쫓아가고, 그렇게 살면 하루하루가 즐겁지 않은데, 행복이라는 건 무언가 포기하지 않으면 손에 받을 수 없는 거야."

목요일, 천재 피아니스트 글렌 굴드에 관한 글을 읽다 보니 엉뚱하게 피겨스케이팅 선수 김연아 생각이 났다. 2010년, 캐나다 밴쿠버의 새하얀 빙판, 상기된 표정으로 이어폰을 꽂고 차례를 기다리던 아사다 마오도 떠오른다. 우린 늘 냉철한 얼굴로 신기록을 달성하던 김연아를 기억하지만, 난 당시 자국민의 기대를 저버리고 은메달을 목에 걸었던 아사다 마오의 울음이 더 인상적이었다. 그녀가 패배를 직감한 순간 표정엔 스산한 기운이 있었다. 모든 이의 기대를 저버린 망연함. 경기가 끝난 후 우리 국민이 그토록 미워했던 작은 소녀는 애처로운 얼굴로 은메달을 걸었다. 올림픽이 뭐라고, 금메달이 뭐라고.

난 당시 올림픽 영상을 유튜브로 종종 찾아본다. 살면서 단 한 번도 피겨스케이팅을 본 적이 없었는데, 경기 당일만큼은 사무실 TV 앞에서 짝다리를 짚고 몰입했던 기억이 난다. 그 어떤 예술에서도 본 적이 없던 육체성. 온 나라가 인간이 할 수 있는 모든 감탄을 쏟아냈기에 내가 더 보탤 말은 없다. 그저 그녀가 입은 파란색 의상과 프리스케이팅 배경음악이었던 조지 거슈윈 피아노 협주곡 바장조 멜로디를 떠올린다. 글렌 굴드 전기를 보면서 깨달은 사실이지만, 예술이 고양되는 순간은 육체의 움직임과 불가분의 관계를 맺는다. 글렌 굴드의 굽은 등과 현란한 손가락이 건반 위를 춤출 때, 피아노와 한 몸으로 용해되길 원했던 한 예술가의 육체를 목격한다. 액션 페인팅을 하는 잭슨 폴록처럼, 난 김연아의 곡예와 같은 움직임에서 궁극을 목도한다.

금요일, 예술의 전당 내 한가람 미술관에서 마르크 샤갈 전을 관람했다. 장난기와 귀여움을 동반한 샤갈의 작품은 안온하다. 미술관에 들르기 전, 그의 인생 이력을 읽어보았다. 예술 사조와 동료 작가들을 익혀두고 같이 간 친구에게 아는 척을 했다. 몸이 붕 떠 있는 여인의 얼굴과 난데없는 말 대가리의 등장. 천사는 공중에서 배꼽 없는 배를 드러내고, 큰 나무는 고향의 뿌리를 간직한다. 작가에게 독창성이란 과연 뭘까. 샤갈의 작품들은 기본적으로 밝은 감정을 표현한다. 100년을 해로한 이 노인은 죽는 날까지 고향과 가족에 관해 수많은 그림을 쏟아냈다. 행복한 자아도취랄까. 미술관의 수많은 인파가 샤갈을 보며 행복했던 시절을 떠올리진 않았을까. 한없는 그리움과 연애의 애틋함을 그렸을지도 몰라. 완전한 낙원을 그렸던 샤갈의 기개에 퍽 감화된 나는 하염없는 망상에 젖었다.

토요일과 일요일, 주말엔 집에서 몇 분 안 걸리는 여의도에 머문다. 주말 여의도는 사람이 거의 없고, 카페들은 텅텅 비어 있다. 마치 독서를 위한 섬처럼 느껴진다. 식당들은 거의 다 문을 닫았지만, 분식집은 건재해서 다행이야. 최근 여러 독서 모임을 신청한 탓에 시간에 쫓기며 책을 읽는다. 영화가 눈에 들어오지 않을 정도로 빡빡하게 읽는다. 무려 조지 오웰과 밀란 쿤데라, 장 자크 루소와 씨름한다. 제한된 시간에 여러 권을 소화하다 보니 카페 안에 들어서면 마치 창작의 압박에 시달리는 작가가 된 기분이다. 낯선 타인과 몇 주 전까진 전혀 몰랐던 책에 관해 이야기를 나누고, 타인의 이야기를 통해 스스로 틀을 벗겨내는 시간을 고대한다. 이 누추하고 부박한 삶에 잠시나마 사유를 마련하고자. 한 주도 이렇게 끝이 났다.

주춤거리는 사람들

다들 실손 보험은 들어야 한다고 해서 사인을 했다. 다들 연금보험이라도 해놔야 노후에 좋다고 해서 펜을 들었다 놨다. 매달 몇만 원씩 내 코 묻은 돈을 가져가는 보험이라는 녀석. 통장에서만 그 존재감을 확인할 수 있는 이 녀석. 마치 보험이란 내게 불행이 닥쳐오길 고대하는 저주처럼 보인다. 녀석의 존재감을 의식하는 순간이란 내게 닥쳐온 삶의 발톱을 드러내는 순간일 것이다. 그래도 우리 어머니가 편찮으실 때마다 치과 보험이니 상해 보험이니 하며 꼬박꼬박 돈을 대주는 보험의 위력을 무시할 순 없다. 어릴 적 기억에 어머니는 무슨 보험을 그리 많이 가입하느냐는 아버지의 잔소리에 못 들은 척 바닥을 훔치셨다. 아버지의 작은 월급봉투를 더 초라하게 하는 녀석을 꿋꿋하게 지지했다. 그것들이 지금에야 빛을 보고 있으니 아버지는 말이 없으시다. 몸이 종종 편찮으신 어머니는 그때부터 자신의 고단한 노후를 예견하고 계셨을까. 대비와 예방으로 점철된 삶이란 그녀에게 어떤 것이었을까. 몇 해 전 병원에서 마주친 환자복을 입은 어머니의 모습은 날 당혹하게 했다. 바닥을 훔치던 건강한 어머니의 활력이 사라진 자리에 초라한 미소가 스몄다.

나는 보험 차원에서 매일 아침 오메가3를 먹는다. 가끔 트림할 때마다 노르웨이 오슬로의 바다표범이 프렌치 키스를 하는 것처럼 불쾌하다. 그래도 어쩔 수 없다, 호랑이띠 홀로 사는 남자의 건강관리란 이렇게 단출하고 조악하다. 약을 주워 먹고 주린 배를 움켜쥐고 밖으로 나왔다. 오늘은 햇볕이 따가운 성수동으로 향했다. 내 몸이 이끄는 대로 한 커피가게에 앉았다. 분명히 이 근처에 양푼이 김치찌개 집이 있었는데, 내게 추억이 있는 공간인데 사라져버렸다. 성수동은 요즘 갤러리와 값비싼 커피가게들이 골목마다 빼곡하다. 공장지대의 흔적은 사라지고 멋들어지게 차려입은 힙스터들이 옷 자랑을 한다. 잘 나가는 그들은 내가 사랑하는 김치찌개를 앗아갔다.

말레비치의 〈검은 사각형〉

이리저리 골목을 걸어 다니는 와중에 고급스러운 어느 화랑에서 말레비치의 〈검은 사각형〉을 떠올리게 하는 그림이 보았다. 흰 캔버스에 검정 사각형, 1915년 소련의 화가 카지미르 말레비치는 이 작품을 어느 화랑에 걸고 절대주의 미술의 시작을 알렸다. "절대주의에 의해, 나는 예술에 있어서 순수한 감상이 절대라는 것을 주장한다." 순전히 추상적이며 비 묘사적인 회화의 등장이다. 세계를 암시하는 시각적 단서를 없애고 비구상의 개념을 논했다. 이는 그림 너머의 의미를 탐구하지 않는 관람객들에게 보내는 도전장이었다. 결단코 봐야 할 것은 없다, 말레비치는 '없음'으로 수렴하는 사각형 하나를 통해 극도로 정적인 이미지를 선보였다. 예술이 지닌 진취의 부담을 내려놓고, 관객이 스스로 능동적인 연상작용을 해주길 바랐다. 그는 새로운 추상성의 개념을 팔았다.

이차원의 공간에 그려진 순수한 색감을 가진 도형은 자율적인 실재를 가진다. 그 실재란 관객이 없으면 성립되지 않는 미술이다. 관객의 감각으로 순수한 감정 표현이 발생하고, 이때 비로소 회화가 완성된다. 무수한 관람객들은 그들 각자의 시각으로 이 그림을 받아들인다. 말레비치는 이 사각형이 흰 캔버스와 조화를 이뤄 인생의 삼라만상을 담았다고 믿었다. 인생의 빛과 어둠, 삶과 죽음이 공존하는 침묵을 열망했다. 말레비치는 관람객의 내면에 자리하는 여러 세계를 머릿속으로 떠올리며 팔레트에 물감을 짰을 것이다.

흰 캔버스에 그려진 검은 사각형은 내게 회한의 감정이었다. 처음 본 순간부터 특정 순간을 이입하길 주저하지 않았다. 가지 못한 길에 대해 회한이라면 적확할까. 누구에게나 회한은 있지만 난 그 감정을 즐겨 떠올린다. 늘 노트에 적어두고 가지 못한 길의 형태를 그린다. 만약 그랬었다면 어땠을까 하는 가정으로 시작되는 생각들은 자판을 두드리는 속도를 한껏 높인다. 난 회한의 감정이야말로 인간종의 위대한 점이자 한계라고 생각해왔다. 늘 현재라는 무거운 과제가 엄습하는 삶에서 특정한 기억에 머무는 건 인간만이 하는 짓이다. 턱을 괴고 현재를 머리에서 지운다. 곧 주변 공간은 사라지고 시간적 맥락이 거세될 것이다. 예술이라는 측면에서 보면 그 주춤거림이란 삶에 관한 낭만적인 부연설명이다. 붙잡을 수 없는 시간을 그림에 가두는 화가처럼, 마지막 4중주를 작곡하는 청각장애인 베토벤의 펜촉처럼 매혹적이다. 회한은 어쩌면 늘 한 번뿐인 인생을 마주해야 하는 인간의 부박한 일상을 위로하는 매개일지도 모른다.

영화 〈케이크 메이커〉

성수동을 떠나 2호선을 타고 늘 가던 종로 일대로 향했다. 2호선 지하철을 통해 뚝섬을 지나며 익숙한 거리 풍경을 살폈다. 고소한 햇빛이 눈에 엄습하고, 광고판에는 어마 무시한 연이율의 대출 광고가 걸려있다. 폰으로 근처 영화관의 개봉작을 살폈다. 약속 없는 일요일에 보는 영화는 뜬금없는 집중력을 유발한다. 오늘 내가 관심을 줄 대상은 너 하나뿐이야. 이런 마음으로 영화에 집중할 수 있기 때문이다.

〈케이크 메이커〉, 영화의 주인공은 독일 베를린에서 카페를 운영하는 토마스라는 남자다. 흰 피부에 다부진 체격을 가진 이 남자는 유독 케이크를 잘 만든다. 주방에서 반죽하고, 파티시에Pâtissier의 면모를 드러낼 때 과거 프랑스에서 자주 찾던 단골 카페 주인이 생각났다. 영화 속 토마스의 가게는 베를린의 이미지처럼 정갈하고 멀끔하다. 프랑스의 카페들이 너저분함을 분위기로 가진다면, 베를린이라는 도시는 바우하우스의 후예들답게 매끈한 곡선을 가진 실내장식이 돋보인다. 열심히 반죽하는 토마스 앞에 더블 에스프레소와 블랙포레스트 케이크를 주문하는 한 남자가 등장한다. 이름은 오렌, 그는 아내를 위한 과자를 챙기고 본격적으로 케이크를 즐긴다. 그리고 토마스는 이 남자와 사랑에 빠진다.

유부남이자 이스라엘 사람인 오렌은 한 달에 한 번꼴로 토마스를 찾는다. 어느 날 불운한 차 사고로 오렌이 죽는다. 토마스는 베를린을 떠나 오렌의 흔적을 찾아 이스라엘 예루살렘을 찾는다. 단순히 훔쳐보기만 하던 토마스는 오렌의 아내 아나트가 운영하는 카페에 파티시에로 취직하면서 상황이 복잡해진다. 이 영화에서 독일과 이스라엘, 가톨릭과 이슬람, 유럽 문명과 중동 국가라는 간극은 각 인물 사이를 헤집는다. 단적인 예로 유대인들의 코셔 문화를 들 수 있다.

이스라엘 사람들이 모두 코셔를 의식하지는 않지만, 대부분이 신앙을 가지고 있기 때문에 제대로 장사를 하려면 코셔 인증을 받아야 한다. 하지만 토마스는 유대인이 아니기 때문에 오븐조차 건드릴 수 없다. 영화 후반부 토마스의 케이크가 유명해지자 카페의 코셔 인증이 취소되기도 한다. 또한, 코셔 아파트에 들어가면 유대인이 아니어도 코셔 규칙을 따라야 한다. 사사건건 사생활을 감시하고, 그들의 문화를 지키길 강요하는 시선은 영화 내내 사람을 옥죈다. 사랑을 잃고 그 상실감에 낯선 땅을 찾은 토마스는 아무도 강요하지 않은 고생길을 자처한다. 마치 수도사의 삶처럼 치욕으로 점철된다. 토마스는 오렌의 삶으로 들어가 역사의 간극을 이겨내고 이스라엘에 정착하기를 바랐다. 그 감정이란 순수하고 우둔한 그의 외모처럼 피학적이다. 게이이면서 비유대인인 토마스는 이스라엘의 사회의 폭력성에 투항해, 저 자신을 비극 안에 몰아넣는다. 그건 추락에 대한 매혹이자, 자학이 주는 쾌감일 것이다. 우리는 스스로 형벌을 주고 위로를 얻을 때가 있다. 몸을 혹사하며 상처를 지우고, 일에 몰두하며 그를 떠나보낸다. 토마스가 무미건조한 표정으로 반죽을 할 때 상처를 짓이기는 미련한 자의 형상이 드러난다.

아날로그를 의식하는 시간

×

난 깨어 있는 시간 동안 스마트폰을 두드리며 세상과 터치한다. 와이파이 신호가 잡히는 곳을 찾아 둥지를 틀고 네트워크를 벗 삼아 칩잠한다. 카톡 메시지 수신 소리에 아침잠에서 깨고, 멜론이 만들어내는 음악으로 하루의 기분을 결정한다. 잠이 들기 전에 응시하는 환한 스마트폰 화면이 꿈의 재료가 되기도 한다. 이런 상태를 원하지 않았는데 결국엔 이런 상태로 살고 있다. 이제는 희미해진 그녀가 그리울 때도 회상보다는, 아이클라우드에 새겨진 흔적을 찾아본다. 나는 인터넷과 멀어지는 특정 순간으로 진입하기가 점점 어려워지고 있다. 샤워하러 옷을 벗고 들어가는 순간 쏟아지는 물줄기가 내 몸에 덕지덕지 붙은 연계성을 끊어내리라는 것을 의식한다.

지금 이 글을 쓰는 이 순간에도 난 귀에 이어폰을 꽂고 시리가 선곡해주는 음악을 듣고 있다. 내 취향에 맞춰 음악을 선곡해주는 난 인공지능 시리를 신뢰한다. 기특하게도 내 취향에 대해 어느 정도 파악한 후 그와 비슷한 곡들을 지속해서 제시한다. 내가 싫다고 하면 또 그새 알아차리곤 그와 비슷한 음악은 제외한다. 누군가는 이것을 빅 데이터라고 말할 테지만, 나는 시리의 사려 깊음이라고 생각한다. 외로운 날 위로해주는 목소리가 좋은 그녀.

지금 이 세상은 터치를 위한 터치의 접점인 것 같은 느낌이다. 한 번의 터치에 반응하는 스마트폰 화면을 보게 되고, 미처 그 의미를 모두 파악하기 전에 가능한 터치의 영역들이 화면에 제시된다. 그럼 본능적으로 다음 터치를 향해 간다. 그 터치와 반응의 연쇄작용에서 건져 올린 게 뭔지는 잘 모른다. 이 속도전에서 잠시 멈춰 설 여유란 없는 걸까. 아니, 그럴 필요도 못 느끼는 걸까. 난 아이폰을 문지르다 문득 잠시 멈추고 싶어졌다.

최근 많은 사람이 의식적으로 아날로그를 삶 안에 틈입시키고 있다. 몰스킨 노트를 사서 모나미 펜으로 뭔가를 끄적거린다. 통 안 가던 서점에 가서 페이퍼백 책을 사고, 근처 카페에 앉아서 창 밖을 본다. 책의 표지를 만져보고 감격한 적 있는가. 뽀드득한 소리와 책장을 손으로 쓸어넘기는 감촉이 너무 오랜만이라 애틋해진 적이 있을까. 작은 페이퍼백을 들고 동네를 산책하던 기억이 떠오르기도 한다.

디지털과 비교해 아날로그는 투자해야 하는 시간과 비용, 노력이 훨씬 더 많음에도 불구하고 그 실체 자체가 존재 이유다. 발에 닿는 노면의 거친 숨결을 느낄 때는 완전한 기분을 만끽한다. 얼마 전 근처 마트에 들어가서 자동 사진 인화기로 내가 아끼는 사진을 인쇄했다. 액자를 하나 사서 식탁 앞에 놓았다. 몇 번의 터치면 아이폰에서 웃고 있을 그 사진을 볼 수 있음에도 액자는 특별하다. 사진 속 웃고 있는 그가 아침잠을 설치고 일어나는 나를 반긴다.

아날로그는 경험의 확장에 기여한다. 무언가를 만지고 내 몸과 같이하고 있다는 것이 가지는 물성이랄까. 아날로그는 시간이 축적한 흔적, 누군가의 손때가 묻은 역사를 떠올릴 필요가 없다. 오로지 남들과 차별성을 두고 싶어 불편함을 택하는 것이 아니다. 난 디지털로 과정을 축약하는 걸 늘 우월한 것으로 착각하고 있었다. 그 단축으로 사라진 내 먼지 묻은 즐거움을 털어내는 걸 잊은 지 오래다. 아날로그는 과정의 경험을 즐기는 문화다. 효율이라는 허울 뒤 장막 속에서 펜을 들고 무언가를 그리는 친구다.

얼마 전 수업을 듣는데, 같은 반 친구가 '프랑스 여자는 왜 살이 잘 찌지 않는가'에 관한 기사를 보여줬다. 그 친구가 프랑스 남자였기 때문에 내가 되물어보니 그의 대답은 간단했다. 프랑스는 통계적으로 전 세계에서 가장 많은 섹스를 하는 나라다. 섹스가 비만을 막는 게 아니겠느냐는 다소 장난스러운 대답을 했다. 역시 남자 놈들이란

하는 생각들이 다 비슷하다.

한국에 이런 프랑스 여성들에 관한 『프랑스 여자는 늙지 않는다』라는 책이 출간된 적이 있다. 검색해보니 이 제목은 개정판이고, 원제목은 『프랑스 여자는 살찌지 않는다』이다. 이 책은 실제 다이어트 실용서에 가깝고, 무수한 이들이 프랑스 여인들이 아름다운가(특히 유독 살이 찐 사람이 없을까)에 대해 궁금해한다는 사실을 저자는 잘 알고 있다.

살이 찐다는 것과 '늙음'은 차이가 있다. 살은 오로지 육체적 비대함을 뜻하지만, 늙는다는 것은 정신적인 것을 포함하는 개념이기 때문이다. 이 책의 원제가 French Women Don't Get Facelifts이다. 그들은 노화에 대응하기 위한 시술을 하지 않는다. 자연스럽게 늙는 것을 더 선호한다. 실제 프랑스에서 8달 정도 살아보면서 수많은 프랑스(에 사는) 사람들을 관찰했다. 그들은 식사할 때 케이크를 비롯한 디저트를 빼놓지 않고 먹고, 아침이면 크루아상 냄새를 풍기며 나타난다. 그런 모습들을 보다 보면 식습관에서 뭔가 놀라운 건 없었다. 그들이 왜 아름다울 수 있는가에 대해서 지방량으로 논하는 건 무리가 있다.

내가 주목한 지점은 그들이 덜 물질적이라는 것이다. 프랑스 여성들은 대부분 큼지막한 백팩과 손가방을 들고 다닌다. 괴나리봇짐을 멘 것처럼 간편한 짐과 허름한 옷을 입고 다닌다. 가방 안에는 페이퍼백 책이 있다. 그들은 틈만 나면 책을 펴서 읽는다. 어디서든 자리를 잡고 앉아 책을 펼 수 있도록 최적화된 옷차림새다. 그 수많은 카페가 어떻게 살아남을 수 있는지에 대해서도 한마디 보탤 수 있다. 프랑스 에스프레소 값은 한국보다 훨씬 싸면서도 카페 크기는 비좁기 그지없다. 하지만 날씨가 조금이라도 좋으면 카페 앞의 수많은 야외석을 펼친다. 수많은 이들이 햇빛을 앞에 두고 걸터앉아 에스프레소 한 잔을 시키고 독서를 한다. 난 늘 카페에 앉아 그들의 평온함을 목격한다.

프랑스인들은 승용차와 대중교통보다, 걷기와 자전거를 선호한다. 프랑스 여자들에게 걷기는 삶의 일부분이다. 정말 어디든 걸어 다닌다. 충분히 걷지 않았다고 생각되면 계단을 걸어 오르내리기를 해서라도 어떻게든 더 걸으려고 한다. 일부러 하이킹을 떠나거나 러닝머신 위에서 죽어라 달리지 않아도 된다. 일상생활에 녹아든 것만큼 좋은 운동은 없다. 유럽의 도시들은 한국과 다르게 작다. 걷다 좀 쉬다 또 걸으면 두 시간에 안에 다 밟히는 규모다. 도시 곳곳에 공원과 대성당이 있고, 늘 어디서든 앉을 수 있도록 카페와 벤치가 놓여 있다. 산책과 걷는 행위를 소중히 하는 그들을 느낄 수 있다. 옷이 구겨지거나 땀에 젖는 것도 상관없이 걷다가 더우면 가방에 옷들을 쑤셔 넣거나 허리에 묶고는 다시 걷기 시작한다. 화창한 날은 마치 산책을 위해 존재하는 것처럼 보일 정도다. 개와 쫄쫄이 팬츠는 그들의 친구다. 실제 파리에 가보면 수많은 명품 브랜드숍의 구매자들은 거의 다 외국인들이고, 동네를 거니는 프랑스인들의 옷차림은 허름하고 수수하다.

프랑스 여인들의 화장은 연하고, 운동화는 낡고 더럽다. 활동성과 수수한 차림에 호감을 품게 한다. 작은 책을 옆구리에 끼고 들어와서는 쉼 없이 대화한다. 그들은 와인을 즐기는 데 유리잔 외엔 아무것도 필요로 하지 않는다. 맥주를 많이 마셔도 맥주에 달려 나오는 심심풀이 땅콩이 없다. 우리에겐 치맥과 소주 삼겹살이 마치 세트처럼 구성되지만, 이들은 술 자체만 즐긴다. 오히려 술은 상대와 대화를 하기 위한 수단에 불과하다. 와인 한 잔 따라놓고 대화를 지속한다. 내게 프랑스적 삶은 아날로그가 묻은 크림빵이다. 그들에게 스마트폰은 중요하지만, 정보의 검색 용도로 유용할 뿐이다. 킨들 이북을 읽지만, 가방 안에 책을 꼭 가지고 다닌다. 노트북으로 보고서를 써도 몰스킨 노트가 옆에 놓여 있다. 큰 백팩은 비어 있지만, 저녁이면 근사한 식사를 위해 과일과 와인을 채우고 집으로 간다. 꾸민 듯 꾸미지 않은 자연스러운 프랑스인을 지켜보는 건 큰 즐거움이다. 물론 서유럽의 중심지인 프랑스를 향한 내 동경이 씌운 콩깍지일지도 모르지만, 느리고 느슨한 그들의 일상엔 서울에서는 느낄 수 없는 여유가 있다.

이쯤에서 난 홍상수의 영화를 왜 프랑스인들이 좋아하는지 혹은 기시감을 가지고 보는지 이해한다. 책을 읽고 술을 많이 마시고 늘 걸어 다니며 자기 동네에서 벗어나지 않는 허름한 홍상수식 남자들은 프랑스에서 늘 볼 수 있는 모습이다. 프랑스의 어느 카페를 가도 홍상수의 영화에서 봄 직한 그들을 목격할 수 있다. 홍상수의 영화에 주연으로 출연한 적도 있고, 요즘에도 자주 등장하는 이자벨 위페르의 영화 중 〈다가오는 것들〉이라는 영화가 있다. 내가 유독 좋아하는 장면은 그녀가 책 한 권을 들고 너른 들판을 홀로 걸어가는 장면이다. 영화에선 유독 그녀가 걷는 장면이 자주 등장한다. 그녀는 사회와 가족, 아끼던 제자와도 멀어졌다. 나이를 먹어감에 따라 다가오는 것들보다 멀어지는 것들이 더 많아진다. 그것이 이 영화의 원제목이기도 한 '미래'L'avenir가 가진 숙명일 것이다. 하지만 그녀는 책과 발바닥을 믿고 걸어간다. 흐릿한 햇살이 삶의 충만함을 결코 속이지 않는다.

한강으로 뛰어든 사내

정장 차림을 한 중년 사내가 한강 다리 위에 선다. 난간을 잡고 위태한 자세로 매달린다. 사내의 친구로 보이는 이가 만류하지만, 그는 개의치 않고 강물만 응시한다. 비는 억수같이 쏟아지는데 넋 빠진 표정으로 중얼거린다. 커다랗고 시커먼 게 있어. 영문을 모르는 친구는 수면은 캄캄하기만 한데 뭐가 있냐며 타박한다. 한없이 슬퍼 보이는 사내는 느닷없이 싸늘한 얼굴로 친구를 보며 뇌까린다. 끝까지 둔해 빠진 새끼들. 그는 이어, 잘들 있어, 인사를 하곤 강으로 뛰어내린다.

이 장면은 영화 〈괴물〉의 한 장면이다. 난 종종 강으로 사라진 그를 떠올린다. 아마도 괴물의 간식이 되었겠지. 시체의 잔해는 서울 시내 어느 하수구로 흘러가서 다시 한강으로 돌아왔을지도. 그는 왜 마지막에 그리도 위악을 부렸나. 둔해 빠졌다니, 그게 곧 죽을 사람이 할 말인가. 아마 전부터 둔해 빠졌고 지금도 변치 않고 둔한 친구들을 향한 조소였겠지만, 그 말은 정확히 내게 날아와 꽂혔다. 내 대책 없는 무딤에 적중했다.

한강 둔치에 나타난 골뱅이 형상을 한 괴물은 서울을 휩쓴다. 하지만 대부분은 사람들은 TV로만 괴물을 접한다. 무참한 식인을 기대하며 채널을 돌린다. 빌딩에 여객기가 처박혀도 그랬고, 배가 통째로 가라앉아도 다름없었다. 원체 둔해 빠져 어찌할 도리 없는 놈들 아니랄까 봐.

귀한 딸이 괴물에 잡혀간 줄도 모르고 잘 굴러가는 도시. 아니, 알 마음도 없는, 무심히 허공을 응시하는 게 예의가 되어버렸다. 주의를 기울이기엔 피곤하니까. 내일 출근해야 하니까. 그저 둔한 척 두리번거리며 귀를 파는 꼴이다. 이쯤 되면 과연 적이 괴물인지 TV 앞에 나사 빠진 표정으로 앉아 있는 난지 점점 더 헷갈린다. 개인주의라는 그럴싸한 표피를 둘러쓴 이 도시는 무관심으로 간신히 지탱하고 있다. 알 수 있지만, 굳이 알려고 하지 않는다. 모른 척할 수 있다면 그뿐이다. 버스를 타면 죄다 고개를 창밖으로 돌리고 앉아 있다. 내가 보기에 이 도시는 유기적인 모른 척이 미덕이 되어버린 사회다. 한강으로 뛰어든 사내의 표정이 어딘지 모르게 후련해 보였던 건 다 이유가 있었다. 홀로 망각으로 뛰어드는 속이 어지간히 시원했던 모양이다.

요즘 줄곧 무뎌짐에 불안을 느낀다. 놀라지 않고 슬퍼하거나 절실하지 않다. 매사 늘 18도를 유지하며 산다. '세심함'과 '섬세한'이라는 단어를 적고 싶지만, '무신경함'과 '냉소'가 비죽 나온다. 계획은 늘 어그러지고, 한시바삐 수습하다 지쳐 침대에 눕는다. 누군가의 환부를 외면하고, 날 의식하며 건네는 말에 의례로 대한다. 살펴 마땅한 얼굴에 고개를 돌리고 모니터만 응시한다. 돌아 누운 잠자리가 편치 않다. 동료와 바삐 어울리다 퇴근하면 공허가 밀려온다. 그럴 때마다 토핑 올린 커피를 시키고 카페 천장만 본다. 고작 그뿐이지만 이게 나지 싶어 좋다. 가방 속에서 책을 꺼내놓고 숨통을 튼다. 난 작가가 그린 섬세함을 맛본다. 꾸역꾸역 읽어낸다. 내 섬세 게이지가 바닥을 치니 뭐라도 먹어야 살 만하다.

더운데 땀도 많아서 이 여름이 쉽지 않다. 어제 통화한 엄마는 대체 언제 집에 올 거냐며 통박했다. 잘 모르겠어요. 생각하기 바쁘다는 말을 하지 못해, 더워서 통 시간이 안 난다는 말로 대신했다. 그녀는 내 무심함에 긴 숨을 내쉰다. 고작 헬스장에 홀로 들어선 후에야 한숨 돌릴 수 있다. 조금 빈정대는, 약간 무신경한 평상시의 자기 모습을 유지하며 속으로 되뇐다. 난 원래 이런 사람이 아닌데. 난 꽤 예민한 촉을 지녔는데 말이야.

카페에서 시원한 에어컨을 쐬며 당의정을 입에 굴리니 좀 살 것 같다. 최근 독서 모임에 다닌다. 주말 아침, 거기 앉아서 낯선 이와 대화를 나누면 왠지 모르게 괜찮은 사람이 된 것 같아 안심이다. 딱히 대단한 바람이 있는 건 아니고, 낯선 이의 말을 듣고 고개를 끄덕이는 기분이 좋다. 그는 엄연히 타인이라 내가 책임지지 않아도 될 정도만 다가온다. 부담 없는 관계를 돈을 주고 사서 찧고 까분다. 쉼 없이 현학적인 말을 꾸미다 모임이 끝나면 잊어버린다. 무책임한 연대라고 의심하지만, 어느새 마음을 고쳐먹고 관계가 주는 긴장을 만끽한다. 고작 여자에게 몸이 달던 스무 해는 지나갔고, 내 삶은 시답잖은 격류 위로 딸려가는 세숫대야 같다. 그 와중에도 한낱 유머를 잃지 않기 위해 뭔가를 꾸민다. 손발 따위를 이리저리 내두르며 내 둔해 빠짐을 떨쳐낸다.

집에 들어가기 전 동네를 소요한다. 오늘 먹어 치운 칼로리에 경악해 소모적으로 움직인다. 실컷 날 혹사하다, 벤치에 앉아 무수한 이를 구경한다. 날 곤두서게 만드는 다정함이 지척이다. 나도 괜스레 마음이 느물느물해지지만, 내일 아침이면 다시 허덕일 걸 안다. 관계가 주는 부대낌이 힘에 겨워 다시 고립을 도모할 것이다. 난 유난히 밝은 달을 보며 과거에 만났던 녀석을 떠올렸다. 소심하고 천진하며 어딘가 매사 좀 심드렁한, 두부처럼 희멀건 미소를 한 녀석. 내게 큰 상처를 남겼고, 나 역시 지기 싫어서 말로 찔러버린 사람. 회한은 뒤늦게 찾아와 날 멍청한 얼굴로 만든다. 회한의 영단어 'remorse'의 어원은 한 번 더 깨무는 행위를 뜻한다. 난 내가 뱉었던 말을 어디선가 다시 깨물고 있을 녀석을 떠올렸다. 내 둔함은 고칠 수 없고, 어김없이 누군가를 할퀼 것이다. 무심한 말, 매정한 손짓으로 생채기를 내겠지. 한 늙은 남자의 말처럼 바윗돌이나 모래알이나 가라앉기는 매한가지다. 찰나가 미세한 균열을 내고, 누군가가 피를 흘려도 난 알 수 없다. 그저 내 둔함을 잊으려고 시간을 흘려보낼 수밖에.

에필로그

평일 저녁 노트북을 켜면 뉴스만 본다. 어쩜 하루도 빠지지 않고 이런 흥미진진한 일이 일어날까. 소돔과 고모라의 현생이 바로 이 도시가 아닐까 생각한다. 이런 세계에서 아이들이 온전히 자랄 수 있을까 염려한다. 얼마 전 본 선배의 작은 아가가 생각났다. 맑은 눈으로 섬기듯 바라보는 녀석에게 세상은 어떤 것일까. 뉴스 속 세상은 삼류 소설가의 각본처럼 틀려먹기를 멈추지 않는다.

나이가 드니 운동을 해도 몸이 달라지지 않는다. 그렇게 낑낑대며 쇠와 싸움을 해서 내가 얻는 게 뭔지 의문스럽다. 크게 달라질 게 없어도 난 발버둥 치는 도살장의 소처럼 오만상을 찡그리고 버텨낸다. 녹초가 된 몸으로 집에 들어서면 책도 눈에 안 들어오고, 글을 쓰는 건 더 요원하다. 소파에 엎어져서 사료를 먹듯 꾸역꾸역 역겨운 프로틴을 목구멍으로 넘긴다. 오늘도 손석희 앵커는 무미건조한 얼굴로 세상의 비극을 전한다. 뉴스와 프로틴의 조합, 누가 그랬던가. 행복은 반복에서 나온다고. 겨우 이 정도가 내가 믿는 행복의 습관이다.

피곤하더라도 최근 읽은 글에 대해서는 몇 마디 정도는 기록해두자. 자리를 털고 노트북 앞에 앉았다. 기록, 무엇을 위한 기록인가. 브런치 운영을 위한 기록인가. 가끔 4,000명이 넘어간 내 구독자들이 과연 내 글을 읽을지 의문스럽다. 그들은 숫자로만 존재할 뿐 보이지 않기에 의식할 수 없다. 내 글을 한 줄 읽고는 '이 자식은 무슨 이런 걸 글이라고 써놨어'라고 할까 봐 두렵다. 그래도 끝내 다 읽고는 '이 녀석도 사는 것도 별반 다르지 않네' 생각하기를 바란다. 수십 권의 소설을 쓴 작가 스티븐 킹에 의하면 글쓰기란 정신 감응이며, 문학이야말로 가장 순수한 형태의 정신 감응이라고 말한다(『유혹하는 글쓰기』 중). 그렇다면 감응이라는 건 뭘까. 아마도 작가와 독자가 주고받는 상호감응을 말하는 거겠지. 그에 반해 내가 쓴 글은 전적으로 혼잣말에 가깝다. 종일 머릿속을 부유하는 잡념을 쏟아낸 탓에 논리가 엉망이다. 형체를 알 수 없었던 불안이 문장으로 드러나면 내가 더 초라해진다. 그래, 난 이 정도밖에 안 되는 놈이지. 그래서 쓴 글 대부분은 망각의 수렁으로 빠지고 만다. 가끔 보면 내 글이 맘에 들 때도 있지만, 드물고 희박하다. 그래도 이 정도면 꽤 근사한 생각 아닌가 싶을 때 업로드 버튼을 누른다. 감명 깊게 읽은 책과 영화를 소개하고 싶다는 일말의 선의를 핑계 삼아 비천한 생각을 전시한다. 슬펐다, 좋았다, 지렸다, 오지다 같은 의심스러운 말로 치부되지 않기 위해 발버둥 치는 내 글이 안쓰럽다.

브런치에 글을 올리다 보면 종종 내 문장이 누군가에 가닿는 상상을 한다. 아주 미약하게나마 그의 일상을 뒤틀고, 의도치 않게 부정적으로 몰지는 않을까 걱정한다. 그건 나를 과대평가하는 거라며 웃어넘기지만, 아주 가끔은 불길한 상상에 젖는다. 그럼에도 불구하고 난 내 글을 읽는 그를 상상하길 멈추지 않는다. 아니, 더욱더 치열하게 그의 존재를 의식한다. 누군가의 삶을 상상하고, 그들의 마음에 들어가 보려는 심적 상태를 동경하기 때문이다. 내게 그런 태도는 문학이 현현하는 방식으로 느껴진다. 기만적 위로가 아닌, 내 삶의 가치를 스스로 정할 수 있다는 안도감이다. 어떤 삶의 방식을 택하든 나를 살피고 다듬어서 최대한 자족할 수 있기를. 이 삭막하고 폭력적인 세계에서 누군가의 불행을 상상할 수 있는 사람이기를. 이 책을 읽어준 당신을 납득시킬 수 있는 글을 앞으로도 계속 쓸 수 있기를 바라본다.

우리 각자 1인분의 시간

1판 1쇄 2019년 11월 25일

지 은 이 박민진
발 행 인 주정관
발 행 처 북스토리㈜
주 행 소 경기도 부천시 길주로 1 한국만화영상진흥원 311호
대표전화 032-325-5281
팩시밀리 032-323-5283
출판등록 1999년 8월 18일 (제22-1610호)
홈페이지 www.ebookstory.co.kr
이 메 일 bookstory@naver.com

ISBN 979-11-5564-193-4 03810

이 도서의 국립중앙도서관 출판시도서목록(CIP)은
서지정보유통지원시스템 홈페이지(http://www.seoji.nl.go.kr)와
국가자료공동목록시스템(http://www.nl.go.kr/kolisnet)에서 이용하실 수 있습니다.
(CIP제어번호 : CIP2019043890)